어서 오세요
실력
지상주의
교실에

어서 오세요 실력지상주의교실에　키누가사 쇼고 지음
토모세 슌사쿠 일러스트

조민정 옮김

카루이자와 케이

인기인 히라타의 여자 친구 자리를 재빨리 꿰찬 여학생. 멋부리기가 취미. 공부와 운동도 의외로 잘한다.

"나도 찬성!"

"같은 반 친구를 제일 먼저 의심하는 것은 잘못됐다고 생각해."

히라타 요스케

용모단정. 커뮤니케이션 발군. 게다가 공부도 잘하는 훈남. 여학생들의 인기를 한 몸에 받고 있다.

"죄송해요.
제가 **존재감**이 없어서……
좋은 아침이에요……"

사쿠라 아이리

안경을 썼고 긴 머리는 하나로 대충 묶은, 멋과는 거리가 아주 먼 소녀. 남의 눈에 띄는 것을 특히 싫어한다.

이치노세가 오른손을 활짝 펴면서
큰 목소리로 선언했다.
내가 일일이 설명하지 않아도
이치노세에게 맡기면 될 것 같은
기분이 들었다.

어서 오세요 실력지상주의교실에 ②

c o n t e n t s

P011 **사쿠라 아이리의 독백**

P014 **파란의 막은 느닷없이 올라가고**

P055 **위크 포인트**

P092 **의외의 목격자**

P214 **저마다의 생각**

P259 **진실과 거짓**

P305 **단 하나의 해결책**

어서 오세요
실력지상주의 교실에
2

키누가사 쇼고 지음 | **토모세 슌사쿠** 일러스트 | **조민정** 옮김

커버 그림, 본문 일러스트 | **토모세 슌사쿠**

○사쿠라 아이리의 독백

다른 사람에게 마음을 잘 열지 못한다.
사람의 눈을 보면서 말하기가 어렵다.
사람들이 모여 있는 곳에서 지내기가 힘들다.
언제부터 이렇게 되었는지는 나도 이제 잘 기억나지 않는다.

다만 한 가지 확실한 사실은, 인간은 혼자 살아갈 수 없다는 것.
아무리 고독을 사랑하려고 해봐도 혼자 살아가는 것 따위, 난 도저히 할 수 없다.
그래서 나는 한 가지 방법을 찾아냈다.
바로 가면을 써서 진정한 내 모습을 감추고 사는 것.
가면을 썼을 때만큼은 내가 아니면서도 내가 될 수 있다.
이 쓸쓸하고 캄캄한 세상 속에서 살아갈 수 있다.
세상은 아름다운 것으로만 가득하지 않다. 그런 당연한 사실쯤, 누구나 알고 있으면서도 마음속 어딘가에서는 아름다운 세상을 갈망한다. 이 조그마한 모순.
누가…… 누구든 좋으니 내게 가르쳐줬으면 한다.
다른 사람들도 나처럼, 누군가의 앞에서는 가면을 쓰고 있을까?
아니면 다른 사람들은 언제나 자신의 진짜 모습을 보여줄까?

타인과의 연결 고리가 전혀 없는 나로서는 그 대답을 알
길이 없다.

그래서 오늘도 나는 외톨이.

난 혼자라도 괜찮아.

난 고독해도 괜찮아.

난——

난—— 진심으로 마음을 터놓을 수 있는 누군가를 원해.

그래서 오늘도 나는 혼자 조용히 시선을 떨군 채 있을 뿐.

이름	아야노코지 키요타카
반	1학년 D반
학적번호	S01T004651
동아리	무소속
생일	10월 20일

평가

학력	C
지성	C−
판단력	C−
신체능력	C−
협조성	D

면접관 코멘트

적극성이 결여되었고 미래에 대한 전망도 없어. 현 단계에서는 기대감이 낮은 학생이라고 할 수밖에 없다. 협조성이나 개성도 찾아보기 힘들다. 대답 자체는 고등학생의 허용 범위 안에 있긴 하나, 현 단계에서 학력과 신체능력은 평균을 약간 밑돈다.

특별한 자격증도 없고, 별도 자료에 의한 사정 등으로 D반 배정이 적합하다고 판단하였다. 교우관계 구축, 교사와의 관계에 주의하며 성장해나가길 희망한다.

담임 메모

7월 1일 현재 성장의 기미가 보이지 않아 경과 관찰 상태임을 보고한다.

○파란의 막은 느닷없이 올라가고

　최악의 타이밍이다.

　셀카 찍을 장소를 찾던 내가 목격한 것은 그야말로 사건 현장. 작은 명탐정도 숨죽이고 지켜볼 수밖에 없는 긴박한 상황이었다. 사건의 발단은 수십 초 전, 사소한 시비가 상대방을 도발해 심한 폭언으로 바뀌었고, 곧 서로 주먹을 날리는 형태로 발전하고 말았다. 아니, '서로' 주먹을 날렸다는 표현은 정확하지 않다. 바닥에 쓰러져 고통을 견디는 세 명의 남학생. 그 모습을 내려다보는 빨간 머리 남학생. 승부의 행방은 너무나도 일방적이었다.

　그가 날리는 오른손 주먹에 상대방의 피가 조금 묻어 있는 것이 눈에 들어왔다. 인생 최초로 맞닥뜨린 본격적인 싸움 현장. 초등학생 때 반 남자애들끼리 옷을 잡아당기고 팔을 꼬집으며 싸우는 장면을 본 적이 있지만, 그것과는 차원이 다르다. 이곳 현장의 긴장감을 담은 무거운 공기가 모든 것을 말해주고 있었다.

　나는 공포를 느끼면서도 거의 무의식중에 그 광경을 디지털카메라 렌즈에 담았다. 무음 설정이 가능한 셔터. 찍은 후에 지금 내가 무슨 짓을 한 거지 싶었지만, 패닉 상태에 빠져 생각이 잘 정리되지 않았다.

　나는 한시라도 빨리 그 자리를 뜨고 싶었다. 하지만 뇌가 제대로 기능하지 않아서 그런지 두 다리가 내 의지와는 달리 밧줄로 꽁꽁 묶인 것처럼 움직이지 않았다.

"헤헤, 이런 짓을 하고…… 무사할 줄 알아, 스도?"

간신히 상반신을 일으킨 남자애가 두려움에 떨면서도 필사적으로 저항했다.

"웃음이 나오나? 셋이 덤벼서 그 꼴이라니 한심한 놈들. 잘 들어. 두 번 다시 내 눈에 띄지 마라. 다음에는 이 정도로 안 끝낸다."

스도는 반쯤 전의를 상실한 남학생의 멱살을 붙들어 얼굴 가까이 끌어당겼다. 눈과 눈의 거리는 불과 몇 센티미터. 금방이라도 물어 죽일 듯 무시무시한 기세로 위협하자, 남학생이 기에 눌려 시선을 피했다.

"겁먹기는. 머릿수가 많으면 나한테 이길 줄 알았냐?"

코웃음 치던 스도가 땅에 널브러진 보스턴백을 주워들었다.

그리고 전의를 완전히 잃은 세 사람에게 더 이상 흥미가 없는지 뒤돌아 걸음을 떼기 시작했다.

그 순간 내 심박 수가 급격히 상승했다. 그야 당연하다. 내가 몸을 숨긴 방향으로 스도가 걸어오고 있었으니까. 이 특별동에서 나가는 길은 한정되어 있다. 지금 내가 숨어 있는 계단을 내려가서 나가는 것이 가장 일반적인 방법이다. 도망칠 타이밍을 놓치자, 몸이 내 생각대로 움직여주지 않았다. 사고가 나면 그 순간 몸이 경직된다고 들었는데 지금

이 딱 그 상태다.

"시간만 낭비했잖아. 연습한 뒤라서 피곤하니까 좀 봐달라고."

거리가 점점 가까워졌다. 불과 수 미터 앞.

"……나중에 후회할 사람은 바로 너야, 스도."

남학생 중 하나가 목소리를 쥐어 짜내 스도를 불러 세웠다.

그 순간, 나를 꽁꽁 묶었던 주술이 천천히 풀리기 시작했다.

"싸움에서 진 개가 깨갱거리는 것만큼 듣기 흉한 소리도 없지. 무슨 짓을 하든지 나한텐 못 이겨."

그 말은 허세가 아니라 자신감을 근거로 한 것이 분명했다. 실제로 스도는 3대 1이라는 압도적으로 불리한 전국에서도 긁힌 상처 하나 없이 상대를 완벽히 제압했다.

내일부터 7월이 시작되는 지금, 벌써 여름이 얼굴을 내밀기 시작해 그야말로 푹푹 찌는 날씨였다.

꼼짝도 할 수 없었던 내 목덜미 위로 땀 한 줄기가 주르륵 흘러내렸다.

나는 당황하지 않고 냉정하게, 그리고 조용히 그 자리에서 벗어나기로 결심했다.

지금 여기서 누군가에게 발견되어 사건에 휘말리는 것만큼은 피하고 싶었다.

그렇게 되면 내 평온한 학교생활에 먹구름이 몰려올 테

니까.

살며시, 그러면서도 신속하게 움직여 그 자리를 뒤로했다.

"거기 누구 있어……?"

무의식중에 도망치고 싶은 마음이 너무 앞섰는지 공기가 살짝 달라졌다. 그 변화를 알아차린 스도가 조금 전까지 내가 숨어 있던 곳을 살폈다. 하지만 간발의 차이로 나는 계단을 내려가는 데 성공했다.

1초, 혹은 2초만 늦었어도 내 뒷모습을 봤을지도 모른다.

1

D반의 아침은 언제나 소란스럽다. 원래 성실과는 거리가 아주 먼 아이들이 많으니까.

하지만 오늘은 평소보다도 훨씬 들뜨고 시끌벅적한 분위기다. 그 이유는 군이 말할 필요가 없으려나. 오늘은 입학 이래로 오랜만에 포인트를 받을지도 모르는 날이기 때문이다.

내가 다니는 '고도 육성 고등학교'는 다른 학교에서 전례를 찾아볼 수 없는 S포인트 시스템을 채용하고 있는데, 그게 뭔지 잠깐 설명해볼까.

나는 학교에서 지급받은 휴대전화를 꺼내 무료로 설치된 학교 앱을 열고, 학적번호와 비밀번호를 입력해 로그인했다. 그리고 메뉴 중 하나인 '잔액 조회'를 실행했다.

잔액 조회 메뉴로 여러 가지 일이 가능하다. 현재 자신이 가진 포인트와 반이 보유한 포인트를 확인할 수 있다. 또 자신의 포인트를 다른 학생에게 양도하는 기능도 있다.

포인트는 두 종류로 분류되는데, 그중 하나는 숫자 끝에 'cl'이라고 명기되어 있다. 이것은 class의 약칭이며 '반 포인트'라고 부른다. 학생 개개인에게 할당된 포인트가 아니라 반 단위로 소지한 포인트다. 6월 시점에서 잔액란에 표시된 우리 D반의 포인트는 0cl. 한 푼도 없다는 소리다. 그리고 또 다른 포인트는 'pr'이라고 표기된다. 이것은 private의 약칭으로, 개개인이 소유한 포인트…… 즉 프라이빗 포인트다.

매달 1일에 cl, 그러니까 반 포인트에 100을 곱한 프라이빗 포인트가 학생들에게 각각 지급되는 구조다.

프라이빗 포인트는 생활용품을 사거나 식사 혹은 전자제품을 살 때 등 학교에서 돈 대신 쓰는 매우 중요한 것이다.

학교 부지 내에서는 현금을 사용할 수 없기 때문에 프라이빗 포인트가 없으면 강제적으로 용돈 없이 생활을 이어나가야만 한다.

D반은 반 포인트가 0이어서 매달 들어오는 프라이빗 포인트도 필연적으로 0이고, 결국 강제적으로 용돈 없이 생활하고 있다.

물론 입학했을 때 반 포인트 1,000점을 지급받았다.

그게 유지된다면 매달 10만 엔씩 받을 수 있는 상황이었던 셈이다. 하지만 귀찮게도 반 포인트는 매일 증감한다. 수업 중에 잡담하거나 시험을 망치는 등 여러 가지 요인으로 포인트가 깎인다. 결과적으로 5월 초가 됐을 때 D반의 포인트는 0이 되고 말았다. 그리고 슬프게도 7월 1일이 된 오늘까지 그 상태가 이어지고 있다.

한편 반 포인트는 매달 지급되는 금액 이외에 반의 우열을 가리는 역할도 한다. 반 포인트의 수치가 높은 순으로 A반부터 D반까지 배정되는 것이다.

만약 우리 D반이 C반보다 많은 반 포인트를 획득하게 되면 아마 그다음 달부터 C반으로 올라갈 수 있으리라. 그리고 최종적으로 A반이 되어 졸업하면 자신이 꿈꾸는 학교나 회사에 들어갈 수 있다.

처음 이 제도에 대해 들었을 때는 반 포인트를 모으는 것이 제일 중요하다고 생각했다. 프라이빗 포인트를 아무리 모아봤자 자기만족밖에 안 된다고.

하지만 그 생각은 중간고사 점수를 사면서 확 바뀌었다.

얼마 전 시험에서 나는 아깝게 낙제를 받은 스도의 점수를 학교로부터 사들이는 작전을 세웠다. 그 제안을 학교 측에서 두 말 않고 받아들이는 모습만 봐도 우리 D반의 담임인 차바시라 선생님의 말이 농담이 아니라는 사실을 알 수 있다.

'이 학교에서는 학교와 학생의 계약에 있어서, 원칙적으로 포인트로 못 사는 것은 없다.'

다시 말해 학교에서 프라이빗 포인트를 가진다는 것은 필요에 따라 상황을 얼마든지 유리하게 만들 수 있다는 사실을 의미한다.

그러니 마음만 먹으면 시험 점수 그 이상의 것도 얼마든지 손에 넣을 수 있을지도 모른다.

"상쾌한 아침이다, 제군들. 오늘은 평소보다 더 분위기가 산만하구나."

아침 조례의 시작을 알리는 종소리와 함께 차바시라 선생님이 교실에 들어왔다.

"사에 쌤! 우리, 이번 달도 포인트가 0인가요?! 아침에 확인해보니까 1엔도 안 들어왔던데요!"

"그래서 분위기가 이렇게 어수선했던 건가?"

"우리, 이번 한 달 동안 정말 죽을 정도로 열심히 했다고요. 중간고사도 잘 봤고……. 그런데도 계속 0이라니 너무 심한 것 아닌가요?! 지각이랑 결석, 잡담도 전혀 안 했는데요!"

"멋대로 결론 내리지 마. 먼저 내 얘기부터 들어. 이케, 물론 네 말대로 지금까지와는 다르게 열심히 노력했더구나. 그건 인정하지. 너희가 실감했듯 학교 측도 당연히 그렇게 받아들이고 있다."

타이르는 듯한 말투에 이케는 입을 다물고 자기 자리에 앉았다.

"그럼 바로 이번 달 포인트를 발표하겠다."

차바시라 선생님이 손에 든 종이를 칠판에 펼치자 포인트 결과가 A반부터 차례대로 공개되었다.

D를 제외한 모든 반의 포인트가 지난달에 비해 100 가까이 올랐다.

게다가 A반의 포인트는 1,004로 입학 당시보다 조금 더 많았다.

"……별로 기쁘지 않은 전개네. 설마 포인트를 늘리는 방법을 찾았다, 이 말인가?"

옆자리의 주인, 호리키타 스즈네는 다른 반만 신경 쓰이는 듯 보였지만 이케를 비롯한 D반 아이들 대부분은 다른 반의 포인트 따위 안중에도 없었다. 중요한 것은 D반에 포인트가 있는가 없는가. 오직 그것뿐이었다.

D반에는—— 87포인트. 그렇게 표기되어 있었다.

"앗? 뭐야, 87이라니…… 그럼 우리도 플러스가 되었다는 거?! 드디어 해냈다!"

포인트를 확인한 순간, 이케가 펄쩍 뛰어올랐다.

"기뻐하기는 아직 일러. 다른 반은 너희와 같거나 혹은 그 이상으로 포인트를 늘렸잖아. 차이는 전혀 줄어들지 않았다. 이건 중간고사를 통과한 1학년에게 주는 일종의 보상 같은 거야. 각 반에 최저 100포인트씩 지급된 것에 지나지 않아."

"그런 거구나. 갑자기 포인트가 지급되어서 이상하다고 생각했어."

A반을 노리는 호리키타로서는 입학 이래 처음 받는 반 포인트가 별로 기쁘지 않았는지, 얼굴에 미소가 없었다.

"실망했니, 호리키타? 하긴, 반의 차이가 오히려 더 벌어졌으니까."

"실망 안 했어요. 이번 발표로 얻은 것도 있으니까요."

"뭔데? 얻은 게?"

이케가 일어난 채로 호리키타에게 물었다. 주위의 시선을 한 몸에 받은 호리키타는 대답할 마음이 들지 않았는지 계속 묵묵부답이었다. 그 모습을 지켜보던 우리 반의 중심인물, 히라타 요스케가 대신 대답했다.

"호리키타는 우리가 4월, 5월에 쌓았던 부채…… 그러니까 잡담이랑 지각이 보이지 않는 마이너스 포인트가 되지는 않았다는 사실을 말하고 싶었던 게 아닐까?"

머리 회전이 빠른 히라타는 망설임 없이 그렇게 말했다. 훌륭하군. 적중했다.

"아, 그런가? 100포인트를 받아도 마이너스가 산더미처럼 쌓여 있었으면 0이 되었겠지?"

이해하기 쉬운 설명에 납득한 이케가 해냈다며 두 팔을 위로 번쩍 들어 올렸다.

"잉? 그런데 왜 포인트가 들어오지 않았지?"

지극히 당연한 의문으로 원점 회귀한 이케가 차바시라 선생님을 쳐다보았다.

원래는 8,700 프라이빗 포인트가 들어와야 정상이다.

"이번에 약간의 문제가 있었어. 그래서 1학년이 받을 포인트 지급이 늦어지고 있다. 너희한테는 미안한 얘기지만 조금만 더 기다리도록."

"네에엣? 진짜요? 학교에서 잘못한 거니까, 뭐 덤이라도 줘야 하는 거 아닌가요?"

다른 학생들도 똑같이 불평 가득한 목소리를 높였다. 없을 거라고 여겼던 포인트가 있다는 사실을 안 순간, 태도가 돌변했다. 87포인트라도 있는 것과 아예 없는 것은 운니지차(雲泥之差)니까 말이다.

"너무 탓하지 마. 학교 측의 판단이지 내가 어떻게 할 수 있는 문제도 아니니까. 문제가 해소되는 대로 포인트는 지급될 것이다. 포인트가 남으면 말이지."

차바시라 선생님의 왠지 의미심장하게 들리는 말이 귓가를 계속 맴돌았다.

2

점심시간에 돌입하자 학생들은 저마다 자유로이 밥을 먹기 위해 움직이기 시작했다.

그런데 최근 들어 나는, 어중간하게 친구가 생기기 시작하는 이때가 학교생활에서 가장 힘든 시기라는 사실을 온몸으로 느끼고 있다. 이를테면 쿠시다 키쿄. 그녀는 남녀 구분 없이 친구가 많고 인기도 절대적이어서, 쿠시다에게 놀자고 직접 말을 걸어오는 것은 물론이고 전화나 문자도 끊임없이 온다. 그 모든 권유에 다 응할 수는 없는 노릇이라

어쩔 수 없이 거절하거나 다 같이 모여서 밥을 먹으러 가는 등 리얼 라이프를 반복하고 있다.

한편 여자들에게는 별로 인기가 없지만 이케나 야마우치 등은 친해진 남자애들과 거의 매일같이 밥을 먹으러 가는 듯 보였다. 그 무리 속에는 스도와 혼도의 모습도 있다.

그래서 하고 싶은 말이 뭔가 하면, 나는 그 어디에도 속하지 않았다는 것.

쿠시다랑 친구라고 하면 친구고, 이케와 야마우치와도 친구이긴 하다. 양쪽 다 이따금 같이 밥을 먹을 때는 있지만, 그게 그리 잦은 빈도라고 말하기는 어렵다. 대체로 그 애들이 '점심 같이 먹을래?'라거나 '수업 마치고 놀러 갈래?' 하고 먼저 말을 걸어와야 비로소 성립하는 관계다.

처음 입학했을 때는 그리 마음에 걸리지 않았다. 친구가 생기기 전, 그러니까 내가 말을 걸 상대도 내게 말 거는 상대도 없어 필연적으로 늘 혼자인 게 일상이었으니까.

하지만 이런 시기가 되면 친구는 분명 있는데 혼자라는 불가사의한 현상이 일어난다.

이 현상…… 체험해보니 실로 마음이 불편하다. 잘 노는 친구가 수학여행에 빠지는 바람에 어느 그룹에도 끼지 못해 울 뻔했다, 와 같은 전개도 앞으로 얼마든지 펼쳐질 수 있다. 친구긴 친구지만 내 순위는 꽤 낮은가? 아니면 나만 친구라고 생각하나? 이런 망상까지.

안절부절못하고 불안한 마음에 나도 모르게 이케 무리가

있는 쪽을 쳐다보았다. 나 여기 있어, 나한테 놀자고 말해도 돼. 그런 내 멋대로의 희미한 기대감을 담은 눈빛이었다.

그리고 그런 자신에 대해 혐오감을 느낀 나는 구질구질하다며 스스로 타이른 후 시선을 거두어들였다.

한심하게도 이런 짓을 매일 반복하고 있다.

"아직도 친해지지 못했네. 여전히 가여워라, 아야노코지."

방황하는 나를 옆자리의 주인이 싸늘한 눈으로 쳐다보았다.

"……넌 고독이 완전히 몸에 밴 것 같군."

"덕분에."

기분 나쁘라고 한 말인데, 호리키타는 내 말을 그대로 받아들였다.

반 아이들은 대부분 그룹을 형성했지만, 이 녀석처럼 혼자 있는 학생도 적게나마 존재한다는 사실이 나의 유일한 위안이다.

호리키타뿐 아니라 코엔지도 대부분의 시간을 혼자서 보냈다. 입학 당시에 코엔지는 식당에서 다른 반 혹은 다른 학년 여자들과 밥을 먹는 등 보고도 믿기 힘든 행동을 보였지만, 포인트가 부족해진 후로는 대체로 교실에 있었다.

코엔지 콘체른이라는 일본 유수 기업 사장의 외동아들은 고독을 가장 좋아한다기보다 자기 자신을 가장 좋아하는 인간이기 때문에 남에게 별로 관심이 없다.

혼자라는 상황을 전혀 괴로워하지 않는 자세는 아주 조금

존경스럽다.

오늘만 해도 손거울로 자기 외모를 확인하는 데 여념이 없었다.

그 밖에 안경을 쓴 얌전한 여자애가 있다. 한때는 가슴이 크다면서 이케 무리가 호들갑 떨던 시기도 있었지만, 촌스러운 탓에 화제가 금방 식어버린 지금은 아무도 관심을 보이지 않았다. 그런 그녀는 늘 혼자였고, 누구와 대화하는 모습을 단 한 번도 본 적이 없다.

오늘도 아니나 다를까 혼자 등을 구부리고 앉아서 도시락을 먹고 있다. 몇 안 되는, 직접 만든 도시락 파다.

내 옆자리의 그녀도 가방에서 도시락을 꺼내 펼치고 있다.

호리키타는 최근, 식당은 별로 이용하지 않고 직접 만든 도시락을 가지고 다녔다.

"도시락을 싸는 수고와 재료비, 무시 못 하지 않아?"

호화로운 것이라고는 할 수는 없지만 그래도 학교 식당에는 무료로 먹을 수 있는 정식 등 포인트를 잃은 학생을 위한 구제 조치가 마련되어 있다. 직접 싸는 도시락의 이점이기도 한 비용 면을 아예 0으로 만들 수 있으니, 학교 식당을 이용하는 편이 시간도 포인트도 절약된다.

"모르나 보네. 슈퍼에도 무료로 제공되는 식재료가 있다는 걸."

"그럼 그걸로 만들었다는 소리?"

호리키타는 부정하지 않고 도시락 뚜껑을 열었다. 육류나

튀김은 별로 없었지만 그래도 충분히 맛있어 보였다.

"공부에 예체능에 요리까지 잘하냐. 성격이랑 안 어울리게 재주가 많네."

"요리 정도야 책이나 인터넷을 찾아보면 누구든 할 수 있어. 필요한 도구도 기숙사에 다 있고."

호리키타는 내가 쓸데없이 붙인 사족에 대응하려고도 자신의 재능을 뽐내려고도 하지 않고 내 말을 전부 한 귀로 흘리며 젓가락을 꺼냈다. 할 수 있는 게 당연하다고 생각하니까 나오는 반응이다.

"그런데 왜 굳이 도시락을 만들어 오는 거야?"

"학교 식당은 시끄러우니까. 여기서는 편안하게 밥을 먹을 수 있잖아?"

입학 초기에는 매점에서 산 빵 등으로 점심을 때우는 학생들도 많았지만, 지금은 가진 포인트를 고려해서 무료 정식을 먹으러 식당에 가는 학생이 압도적으로 많다. 어느 순간 깨닫고 보니 교실에 남은 학생은 몇 명도 채 되지 않았다.

호리키타에게는 이보다 더 좋을 수 없는 환경인가. 그나저나 이케 무리는 벌써 사라진 지 오래다.

"또 큰 파도에 편승하지 못한 건가……."

"항상 바다를 바라보고만 있지, 올라탈 서프보드도 그만한 각오도 없잖아? 그래 놓고 파도에 편승하지 못했다는 식으로 발언할 수 있다니, 너도 참 대단한 인물이야."

그 훌륭한 대꾸에는 도저히 반론할 수 없으니 좀 봐줬으면 한다.

3

방과 후는 점심시간과 달리 대인관계로 고민할 일이 없으니 의외로 마음이 편하다.

얼른 기숙사로 돌아가버리면 남의 눈에 띌 염려도 없고, 나 말고도 귀가부는 많다.

내가 닌자처럼 인파 속으로 모습을 감추는 광경은 한번 볼만한 가치가 있다. 사이좋은 무리 뒤에 찰싹 달라붙어 걸으면 꼭 그 무리의 일원이어서 같이 걸어가는 것처럼 보일 수도 있다.

"……그게 다 무슨 소용이야."

성공적으로 친구인 척 꾸민들 그저 자기만족에 불과할 뿐, 애초에 내 교우관계를 신경 쓰는 인간 따위 이 학교에는 존재하지 않는다.

"스도. 너한테 할 이야기가 있다. 교무실로 따라오도록."

재빨리 교실을 빠져나가려는 스도를 차바시라 선생님이 불러 세웠다.

"네? 저를 왜요? 농구 연습하러 가야 하는데요."

나른한 표정으로 가방을 열어 유니폼을 살짝 꺼내 보이는 스도.

"고문 선생님께는 미리 말씀드렸다. 오고 안 오고는 네 자유지만, 나중에 책임 못 진다."

협박으로도 들리는 차바시라 선생님의 경고에 기가 센 스도도 살짝 움츠러들었다.

"무슨 일인데요…… 금방 끝나요?"

"그건 너 마음먹기에 달렸지. 이러는 동안에도 시간은 흘러가고 있어."

그런 말을 들으면 따라가지 않고는 못 배기리라.

스도는 노골적으로 혀를 찬 후 차바시라 선생님의 뒤를 따라 교실을 나갔다.

"변한 것 같으면서도 안 변했다니까, 스도 녀석. 퇴학당하는 편이 나았던 거 아닐까?"

누군지는 몰라도 교실 안에서 그런 중얼거림이 들렸다.

중간고사 때는 그룹이 몇 개로 나뉘긴 했어도 반이 하나가 되었다는 느낌을 받았는데 말이다. 아무래도 그건 기분 탓일 뿐 사실은 아니었나 보다.

"너도 그렇게 생각해? 스도가 퇴학당하는 게 나았다고?"

이렇게 질문하며, 돌아가기 위해 교과서를 가방에 넣는 호리키타. 매일같이 성실하게 교과서를 들고 돌아가 방에서 예습 복습을 하는 학생은 거의 없으리라. 지나치게 성실한 것도 한 번 곰곰이 생각해봐야 할 문제다.

"난 별로. 너야말로 어때, 호리키타? 스도에게 도움을 준 일인으로서."

"글쎄……. 반에 플러스가 될지 어떨지, 아직 미지수인 건 분명하지."

옆자리의 주인 호리키타는 담담한 표정으로 대답했다.

중간고사에서 스도가 퇴학 위기에 처했을 때 녀석을 도우려고 자기 점수를 깎았고, 포인트를 소비해서 시험 점수를 사준 사람이라고는 도저히 보기 힘든 태도다.

내가 자리에서 일어서는 것과 동시에 호리키타도 일어나서 함께 교실을 나왔다. 언제부터인지 모르겠지만 우린 이렇게 이따금 기숙사까지 같이 가게 되었다. 점심도 따로 먹고 딱히 같이 놀지도 않는데 이상한 일이다. 공통점은 둘 다 기본적으로 어디 들르지 않고 곧장 기숙사로 향한다는 것. 아마도 그래서 그런가 보다.

"좀 신경 쓰이네. 아침에 선생님이 한 말."

"포인트 지급이 보류되었다는 거?"

"응. 문제가 생긴 모양인데, 학교 측의 문제일까, 아니면 학생들의 문제일까? 만약 후자라면······."

"지나친 억측이야. 요즘엔 그다지 문제 생길 일이 없었잖아. 그리고 담임이 그랬지? D반만 포인트 지급이 안 된 게 아니라고. 단순히 학교 측 문제겠지."

굳이 걱정 요소를 꼽자면 1학년만 지급이 늦어진다는 부분이지만, 거기에 D반이 얽혀 있을 확률은 상당히 낮다. ······아마도.

"그랬으면 좋겠네. 문제가 생기면 반드시 포인트로 직결되니까."

호리키타는 매일 어떻게 하면 포인트를 획득할 수 있을지 고민했다. 당연히 프라이빗 포인트가 아니라 A반으로 올라가기 위한 반 포인트를 말이다. 그게 전부 쓸데없는 짓은 아니겠지만, 현 상태에서 뜬구름 잡는 이야기라는 건 굳이 말할 필요도 없다.

하지만 살짝 기대되는 면도 있다. 만약 호리키타가 포인트를 올릴 공략법을 찾아낸다면 D반에 엄청난 플러스 요인이 될 테니까. 게다가 반 아이들의 신뢰가 올라가 호리키타에게도 친구가 생기리라. 그야말로 윈윈이다.

"그건 그렇고 가끔은 너도 채팅에 참여하지그래? 호리키타 너만 줄곧 안 읽음으로 되어 있잖아."

나는 휴대전화를 꺼내 그룹채팅 앱을 실행시켜 보여주었다.

기말고사를 무사히 통과한 우리는 그룹채팅에 호리키타를 초대했다. 남과 대화하기를 싫어하는 호리키타지만 채팅이라면 참여할지도 모른다는 쿠시다의 배려였는데, 그 마음이 무색하게도 여태까지 묵묵부답이다.

"전혀 흥미 없어. 메시지 알림도 꺼뒀으니까."

"그런 거냐."

아무래도 처음부터 참여할 마음이 없었던 모양이다. 앱을 지우지 않고 놔둔 이유는, 지우면 쿠시다와 다른 아이들에게 알림이 떠서 이런저런 소리를 듣게 될까 봐서이리라.

참여하고 말고는 호리키타의 자유니까 더는 아무 말도 할 수 없다. 그럴 자격도 없고.

"아야노코지, 너야말로 말이 꽤 많아졌네."

"그런가? 난 처음부터 이랬던 것 같은데."

"아주 미미하지만, 좀 변한 것 같아."

입학 당시보다 달라질 생각은 없었는데, 나도 모르는 사이에 미약하지만 변하고 있는 건지도 모른다. 역시 적응해버렸나.

특히 호리키타와는 묘하게 마음이 잘 맞는다, 아니, 마음은 전혀 안 맞지만 묘하게 통하는 구석이 있다고 할까, 옆에 있어도 전혀 불편하지 않다. 만약 다른 여자애였다면 나는 만족스럽게 대화를 주고받지 못하고 극도로 긴장한 나머지 우왕좌왕했겠지.

그래서 무심코 진짜에 가까운 내 모습으로 이야기해버리는 건지도.

무엇보다 얼마간의 침묵이 찾아와도 분위기가 전혀 흐려지지 않는다는 점은 관계상 제일 감사한 일이다.

"뭔가 변할 계기라도 있었니?"

"글쎄……. 이유를 생각해보면 단순히 학교생활에 적응했고 친구도 늘어나서겠지. 쿠시다의 존재도 큰 것 같고."

남자들끼리만 있으면 아직도 살짝 말수가 적어지거나 어색함을 느낄 때가 있다.

하지만 쿠시다가 있으면 항상 누군가 입을 열고 있어서 전혀 불편한 분위기가 되지 않는 것이었다.

"넌 쿠시다랑도 잘 지내네? 그 애의 숨겨진 얼굴을 알았는데 신경 쓰이지 않아?"

"호리키타 널 싫어한다고 했을 땐 좀 놀랐지만. 그래도 원래 인간은 누군가를 좋아하거나 싫어하는 게 당연해. 신경 쓰여도 별수 없지. 너도 그만 포기하고 겉으로라도 쿠시다랑 친하게 지내보는 게 어때?"

"그렇구나, 그럴지도 모르겠네. 나도 아야노코지를 싫어하지만 이렇게 아무렇지 않게 대화를 나누고 있으니까. 신경 쓸 일이 아닐지도."

"야……."

뭐야, 대놓고 그런 말을 들으면 엄청 상처 된다고.

"바로 그거야. 남이 남을 싫어한다는 말을 들으면 아무렇지 않지만, 그 대상이 자기라고 하면 조금쯤은 드는 생각이 있을 거 아냐?"

"……날 시험한 거냐."

글쎄, 어떨까? 하고 호리키타는 일부러 보라는 듯 머리를 쓸어 올렸다. 분명 의도적이다.

"널 방해할 생각은 없지만, 쿠시다랑 나는 물과 기름이야. 섞일 일은 절대 없다고 봐."

요컨대 쿠시다가 있는 그룹채팅에도 필연적으로 참여하지 않겠다는 의미리라.

"그나저나 애초에 쿠시다가 널 왜 그렇게 싫어하는 거지?"

이 학교에 입학한 후로 두 사람은 접점다운 접점도 없었다. 그런데 언제부터 호리키타를 싫어하게 된 것일까?

쿠시다는 반 아이 모두와 친하게 지내는 게 목표라고 말했는데.

"글쎄. 그런 거, 내가 알 리 없잖아?"

그것도 그렇지만. 아무래도 호리키타와 쿠시다 사이에는 건들면 안 되는 뭔가가 있는 것만 같다.

"그렇게 궁금하면 직접 물어보지그래? 쿠시다한테."

또 터무니없는 말을 하네.

쿠시다 키쿄라는 여자애는 평소에는 천사지만, 나는 우연히 그녀의 다른 얼굴을 보고야 말았다.

평소의 다정한 미소와 말투로 봐서는 절대 상상할 수 없는, 위압적으로 폭언을 토해내는 쿠시다. 아마 그 모습은 호리키타도 모르리라.

"사양할게. 난 지금의 쿠시다로 충분하니까."

"그 말투, 굉장히 속이 울렁거리는데?"

"……그렇지?"

내 입으로 말했지만, 나도 속이 울렁거린다고 생각했다.

4

기숙사 식당에서 옹색한 저녁식사를 끝마친 나는 방으로 돌아왔다. 그리고 휴대전화를 꺼내 잔액을 확인했다. 화면에 표시된 잔액 숫자는 8,320pr. 오늘 아침과 변동이 없다.

입학 첫날에 10만 포인트였던 것을 떠올리면 상당히 적은 금액이다.

옛날 문제를 입수하고 스도의 점수를 사들이는 데 포인트를 많이 써버리고 말았다.

"87포인트라고 해도 받으면 금액이 꽤 큰데."

엔으로 환산하면 8,700엔. 충분하다고 말하기는 힘들어도 어쨌든 큰돈이기는 하다.

"나 좀 살려주라, 아야노코지!"

침대 위에서 휴대전화를 만지작거리고 있는데 갑자기 방문이 활짝 열렸다. 안색이 심상찮은 스도였다.

"……뜬금없이 무슨 일이야. 아니, 그것보다도 여기 어떻게 들어왔어?"

방으로 돌아왔을 때 문을 제대로 잠근 것으로 기억한다. 늘 그렇게 하는 습관이 있기 때문에 깜박 잊고 문을 잠그지 않았을 리는 없다. 설마 벽을 발로 차 부수고 들어온 건 아니겠지?

혹시 몰라 문을 확인했지만, 눈에 띄는 외상 따위 전혀 없이 깨끗했다.

"여기, 우리 그룹이 모이는 방이잖아? 그러니까 이케랑 애들이랑 의논해서 키를 복사해뒀지. 몰랐냐? 나 말고 다른 애들도 당연히 다 가지고 있는데?"

스도가 카드키를 손바닥 위에 올리고 뱅글뱅글 돌렸다.

"아주 중대하고도 소름 돋는 사실을 난 이제야 안 건

가……."

아무래도 내 방은 이제 몇 명이나 무단 침입할 수 있는 상태가 되어버린 듯하다.

"지금 그게 중요한 게 아냐. 진짜 큰일 났다고! 나 좀 살려주라."

"아닌데? 완전 중요한데? 당장 카드키 돌려줘."

"뭐? 왜 그래야 하는데? 내가 포인트를 내고 산 거라고. 그러니까 내 거야."

논리가 통하는 듯 통하지 않는 이 반론은 도대체 뭘까. 자칫 잘못하면 범죄. 아니 이미 범죄 아닌가?

친구라고 해서 무슨 짓이든 다 용서받을 수 있는 것은 아니다.

"고민거리가 있으면 이케나 야마우치한테 가는 게 어때?"

"그 녀석들은 안 돼. 바보니까."

스도는 그렇게 말하며 마룻바닥에 철퍼덕 앉았다.

"카펫 좀 사자. 궁둥이가 아파서 못 참겠다."

인테리어에 쓸 정도의 포인트는 남아 있지 않다.

그리고 스도는 여기가 그룹이 모이는 장소라고 말했지만, 파티 이래로 우리는 단 한 번도 모인 적이 없지 않은가. 무리해서 카펫을 사들인다고 해도 그 위에 앉는 건 내 엉덩이뿐이지 않을까? 그런 그림을 머릿속으로 떠올리기만 해도 굉장히 초현실적이다.

일단 마실 것 정도는 내올까 하는 생각에 자리에서 일어서는 순간, 손님이 왔음을 알리는 벨이 울렸다.

출입문 밖에서 빼꼼 고개를 내민 사람은 쿠시다, D반의 마돈나다. 언제 봐도 귀엽다. 방으로 들어온 그녀는 마룻바닥에 앉아 있는 스도를 발견했다.

"어머, 스도는 벌써 와 있었네?"

"혹시 몰라 묻는 건데, 설마 쿠시다도 내 방 카드키를 가지고 있어?"

"그런데? 그야 모일 목적으로…… 설마 아야노코지는 몰랐어?"

쿠시다가 카드키를 가방에서 꺼내 보여주었다. 겉으로 봤을 때는 구별이 되지 않았지만, 내 방 키가 맞겠지. 아무래도 쿠시다는 내 허락 하에 만들었다고 생각한 모양이다.

"저기, 이거…… 돌려줄까?"

쿠시다가 미안하다는 듯 내 방 키를 내밀었다.

"됐어. 쿠시다한테만 회수해봤자 아무 의미도 없으니까. 스도는 영 돌려줄 것 같지 않으니."

쿠시다는 별로 상관없겠지. 아니, 사실 어느 쪽인가 하면 머릿속 망상의 세계에서는 그녀를 가진 기분이라고도 할 수 있었고. 남자란 타산적인 생물이다.

"쿠시다도 왔으니 본론으로 들어가도 되냐?"

"이렇게 된 이상 별수 없네……. 그래서 의논할 게 뭔데?"

둘이서 밀어붙이니 더는 무턱대고 내쫓을 수도 없다.

스도는 의미심장한 표정으로 천천히 이야기를 시작했다.

"나 오늘 담임한테 불려간 거 알지? 그런데 그게…… 사실은 말이야…… 나, 어쩌면 정학 먹을지도 몰라. 그것도 길게."

"뭐…… 정학?"

뜻밖의 이야기였다. 요새 스도는 입학 초기보다 생활 태도가 훨씬 좋아졌는데 말이다. 수업 중에 졸지도 않고 잡담도 거의 하지 않았으며, 동아리 활동도 순조롭게 하고 있었다.

"혹시 선생님한테 욕이라도 했어?"

오늘만 해도 스도는 차바시라 선생님 때문에 농구 연습을 가지 못해 불만스러워 했었다.

그러다가 자기도 모르게 욱해서 폭언을 내뱉었을지도 모른다.

"안 했어."

"아니면 그건가? 멱살이라도 붙잡고 죽여버리겠다고 위협했다든가."

"그것도 안 했어."

즉시 부정하는 스도. 하긴 그건 아니겠지.

"생각하기에 따라서는 그것보다 훨씬 더 심할지도……."

지금 말한 두 가지도 아주 심각한 문제인데, 그것보다 더 심하다니…….

"그건 가봐, 아야노코지. 선생님을 때리고 발로 찬 것도 모자라 침까지 뱉은?"

"그건 좀 많이 나갔다. ……랄까, 쿠시다의 망상이 너무 심한데……!"

"호호호, 농담이야. 설마 스도가 그렇게까지 했을까?"

곧바로 부정해야 할 스도가 쿠시다의 농담에 깜짝 놀라 아무런 대꾸도 하지 못했다.

그만큼 마음에 여유가 없다는 증거이기도 하다.

"무슨 일이 있었는데?"

"사실 나, 어제 C반 애들을 패버렸어. 그 일로 아까 불려가서 정학 처리가 될지도 모른다는 소릴 들은 거야……. 지금은 처분을 기다리는 중이고."

쿠시다는 스도의 이야기에 경악해 무심코 내 얼굴을 쳐다보았다. 나 역시 순간적으로 이 상황을 제대로 받아들일 수 없었다. 스도가 문제에 휘말렸다니. 염려하던 일이 적중하고 말았나.

"팼다니…… 그게, 어, 어쩌다가?"

"말해두지만 내 잘못이 아니야. 먼저 싸움을 걸어온 건 C반 놈들이란 말이다. 난 단지 싸움에 응해서 본때를 보여준 것뿐이고. 그런데 그놈들이 내가 먼저 싸움을 걸었다는 식으로 나온 거야. 한마디로 허위신고를 한 거지."

보아하니 스도도 머릿속이 뒤죽박죽 정리가 안 되는 모양이다. 무슨 말을 하고 싶은지는 대충 알겠지만, 때린 원인과 상세한 경위까지는 제대로 전달되지 않았다.

"잠깐만 기다려봐, 스도. 조금만 차근차근 말해주면 안 될까?"

쿠시다도 스도가 차분해지도록 유도하면서 C반 아이들을 때리게 된 발단을 물으려고 했다.

"미안, 내가 너무 생략해서 말했나……."

숨을 깊게 들이마셔서 호흡을 가다듬은 뒤 다시 자초지종을 털어놓기 시작하는 스도.

"고문 쌤이 여름 대회 때 주전에 넣어준다고 했거든."

농구를 잘한다는 이야기는 들었는데, 벌써 주전 이야기가 나왔단 말인가.

"주전이라니 굉장해! 스도, 축하해!"

"아직 결정된 건 아니지만. 그냥 그럴 가능성이 있다, 그 정도지 뭐."

"그래도 대단해. 입학한 지 얼마나 됐다고."

"뭐. 실제로 1학년에서 주전 후보에 오른 애는 나뿐이야. 그래서 반드시 주전에 뽑히고 말겠다고 다짐하고 돌아오는 길이었는데. 그놈들…… 그러니까 같은 농구부의 코미야랑 콘도가 나를 특별동으로 불러냈어. 할 이야기가 있다나 뭐라나. 무시해도 됐지만, 그놈들과는 동아리 할 때 종종 부딪쳐서 적당히 혼 좀 내주자 싶었지. 물론 말로. 그래서 갔더니 이시자키라는 놈이 거기서 기다리고 있는 거야. 코미야랑 콘도가 자기 친군데, D반인 내가 주전에 뽑힐지도 모른다는 게 참을 수 없단다. 뜨거운 맛을 보고 싶지 않으면 알아서 농구부를 관두라고 협박하더라고. 그래서 거절했더니 놈이 먼저 주먹을 휘둘러서, 맞기 전에 때리자고 하다가 이렇게 된 거다."

정신없는 설명이기는 했지만 일련의 흐름은 이해되었다. 말한 본인도 그럭저럭 만족한 모습이었다.

"그래서 스도가 가해자가 되어버렸다는 거네?"

스도가 어이없다는 표정으로 고개를 끄덕였다. 먼저 시비를 건 쪽은 C반 애들로, 스도가 농구부를 그만두게 하려고 위협했지만 실패, 그래서 실력 행사…… 요컨대 폭력을 쓰기에 이르렀다. 하지만 싸움에 익숙한 스도에게는 하나도 통하지 않았고 되레 당했다. 녀석들은 당연히 제멋대로 화가 솟구쳤으리라. 하지만 그대로 당하기만 할 수도 없는 노릇이라, 다음 날 스도가 가만히 있는 자신들을 때렸다고 학교에 거짓 신고했다는 것이 일련의 흐름인 듯하다.

"C반에서 먼저 문제를 일으켰으니까 스도는 잘못 없어."

"그렇지? 진짜 황당하다니까. 담임도 내 말을 안 믿어주고."

"우리가 내일 차바시라 선생님께 말할게. 스도 넌 아무 잘못도 없다고."

하지만 일은 말처럼 그리 단순하지 않으리라. 당연히 스도도 지금 우리한테 말한 사실을 그대로 학교에 전달했을 터. 그런데도 처분을 기다린다는 것은 명확한 증거가 없어 받아들여지지 않았다는 의미겠지.

"학교 측에서는 네 말을 듣고 뭐래?"

"다음 주 화요일까지 시간을 줄 테니까 그놈들이 먼저 시비를 걸었다는 걸 증명하란다. 못하면 내가 잘못한 걸로 결론 내리고 여름방학 때까지 정학. 그리고 반 포인트도 마이너스라고."

학교 측의 빈틈없는 대응이 준비되어 있는 듯하다. 하지만 스도가 초조해하는 진짜 이유는 정학이나 마이너스 포인트보다도 농구 주전 이야기가 백지화될지도 모른다는 사실 때문이리라. 청춘 그 자체를 빼앗기는 것은 도저히 참을 수 없다는 표정이다.

"어떻게 해야 되냐, 나."

"스도가 거짓말을 한 게 아니라고 선생님께 호소할 수밖에 없지 않아? 정말 이상하잖아, 아무 잘못도 없는 스도 이야기를 믿어주지 않다니. 그렇지?"

동의를 구하는 쿠시다에게는 미안하지만 나는 그렇다고 대답해줄 수 없었다.

"글쎄…… 이야기는 그리 단순하지 않다고 생각해."

"글쎄라니 뭐야. 설마 너도 날 의심하냐?"

"적어도 학교는 네 말을 안 믿어주잖아? 아무리 쿠시다라고 해도, 우리 반 애들이 아무리 스도는 잘못 없다고 호소한다고 해도, 포인트를 깎이지 않기 위한 거짓말이라고 충분히 생각할 수 있어."

"그건…… 그럴지도 모르지만."

그리고 이 사건은 누가 먼저 시비를 걸었는지 밝혀지면

끝나는 이야기가 아니리라.

아마 삼인조 쪽에도 어떤, 이를테면 일주일 정도의 정학 처분이 내려질 것이다.

아무리 맞았다고 한들 그쪽은 세 명. 스도가 먼저 공격했다는 확실한 증거가 없는 이상 그 정도의 처벌은 반드시 받게 될 터. 그리고 그것이 의미하는 사실은 단 한 가지다.

"그 녀석들 잘못으로 밝혀져도, 너한테도 일정 책임을 물을 가능성이 다분하다는 거야."

"뭐? 그게 무슨 개소리야! 정당방위라고. 엉?!"

스도는 받아들일 수 없다는 듯 테이블을 주먹으로 쾅 내리쳤다. 그 소리에 깜짝 놀라 쿠시다의 어깨가 움찔했다.

"미안, 순간 이성을 잃었다."

쿠시다의 살짝 겁에 질린 표정을 읽은 스도가 사과했다.

"저기…… 그런데 스도한테 왜 책임을 묻는다는 거야?"

"스도는 C반 애들을 때렸고 C반 애들은 스도를 때리지 않았어. 그 부분이 크다고 생각해. 정당방위라는 건 생각보다 훨씬 어려운 일이라고 봐. 상대방이 칼이나 쇠몽둥이 같은 무기를 들고 공격했으면 모를까, 그런 것도 아니잖아? 평소에도 불화가 있었다면 언젠가 일이 터질 거라는 걸 얼마든지 예측할 수 있었을 거야. 정당방위라는 건 갑작스럽게 부당한 침해를 받았을 때 권리를 지키기 위해 어쩔 수 없이 하는 행위지. 그러니까 이번 일에 완벽히 해당한다고 볼 수는 없어."

상황으로 미루어보면 기껏해야 조금의 배려를 받는 게 전부 아닐까?

"무, 무슨 소린지 잘 모르겠지만. 그쪽은 셋이었다고, 셋. 충분히 위험한 상황이었단 말이다."

머릿수도 고려할 가치는 있지만, 그래도 이번 경우는 미묘하다. 어디까지나 내 상상일 뿐 학교 측에서는 머릿수에 무게를 둬서 무죄 결정을 내릴지도 모르지만 말이다.

그걸 기대하고 낙관하는 것은 위험하다.

"학교도 판단하기 어려우니까 유예기간을 뒀겠지."

지금 가진 증거…… 스도에게 맞은 상처가 사건의 유일한 열쇠다.

"그래서…… 주먹을 휘두른 스도에게 무거운 처벌을 내린다는 방침인 거네."

"먼저 주장한 쪽이 유리한 거지. 피해자의 증언에는 증거 능력이 있어."

"받아들일 수 없다니까. 피해자는 난데, 정학이라니 웃기지 말라고 해. 만약 그렇게 되면 농구 주전이고 뭐고 이번 대회 자체를 못 나가잖아!"

C반 녀석들은 스도를 무너뜨리기 위해 위험을 감수하고 작전을 세웠다. 자신들이 다소의 제재를 받는다고 해도 스도가 주전에 뽑히지만 않으면 된다. 뭐, 그런 꿍꿍이로 보인다.

"그 애들한테 가서 솔직하게 말해달라고 부탁해보자. 자기들이 잘못했다고 생각한다면 분명 죄책감을 느끼지 않을까?"

"그럴 놈들이 아냐. 정직하게 말할 리가 없어. 제기랄……. 절대 용서 안 해. 한주먹거리도 안 되는 피라미 새끼들이……!"

스도는 테이블 위에 있던 볼펜을 집어 들어 반으로 쪼갰다. 부아가 치미는 심정이야 모르는 바 아니지만, 그거 내 볼펜인데…….

"말로 설명해도 안 된다면 확실한 증거가 필요하겠군."

"그래……. 스도한테 잘못이 없다는 걸 증명할 수만 있으면 되는데……."

그런 게 있으면 이렇게 고민하지도 않겠지. 하지만 스도는 부정하지 않고 생각에 잠긴 포즈를 취했다.

"있을지도 몰라. 내 착각일 수도 있지만……. 그놈들이랑 싸울 때 어떤 기척을 느꼈다고 해야 하나, 근처에 누가 있었던 것 같거든."

그다지 자신 없는 말투였지만 어쨌든 스도는 그렇게 말했다.

"목격자가 있었다는 뜻?"

"진짜 그냥 느낌일 뿐이지만. 확실하지 않아."

목격자라. 만약 사건을 처음부터 끝까지 다 지켜봤다면 이는 그야말로 호재다. 하지만 상황에 따라서는 스도를 더욱 궁지로 몰아넣는 결과가 될 수도 있다. 이를테면 그놈들이 맞아 넘어진 직후부터 목격했다면 스도가 먼저 싸움을 걸었다는 결정적 증거가 될 테니까.

"······내가 도대체 어떻게 해야 하냐."

머리를 감싸 쥐며 아래로 푹 숙이는 스도. 무거운 침묵이 싫었는지 쿠시다가 입을 열었다.

"스도의 억울함을 증명하려면 방법은 크게 두 가지야. 하나는 단순명쾌하게 C반 애들이 거짓말을 인정하는 거. 사실은 스도의 잘못이 아니라고 인정하는 게 제일 낫겠지."

그게 이상적이라는 것은 틀림없다.

"아까도 말했지만 그건 무리다. 그놈들이 거짓말을 인정하는 일은."

아니, 인정하고 싶어도 못 하리라. 거짓말로 스도를 위험에 빠트리려 했다고 자백하면 정학처분으로 끝나지 않을지도 모르니까.

"나머지 하나는 스도가 방금 말한 목격자를 찾는 거야. 만약 스도가 휘말렸던 싸움을 누군가 봤다면 분명 진상 규명에 힘이 되어줄 거야."

이 시점에서 현실적인 방법은 그 정도밖에 없겠지.

"목격자를 찾는 거라고 하지만 구체적으로 뭘 어떻게 찾냐?"

"한 사람, 한 사람 차근차근? 아니면 반 단위로 돌아다니면서 물어본다거나."

"그렇게 해서 목격자가 나와준다면 다행인데."

이야기가 길어질 것 같다고 생각한 나는 찬장을 뒤졌다. 그리고 입학하자마자 편의점에서 사두었던 인스턴트커피와 녹차 티백을 꺼냈다. 내 기억에 스도는 커피를 안 좋아했던 것 같다. 나는 커피포트에 늘 넣어두는 뜨거운 물로 커피와 녹차를 한 잔씩 만들어서 테이블 위에 놓았다.

"뻔뻔스럽게 들리겠지만 이번 일…… 아무한테도 말 안 하면 안 될까?"

컵을 그대로 둔 채 숨을 후후 불어 녹차를 식히며, 스도가 미안하다는 듯 말했다.

"뭐? ……아무한테도……?"

"소문이 퍼지면 농구부 귀에도 들어갈 거 아냐. 그것만은 피하고 싶은데. 알잖아?"

"스도, 아무리 그래도 그건──."

"이해 좀 해주라, 아야노코지. 나는 농구 말고는 아무것도 없단 말이다."

스도가 내 양어깨를 붙잡고 설득했다. 그야 물론 소문은 퍼지지 않는 편이 좋다. 폭력을 휘둘렀을지도 모른다는 사실을 알게 되면 당연히 좋게 받아들이지 않겠지.

"C반 애들이 스도가 폭력을 휘둘렀다고 멋대로 말하고 다니는 거 아닐까? 자기들한테 유리하게."

그것도 충분히 가능한 이야기다. 우리에게 불리한 상황이니, 그쪽에서 무자비하게 소문을 내고 다녀도 전혀 이상하지 않다. 진짜냐, 하는 표정으로 스도가 다시 머리를 감싸

쥐었다.

"벌써 소문이 다 퍼졌으면 어쩌지……."

"아니, 적어도 오늘까지 그 이야기는 학교 측이랑 당사자들밖에 모르는 거 아냐?"

"왜 그렇게 생각하는데?"

"만약 C반 애들이 입을 놀렸다면 벌써 우리 귀까지 들어왔어야 정상이니까."

학교 측에 신고가 들어갔고, 담임은 방과 후에 스도를 불러 진상을 확인했다.

그렇다면 점심시간 사이에 소문이 퍼졌어도 이상하지 않다.

그런데 적어도 아직까지 소문은 퍼지지 않았다.

"그럼 일단은 안심해도 된다는 걸까?"

하지만 그것도 언제까지 이어지겠는가. 함구령을 내려도 언젠가는 밖으로 새어 나가는 것이 소문이다. 얼마 가지 않아 반드시 퍼지게 되어 있다. 지금 한 가지 확실하게 말할 수 있는 것은──.

"스도는 이번 일에 나서지 않는 편이 좋겠지?"

쿠시다도 그것을 제일 먼저 이해했는지 스도에게 물었다.

"그래. 당사자는 직접 움직이지 않는 게 좋을 것 같아."

나도 그 말에 동의한다는 듯 대답했다.

"그래도 너희한테 전부 미룬다는 게──."

"미루는 거라고 생각하지 마. 우린 스도한테 힘이 되고 싶을 뿐이니까. 어디까지 가능할지는 모르겠지만 힘껏 도울

게. 응?"

"……알았다. 그럼 수고스럽겠지만 너희 도움 좀 받자."

스도도 자신이 나서면 일이 복잡해진다는 것을 이해한 듯했다.

"그럼 나는 내 방으로 돌아간다. 오늘은 미안했다, 갑자기 쳐들어와서."

"복사 키를 만든 것 말고는 다 괜찮아."

안 돌려줄 건데, 하고 스도가 카드키를 주머니에 넣었다. 오늘부터 체인 안전 고리를 걸어놔야지…….

"쿠시다도 내일 보자."

"응, 잘 가, 스도."

어딘지 쓸쓸해 보이는 스도를 배웅했다. 그렇게 말해봤자 방 몇 개만 지나면 스도의 방이 나오지만.

"그런데 쿠시다는 안 가?"

"아야노코지한테 이번 일에 대해 조금만 더 물어보고 싶어서. 뭐랄까, 혹시 썩 내키지 않는 거 아니야? 스도를 돕는거."

어딘지 불안한 눈동자로 나를 올려다보는 쿠시다를 무심코 껴안고 싶은 충동이 일었다. 나는 등을 쭉 펴는 것으로 사악한 마음을 떨쳐냈다.

"그런 건 아닌데 내가 할 수 있는 일이 별로 없어서. 굳이 말하자면 스도의 이야기를 듣고 맞장구를 쳐주는 정도지. 호리키타나 히라타였으면 적확한 충고를 해줄 수 있을 텐데."

"그럴지도 모르지만 스도는 아야노코지한테 도움을 청했잖아. 호리키타도 히라타도 아니고, 이케나 다른 애들도 아닌 너한테 먼저 이야기를 털어놓았어."

"기쁘기도 하고 안 기쁘기도 하고."

"흐음."

아주 잠깐 눈빛이 싸늘해진 쿠시다의 모습에 나는 조금 당황했다.

그러고 보니 쿠시다는 저번에 내 면전에 대고 싫어한다는 소리를 했지. 늘 친절하고 웃는 얼굴로 대해서 깜박 잊어버릴 때가 많은데, 그 부분을 잘 기억하고 있지 않으면 큰 상처를 받으리라.

"아야노코지는 반에 좀 더 녹아들려는 노력을 하는 게 좋지 않을까?"

"일단 노력은 하고 있어. 단지 결실을 못 볼 뿐이야. 이번 일도 경솔하게 도와준다고 말할 배짱이 없을 뿐이고."

내가 날마다 누군가와 함께 점심을 먹고 싶어서 고민하고 있을 줄은 꿈에도 생각 못 하겠지.

그렇게 생각했지만, 다른 사람이 아닌 쿠시다니까 그것까지 이미 파악이 끝났을지도 모르겠다.

"쿠시다는 도울 거지?"

"당연하지. 친구니까. 아야노코지는── 어떻게 할 거야?"

"아까도 말했지만 호리키타나 히라타한테 의논하는 게 제

51

일 든든하지 않을까? 뭐, 스도는 히라타를 싫어하니까 이 경우에는 필연적으로 호리키타가 되겠지만."

아무리 호리키타라고 해도 한 방에 해결 가능한 대책을 퍼뜩 떠올릴 것 같지는 않지만 말이다.

"호리키타가 도와줄까?"

"글쎄. 그건 이야기해봐야 알겠지. 하지만 그 녀석이라면 D반이 몰락하는 걸 그냥 두고 보지만은 않을 거야…… 아마도."

솔직히 자신은 없었다. 아무래도 호리키타다 보니까.

"어물쩍 넘어가려는 것 같은데 아야노코지도 당연히 도와주겠지?"

은근슬쩍 남에게로 관심을 유도하려고 했지만 제자리로 돌아와버렸다.

"……도움이 안 돼도 괜찮을까? 전혀 도움이 안 될 텐데?"

"그렇지 않아. 분명 도움이 될 거야, 어떤 식으로든."

도움이 될 요소가 뭔지 구체적으로 말하지는 못했다.

"당장 내일부터 어떻게 한담? 스도는 아무 소용없다고 했지만 난 스도랑 싸운 애들을 찾아가는 것도 한 방법이라고 생각해. 사실 나, 코미야 쪽 애들이랑 친분이 있어. 그러니까 설득할 수 있을지도 몰라. 으음, 아닌가, 위험한가……."

쿠시다는 C반의 삼인조를 설득하는 방법을 포기할 수 없는 듯했다.

"리스크가 너무 높아. 싸움의 발단은 그렇다 치고, 학교에 신고한 건 그 애들이잖아. 위로 쳐든 주먹을 간단히 도로 내리려고 하진 않을 거야. 아니, 못 하겠지. 사실은 스도가 아니라 자기들이 먼저 싸움을 걸었다고는."

거짓말로 학교에 증언한 이상 쉽사리 인정하려 들지 않으리라. 만약 허위 신고였다는 사실이 학교 측에 알려지면 C반 애들은 무거운 처벌을 받게 된다. 그런 어리석은 짓은 절대 할 리 없다. 그들은 들어 올린 주먹을 다시 내릴 수 없는 것이다.

"그럼 역시 목격자를 찾는 게 제일 낫네."

그것도 설득과 똑같은 수준으로 난이도가 높다. 사건을 구체적으로 드러내지 않고 목격자를 찾기란 지극히 어려울 테니까. 뭔가를 보지 않았니? 하고 묻는 것은 엄청난 시간과 수고가 필요하다.

지금 이리저리 고민해봤자 결론은 나오지 않을 것 같다.

상황에 어떤 변화가 찾아온다면 이야기의 흐름도 조금쯤 바뀔지도 모르는데.

이름	호리키타 스즈네
반	1학년 D반
학적번호	S01T004752
동아리	무소속
생일	12월 15일

평가

학력	A
지성	A−
판단력	B−
신체능력	B+
협조성	E

면접관 코멘트

초등학교 때부터 이미 높은 성적을 받았으며 면접 태도도 양호. 진학을 목표로 삼아 학력 향상을 위해 노력하는 자세도 충분히 평가할 만하다. 또한 중학교에서는 3년 내내 무지각 무결석을 기록하는 등 자기관리도 문제없다. 이 점만 가지고 말하면 A반에 해당하는 실력자다. 그러나 남을 배려하는 마음과 협조성 등 부족한 부분이 다소 있고, 중학교에서 급우 혹은 교사와 충돌하는 일이 잦았다. 사회에 내보내려면 많은 교정이 필요해 보이므로 D반에 배정한다.

담임 메모

처음으로 친구가 생겨 조금씩 변화가 보이는 중. 협조성의 향상을 기대한다.

○위크 포인트

안 좋은 일은 연이어 일어나는 법. 다음 날 아침 조례 시간, 우리를 맞이한 것은 늘 최소한의 말만 하고 교실을 빠져나가는 차바시라 선생님의 듣기 괴로운 전달사항이었다.

"오늘은 너희에게 알려줄 사실이 있다. 며칠 전 학교 안에서 약간의 문제가 일어났어. 저기 앉은 스도와 C반 학생들 사이에 무슨 일이 있었던 모양이다. 단적으로 말하면 싸움이지."

교실 안이 술렁거렸다. 스도와 C반 학생들의 다툼, 책임 정도에 따라서는 스도의 정학 그리고 반 포인트의 삭감을 피할 수 없다는 것. 그 모든 것이 적나라하게 전달되었다.

감정을 전혀 싣지 않은 모습에 일종의 아름다움까지 느껴질 만큼 차바시라 선생님은 담담했다.

내용이 어느 한쪽으로도 치우치지 않은, 어디까지나 학교의 중립적인 입장에서 하는 설명이었다.

"저기…… 결론이 아직 나오지 않은 이유는 무엇 때문입니까?"

히라타가 지극히 당연한 질문을 던졌다.

"학교에 먼저 신고한 건 C반 애들이야. 일방적으로 맞았다고 말이지. 그런데 진상을 확인하는 과정에서 스도가 그게 사실이 아니라고 말했다. 스도의 말로는 자기가 먼저 싸움을 건 게 아니라 C반 애들이 자기를 불러내서 싸움을 걸었다는구나."

"나는 아무 잘못도 없어요. 정당방위라고요. 정당방위."

기죽은 기색 하나 없이 말을 내뱉는 스도에게 반 아이들이 싸늘한 시선을 보냈다.

"하지만 증거가 없지. 안 그래?"

"증거는 무슨 증거요. 그런 게 있을 리 없잖아요."

"즉, 현재까지는 진실을 알 수 없어. 그래서 결론이 보류된 거다. 누가 잘못했는지에 따라 그 처우도 대응도 크게 달라질 테니까."

"무죄 말고는 절대 받아들일 수 없어요. 아니, 제가 위자료를 받아야 할 정도라고요."

"본인은 그렇게 말하지만 지금으로서는 신빙성이 높다고 말하기 힘들다. 스도가 느꼈다는 목격자가 정말로 존재한다면 앞으로의 이야기도 조금은 달라지겠지만. 어때? 싸움을 목격한 학생이 있으면 손들어 볼래?"

무덤덤하게 이야기를 이어가는 차바시라 선생님. 선생님의 질문에 손드는 학생은 아무도 없었다.

"안타깝지만 스도, 우리 반에는 목격자가 없는 것 같구나."

"……그런 것 같네요."

차바시라 선생님이 의심스러운 눈초리를 보내자 스도는 시시하다는 듯 눈을 아래로 내리깔았다.

"학교로서는 목격자를 찾아야 하니까, 지금 각 반의 담임

선생님이 상세하게 조사하고 있을 거다."

"네엣?! 다 떠벌렸다는 거예요?!"

학교로서는 어쩔 수 없을지도 모른다. 스도가 무죄를 주장하고 목격자의 존재를 언급한 이상 아마도 전 학년, 각 반에 상세한 내용이 전달되었으리라.

사건을 감추고 싶었던 스도에게는 좋지 않은 상황이다.

"으……!"

스도의 희망대로 몰래 사건을 해결하려고 했던 계획은 빨리도 물거품이 되어버렸다.

"어쨌든 전달사항은 여기까지다. 목격자의 유무, 증거의 유무까지 포함한 최종 판단이 다음 주 화요일까지는 내려질 거야. 그럼 아침 조례를 마치겠다."

차바시라 선생님이 교실을 나갔다. 뒤이어 스도도 재빨리 교실을 빠져나갔다. 이 자리에 계속 있으면 누군가의 발언에 적반하장으로 발끈할 것 같아 그럴지도 모른다.

"야, 스도 이야기, 정말 최악 아니냐?"

제일 처음 입을 연 것은 이케였다.

"스도 때문에 포인트를 잃으면 이번 달에도 0으로 살아야 하잖아?"

교실 안은 점점 더 소란스러워져 수습이 불가능해질 지경에 이르렀다.

포인트가 들어오지 않는다 혹은 줄어든다는 불만의 배출구가 이 자리에 없는 스도 한 사람에게 집중되고 있었다. 그 상황을 가만히 지켜보지 못한 사람은 당연히 쿠시다였다.

"애들아. 잠깐만 내 얘기 좀 들어줄래?"

쿠시다는 이 소동을 위기가 아닌 기회로 바꾸기 위해 자리에서 일어섰다.

"물론 선생님 말씀처럼 스도가 싸운 건 사실일지도 몰라. 하지만 스도는 단지 싸움에 휘말렸을 뿐이야."

"휘말리다니, 그럼 쿠시다는 스도가 하는 말을 믿는다는 거니?"

쿠시다는 어제 스도에게 들은 이야기를 그대로 털어놓았다. 스도가 농구부에서 주전에 뽑힐지도 모른다는 것. 그걸 질투한 같은 농구부 몇 명이 스도를 쫓아내기 위해 따로 불러내서 협박했다는 것. 결과적으로 싸움으로 발전했고, 스도는 방어 차원에서 주먹을 휘둘렀다는 사실까지. 아이들 대부분은 쿠시다의 진심이 담긴 말에 무심코 입을 다물고 귀를 기울였다. 만약 같은 이야기를 나나 혹은 스도가 주장했다면 이렇게까지 와 닿지 않았겠지.

그렇지만 반 아이들 전원이 그대로 믿어줄 만큼 단순한 이야기도 아니다. 스도의 평소 행실이 불량하다는 것을 고려하면 쉽사리 믿지 못하는 것도 당연하다.

"다시 한 번 물을게. 혹시 우리 반에서, 친구나 선배 중에 사건을 목격했다는 사람이 있으면 알려주지 않을래? 언제든 연락을 기다리고 있을게. 부디 잘 부탁해."

말하는 내용은 차바시라 선생님과 똑같은데 다들 받아들

이는 모습이 전혀 딴판이었다.

남을 대하는 데에 천부적인 재능. 그녀는 홀딱 반할 만큼 눈부시게 보였다.

순간 정적에 휩싸인 교실. 그 침묵을 깨부순 것은 목격자가 아니라 야마우치였다.

"쿠시다. 스도가 한 이야기, 난 못 믿겠어. 자기를 정당화하려고 거짓말한 게 아닐까 하는 의심이 든다고. 그 녀석, 중학교 때도 매일 싸움만 했다고 했고, 상대를 때리는 법이라든가 급소가 어디라든가를 즐거운 듯이 강의했으니까."

그 말을 시작으로 스도에 대한 불만이 봇물 터지듯 쏟아져 나왔다.

"전에도 복도에서 부딪친 다른 반 애의 멱살을 잡는 거, 나 본 적 있어."

"난 식당에서 새치기하다가 누가 주의를 주니까 도리어 자기가 화내는 걸 봤어."

스도의 무죄를 호소하는 쿠시다의 말은 전해지지 않았다. 모처럼 받게 될 포인트를 잃어버릴지도 모른다는 위기감이 스도를 규탄하는 형태로 이끌었다.

"난 믿고 싶어."

쿠시다를 옹호하듯 자리에서 일어선 사람은 물론 우리 반의 히어로 히라타. 안티 스도라는 분위기에 휩쓸리지 않은 당당한 등장이다.

"다른 반 아이를 의심하는 거라면 나도 그나마 이해할 수 있어. 하지만 같은 반 친구부터 의심하는 건 잘못됐다고 생각해. 열심히 힘을 모아서 돕는 게 친구 아니야?"

"나도 찬성!"

히어로의 말에 그의 여자 친구 카루이자와가 목소리를 보탰다. 그녀는 앞머리를 손질하며 말을 이었다.

"만약 억울한 누명을 쓴 거라면 문제 아냐? 어쨌든 아무 잘못도 없다면 스도가 너무 불쌍해."

쿠시다가 부드러운 의미에서 여자아이들의 중심인물이라면, 카루이자와는 강한 의미였다. 힘 있는 리더 같은 존재인 그녀의 영향력이 컸는지 많은 여자애가 찬성을 표하기 시작했다.

남 따라 하기 좋아하는 일본인다운, 실로 이해하기 쉬운 그림이다. 속으로는 혀를 찰지 몰라도 겉으로는 협력 체제가 됐으니 다소 도움이 된 건가. 스도를 향한 일시적인 비판이 그쳤다.

히라타와 쿠시다, 그리고 카루이자와. 특히 이 세 명은 반 아이들의 인망을 완전히 모은 듯하다.

"나, 친구한테 물어볼게."

"그럼 나도 친한 축구부 선배한테 물어봐야겠다."

"나도 여기저기 알아볼게."

세 명을 중심으로, 스도의 무죄를 증명하기 위한 장이 마련된 것 같다.

이렇게 되면 나는 나서지 않아도 되겠군. 어설프게 얽히는 것보다 주위 사람들에게 맡기는 편이 낫다.

여기서는 은근슬쩍 페이드아웃 되는 작전으로 나가자.

1

"페이드아웃……할 계획이었는데……."

점심시간. 나는 어째서인지 늘 모이는 그룹에 끼여 식당에 와 있었다.

멤버는 나, 쿠시다, 호리키타, 이케, 야마우치, 그리고 스도였다.

어쩔 수 없다. 점심시간 종이 울리자마자 쿠시다가 "자, 어서 갈까?" 하고 미소 띤 얼굴로 말하니, "오케이!" 하고 대답할 수밖에 없지 않은가? 별수 없다. 별수 없어.

"넌 하루도 문제를 안 일으키는 날이 없구나, 스도."

호리키타가 어이없다는 듯 한숨을 푹 내쉬었다.

당연히 우리의 의논 주제는 스도의 무죄를 어떻게 증명하는가, 였다.

"뭐, 어쩔 수 없으니까 친구로서 도와줄게, 스도."

처음에 스도를 나쁘게 말했던 이케가 태도를 확 바꾸었다. 쿠시다가 도와달라고 호소해서 그런 것이 틀림없다. 그런 이케의 본심도 모르고 스도는 미안하다고 말했다.

"그리고 호리키타. 또 성가시게 만들어서 미안하다. 하지만 이번엔 내가 잘못한 게 아니야. 어떻게든 해서 C반 놈들한테 한 방 먹이자고."

스도는 꼭 남 일 말하듯 여유만만한 태도로 호리키타에게 말했다.

"미안한데 난 이번 일에 협력할 마음이 없어."

도움을 요청하는 스도의 말을 호리키타는 단칼에 베어버렸다.

"D반이 위로 올라가기 위해 제일 중요한 건 잃어버린 반 포인트를 하루라도 빨리 만회해서 플러스로 넘어가는 거야. 그런데 네가 벌인 사건 때문에 아마도 포인트는 또 지급되지 않겠지. 네가 찬물을 끼얹었다는 소리야."

"잠깐만. 그건 그럴지도 모르지만 진짜로 내 잘못이 아니라니까? 그놈들이 먼저 덤벼들어서 응대해줬을 뿐이라고! 그게 뭐가 나빠?!"

"넌 지금 누가 먼저 싸움을 걸었는지에 초점을 맞추고 있는데, 그런 건 사소한 차이에 불과해. 그걸 모르겠니?"

"사소한 거라니 무슨 소리야. 아니라고, 나는 아무 잘못 없다고!"

"그래. 그럼 열심히 해봐."

호리키타는 손도 대지 않은 식사를 트레이째 들고 자리에서 일어났다.

"안 도와줄 거냐?! 우리 한 배를 탄 사이 아니야?!"

"웃기지 마. 난 단 한 번도 너와 한 배를 탔다고 생각한 적 없어. 무엇보다도 자신의 어리석음을 깨닫지 못하는 인간이랑 함께 있으면 불쾌해지거든. 그럼 안녕."

화가 난다기보다 황당하다는 듯 호리키타는 노골적으로 한숨을 내쉬며 그 자리를 떠났다.

"뭐야, 저 녀석! 제기랄!"

갈 곳 잃은 짜증을 식당 테이블에 대신 푸는 스도.

아, 방금 근처에 앉은 학생의 된장국이 넘쳐버렸다……. 학생은 스도를 째려보았지만 그의 험상궂은 인상을 보고 아무 말도 하지 못했다. 그래, 그 기분은 모르는 바가 아니다.

"우리끼리 할 수밖에."

"너만은 알아줄 거라고 생각했다, 야마우치. 덤으로 아야노코지도 기대한다."

나는 야마우치의 덤인가 보다. 별로 놀랄 일도 아니니까 그냥 넘어가자.

"협력하라고 하면 하겠지만, 난 전력에 그다지 도움이 안 될 텐데?"

매번 도움을 부탁받을 때마다 자신을 비하하는 것도 헛된 일이다.

"어제부터 아야노코지는 이런 느낌이야. 이케가 뭐라고 말 좀 해줄래?"

"아니, 하지만…… 틀린 말도 아니야. 아야노코지가 도움이 되냐고 묻는다면 대답하기 애매해. 뭐, 그래도 없는 것보다야 낫겠지. 아마도."

이케도 당연히 내가 어떤 부분에 도움이 되는지 퍼뜩 떠오르지 않으리라.

나는 의기양양한 표정으로 쿠시다를 쳐다보았다. 이것이 바로 특징 없는 인간의 위력이라고 보여주기라도 하듯.

"좀 냉정하네. 중간고사 때 도와준 후로 조금은 사이가 좋아졌다고 생각했는데."

이케는 아쉬워 보인다고 할까, 살짝 애타는 표정을 지으며 멀리 앉은 호리키타를 쳐다보았다.

"잘 모르겠다, 호리키타라는 아이. 어때, 아야노코지? 저 녀석 지금 어떤 상태야?"

나한테 해설을 요구해도 곤란하다. 나는 저 녀석의 취급 설명서가 아니니까. 나는 얼버무리듯 밥그릇에 든 밥알을 서둘러 입에 쓸어 담았다.

"그런데 이상하지 않아? 호리키타는 A반에 올라가고 싶어 하잖아. 그럼 스도를 도와주는 게 플러스에 더 유리할 텐데, 왜 저러지?"

"스도가 싫어서가 아닐까? 친구를 생각하는 마음이 없는지도."

호리키타는 딱히 스도가 싫어서 안 도와주는 것이 아니다.

하지만 이 자리에 있는 모두는 사적인 감정 때문에 스도를 도와주지 않는다고 오해하기 시작했다.

"생각하긴 싫지만 그럴지도 몰라……."

"쿠시다, 호리키타는――."

순간 무심결에 입에서 말이 튀어나왔다. 쿠시다는 자못

흥미롭다는 듯 나를 응시했다.

"호리키타는 뭐?"

"아…… 쓸데없는 참견이겠지만 한마디만 할게. 물론 호리키타는 말투가 곱지 않지. 하지만 그렇다고 틀린 말을 하는 건 아니……라고 생각해."

"뭐? 그게 무슨 뜻이야?"

"녀석도 아무 의미 없이 돕지 않겠다고 말하는 건 아니…… 라고 생각해."

"그럼 무슨 의미냐? 생각해, 생각해, 하고 순 억측뿐이잖아?"

중간에서 끼어든 사람은 스도였다. 호리키타를 의식했기 때문에 거절당한 것이 더욱 마음에 들지 않았으리라. 설명하기는 어렵지 않은데, 어떻게 하지?

호리키타는 아마도 차바시라 선생님으로부터 사건에 대해 전해 들은 순간 깨달았을 것이다.

일어날 일이 일어났다고. 그리고 눈에 선한 엔딩…… 그러니까 결말이 해피엔딩일 확률은 매우 희박하리라는 사실. 호리키타는 그것을 알아버렸기 때문에 스도에게 냉정하게 나온 것이 아닐까?

하지만 이 자리에서 그렇게 말해봐야 모두의 사기만 떨어뜨릴 뿐이다. 나쁜 요인밖에 되지 않는다. 결말을 보지 못하는 게 문제지만 그것을 알려주기도 망설여진다.

그런 찬물을 끼얹는 짓은 하고 싶지 않으니까 호리키타도 아무 말 없이 자리를 뜬 것일 테지.

"으응…… 뭐, 스도 말대로 억측이지."

"뭐야, 근거가 없다고?"

"호리키타는 머리가 좋잖아? 그러니까 분명 무슨 생각이 있어서 그런 거라고 느꼈어."

"생각은 무슨 생각. 그냥 내버려두는 게 생각이냐?"

"너무 뭐라고 하지 마라, 스도. 아야노코지야 온종일 호리키타와 같이 있으니까 감싸고 싶은 게 당연하잖아? 소중한 존재일 테고?"

얼렁뚱땅 넘어가려는 듯 이케가 능글맞게 웃었다.

그것이 또 스도의 화를 돋웠는지, 그는 혀를 차며 식사로 손을 뻗었다.

"목격자가 나와주면 좋겠어. 오늘 다른 선생님들도 자기 반에서 사건에 대해 말했을 테니까. 목격자만 찾아내면 이 사건은 한 방에 해결이야."

그렇게 생각하고 싶은 마음도 이해하지만, 과연 일이 그리 쉽게 풀릴까?

솔직히 풀어야 할 과제는 산더미처럼 쌓여 있다. 호리키타가 손을 뗀 것도 무리가 아니다. 애초에 목격자가 실제로 존재한다고 가정해도 그게 C반 학생이면 게임은 끝이다. 당연히 자기 반 친구를 감싸기 위해 사실을 꼭꼭 숨길 테니 말이다. 이 학교는 피라미드형 체제를 바탕으로 성립한다. 그러니 죄책감이 자기 반의 불이익을 이길 가능성은 현저히 낮다.

만약 C반 말고 다른 반에 목격자가 있다고 해도 이번에는 어디서 어디까지 봤는지가 문제다.

순수한 중립에, 처음부터 끝까지 전부 목격한 인물이 나와준다면 이야기는 달라지지만…….

"아, 미안, 나 자리 좀 옮길게. 친한 선배가 보여서 좀 물어보려고."

그렇게 말하며 쿠시다가 자리에서 일어났다.

"스도 따위를 위해서도 열심히 해주는구나, 쿠시다. 정말 귀엽다."

이케는 쿠시다의 뒷모습에 시선을 빼앗긴 채 황홀한 표정을 지었다.

"나 진짜로 고백할까, 쿠시다한테…….."

"무리야, 무리. 이케 너 같은 놈한테 넘어가겠냐?"

"너 따위보다 성공률 높거든."

도토리 키 재기인 남자 둘이서 입씨름을 한다.

"내가 쿠시다랑 사귀게 되면…… *음흐흐흐.*"

이케는 금방이라도 침을 뚝뚝 흘릴 것 같은 얼굴로 망상을 펼쳤다. 아무래도 꽤 외설스러운 것을 상상하는 듯하다.

"야. 왜 나의 쿠시다를 가지고 멋대로 망상질이얏?!"

"아니…… *(부끄부끄).*"

"무, 무슨 상상을 하는 거얏?! 어서 바른대로 말해!"

상상이라도 쿠시다를 마음대로 하는 게 참을 수 없는 모양이다.

"무슨 상상을 하냐니, 그야 당연히 알몸으로 내 옆에 있는 느낌이랄까. 찰싹 달라붙은 느낌이랄까."

고작 이 정도 설명만으로도 대충 그림이 그려지는 것은 남자의 뛰어난 망상 능력 때문에 가능한 걸까.

"젠장, 나라고 질 것 같냐?! 온갖 상상의 나래를 펼쳐주겠어!"

어이, 이봐, 그건 윤리적으로도 옳지 않다고.

"그만두라니까. 네놈의 그 더러운 손으로 나의 쿠시다를 만지지 말라고."

왠지 쿠시다가 조금 불쌍해진다.

분명 밤마다 남자들의 망상에 강제 소환되고 있겠지.

"역시 고등학교 생활의 꽃은 여자인 것 같다. 이제 슬슬 진짜로 여자 친구를 만들고 싶은데. 여름에 여자 친구가 있으면 같이 수영장 같은 데도 갈 수 있으니까! 최고지!"

"쿠시다가 내 여자 친구면 정말 끝내줄 텐데⋯⋯ 내 여자 친구가 되어준다면 정말 끝내줄 텐데."

중요한 대목인지 두 번 말하는 야마우치.

"그나저나 쿠시다는 귀여우니까 슬슬 남자 친구가 생길 것 같지 않아⋯⋯?"

"그런 말 하지 마라, 야마우치. 하지만 아직 남자는 없는 것 같으니까 괜찮아."

이케가 자신만만하게 대답했다. 믿는 구석이 있다는 듯이 말이다.

"알고 싶냐? 알고 싶지, 둘 다?"

"뭐야. 뭐 아는 거라도 있어, 이케? 가르쳐주라."

할 수 없군, 하며 이케가 휴대전화를 꺼내 들었다.

"학교에서 받은 휴대전화 말인데, 실은 친구 등록을 해두면 위치 정보를 알 수 있어."

그렇게 말하며 이케는 버튼을 눌러 쿠시다의 현재 위치를 검색했다.

그러자 곧 정확한 위치 정보가 표시되어 식당에 마크가 떴다.

"난 이렇게 수시로 확인하고 있으니까. 휴일에도 말이야. 그렇게 해서 우연을 가장해 말도 걸어보고. 남자 친구가 있는지 없는지 확인하고 있지."

팔짱을 끼고 의기양양하게 말하는데, 그건 스토커나 하는 짓이라고……

거기서 반걸음만 더 나갔다가는 경찰이 달려올 수준이다.

"하지만 현실적으로 쿠시다는 힘들지…… 우리한테 넘어올 수준이 아니야. 어쩔 수 없이 거기서 한 단계 정도는 눈을 낮춰야 하는 것 아닌가……?"

"하긴…… 일단 완전 못생긴 애만 아니면 여자 친구로 괜찮은데."

"같이 나란히 걸어가는 그림을 고려하면 70점 정도는 받을 수 있는 여자여야 해."

이케와 야마우치는 둘 다 여자 친구를 만들고 싶어 안달이 난 눈치다.

점점 망상의 폭을 넓혀가는 것 같은데, 분에 넘치는 기준은 도저히 포기할 수 없나 보다.

"아야노코지도 여자 친구 사귀고 싶지?"

"그야, 가능하면."

사귀고 싶다고 생각해서 다 사귀어지는 거라면 고생도 안 한다.

"확인 차원에서 물어보는 건데, 호리키타랑은 아무 사이도 아닌 거지?"

이야기는 일단 다 듣고 있었는지, 젓가락을 들이대며 스도가 물었다.

"아니야, 아니야."

"진짜지?"

믿을 수 없다는 듯 스도가 무섭게 추궁했다. 나는 맹세코 진짜라며 거세게 고개를 끄덕였다.

"……그럼 다행이고. 너무 꼭 붙어 있으면 남들이 오해한다. 호리키타한테도 민폐고."

아무리 기억을 더듬어 봐도 꼭 붙어 있었던 적은 없는데. 호리키타도 절대로 그렇게 생각하지 않을 것이다.

"호리키타가 그렇게 좋냐? 뭐, 귀엽긴 하지만…… 재미없어 보이잖아? 난 따분한 건 딱 질색이거든. 수영장 같은 데도 절대 같이 가주지 않을 것 같고."

"아무것도 모르는 놈들. 쿠시다보다 단연 호리키타지."

스도는 자신의 취향을 자랑스러워하며 팔짱을 낀 채 두세 번 고개를 끄덕였다.

"다른 놈들한테는 거절할 데이트도, 남자친구라면 오케이 할 게 뻔하지. 그리고 다른 놈들한테는 절대로 보여주지 않을 얼굴을 보여줄 거란 말이야."

"과연 그렇군…… 상상하니까 그럴 것 같기도 하다. 귀엽고."

야마우치는 멀리 있는 호리키타를 훔쳐보며 아직 본 적 없는 호리키타의 모습을 상상했다.

"하지만 네가 그렇게 푹 빠진 호리키타는 정작 너를 본체만체하는 것 같은데."

"그건…… 뭐, 그렇지. 젠장, 마음이 답답해졌다."

"쿠시다를 노리는 라이벌이 하나라도 줄어든다면 나야 좋지만."

이케는 어디까지나 쿠시다를 메인으로 삼으면서 70점짜리 여자애를 찾을 작정인 듯하다.

"참고로 호리키타랑 아무 사이도 아니면 아야노코지는 누가 좋은데? 스도는 호리키타, 야마우치는 쿠시다. 누가 라이벌인지 잘 파악해둬야지."

"누구냐니……."

특별히 누가 좋다든가 하는 건 아직 없달까, 퍼뜩 떠오르는 사람이 없다.

나는 잠시 진지하게 생각해보았다. 굳이 뽑자면 쿠시다……인가? 학교에서 제일 많이 말하는 상대이니 그럴 수밖에 없을지도. 하지만 쿠시다가 나를 좋아하지 않는다는 사실을 확실히 알고 있으니 지금 이상의 진전은 상상조차 불가능하다.

"없는 것 같은데."

그래서 그렇게 대답했다. 하지만 이케와 야마우치는 믿을 수 없다는 듯 의심스러운 눈길을 보냈다.

"요즘 같은 세상에 좋아하는 여자애 하나 없는 남자 따위 있다고 생각하냐?"

"없지. 없어, 없어. 우릴 속일 생각 마, 아야노코지."

"너희랑 다르게 난 애초에 만남 자체가 없잖아. 여자는 호리키타랑 쿠시다 말고 아무도 모른다고."

"하긴 그렇긴 해? 다른 여자애랑 말 섞는 모습은 본 적이 없는 듯?"

비참하도다, 바로 사실로 받아들이다니.

"다음에 여사친 소개해줄게."

내 어깨에 팔을 두른 이케가 자신만만하게 말했다.

"여자 친구도 없으면서 여자 사람 친구를 소개해주겠다니, 왠지 그건 그거대로 한심하지 않냐?"

"윽…… 하기야…….."

"그나저나 사에 쌤이 여름에 바캉스 보내준댔잖아? 나,

반드시 그때 여자 친구를 만들어 보일 테다! 가능하면 쿠시다로! 아니면 아직 발견하지 못한 귀여운 애로!"

"나도, 나도! 최소한 여자 친구는 만들어주지…… 그리고 러브러브한 고등학교 생활을 만끽하겠어."

"……호리키타한테 언제 고백하지……."

저마다 꿈꾸는 바를 중얼거렸다.

"이 중에서 누가 제일 먼저 여자 친구를 사귀는지 내기하자. 제일 먼저 여자 친구를 사귄 녀석이 모두에게 밥 사기! 어때?!"

이런 것을 당당하게 할 수 있으면 진정한 친구가 되는 걸까? 어렵네.

"뭐야, 아야노코지. 설마 미꾸라지처럼 혼자 쏙 빠져나갈 속셈은 아니겠지?"

"아니, 왜 제일 먼저 여자 친구를 사귄 녀석이 밥을 쏘나 싶어서."

"그야 당연하잖아. 부럽게 만든 대가를 치르는 거라고. 알겠냐?"

"여자 친구가 생긴 녀석은 기쁘겠지. 기쁘니까 기분 좋게 밥을 살 수 있지. 그런 느낌이야."

이렇게 불타오르는 것도 좋지만 일단은 스도의 문제부터 해결해야 하리라.

2

방과 후에 분담해서 단서를 찾아보기로 결론이 난 모양이다.

그렇다고는 해도 실제로 목격자 찾기에 나서는 사람은 그리 많지 않다.

히라타와 카루이자와가 이끄는 히어로&갸루 팀과 쿠시다가 이끄는 미소녀&까불이 팀이다.

직접 발로 뛰면서 차근차근 조사할 셈인가.

그건 그것대로 괜찮지만, 짧은 기간에 결과를 얻기는 어려울 것이다.

이 학교에는 400명 전후의 재학생이 있다. 1학년 D반을 제외한다고 해도 숫자에 큰 차이는 없다.

쉬는 시간, 점심시간과 방과 후, 아침 시간까지 포함해도 상당히 어렵다.

"그럼 난 돌아갈게."

"진짜 갈 거야? 호리키타?"

호리키타는 망설임 없이 그렇다고 대답한 후 그대로 교실을 빠져나갔다.

과연 호리키타. 주위에서 진짜 간다고? 하는 시선을 보내도 꿈쩍하지 않는다. 사회인이 되어 회식 자리에 가도 주위 눈치를 살피지 않고 꿋꿋하게 1차 후 집에 가는 강자가 되겠지.

"그럼……."

호리키타의 전술이 정면에서 당당하게 도주하는 것이라면 나는 후면. 아무도 모르게 슬쩍 빠지는 것이다.

"아야노코지."

아무도 모르게라고 해도 여기는 좁은 교실. 살금살금 걷던 내 모습이 금세 발각되어, 쿠시다가 불안이 섞인 목소리로 내 이름을 불렀다.

"왜? 나한테 무슨 볼일이라도?"

미안하다, 쿠시다. 나는 강철 같은 마음으로 네 부탁을 거절하겠어. 그리고 곧장 기숙사로 돌아가는 거다.

"같이…… 도와주는 거지?"

"당연하지."

그러니까 내가 말했지 않나.

올려다보면서 눈 깜박거리기 + 부탁하기의 답은 즉사라고.

쿠시다의 생각대로 조종당하는 느낌이 들지만 어쩔 수 없다. 도저히 저항할 수 없으니까.

사람은 아무리 자지 않고 버티려고 다짐해도 24시간에서 48시간 이내에는 잠들고 만다. 간혹 ○일간 잠자지 않았다고 큰소리치는 강자도 있지만, 그도 언젠가는 지치기 마련이다.

요컨대 절대 저항할 수 없는 순간은 누구에게나 언젠가 찾아오는 법. 그것이 인간의 메커니즘이다.

변명이 대충 끝난 시점에서 쿠시다가 제안을 해왔다.

"난 역시 호리키타도 협력해줬으면 좋겠어. 그러니까 네가 한 번만 더 말해주지 않을래?"

"하지만 그 녀석, 이미 기숙사로 돌아갔는데?"

방금 붙잡는 데 실패했건만 벌써 재도전인가.

"응. 그래서 뒤쫓아갔으면 해. 호리키타라면 반드시 전력에 도움이 될 테니까."

"그건 부정 못 하겠다."

"시간을 들여서 설득하면 기회가 찾아오지 않을까?"

다시 도전하고 싶다면 나한테 막을 권리는 없다. 그래서 알았다며 고개를 끄덕였다.

"이케랑 야마우치는 여기서 기다려줄래? 빨리 돌아올게."

""오케이!""

두 사람 모두 아직은 호리키타와 친해졌다고 말하기 힘들다. 그러니 무리해서 따라올 마음이 들지 않을 것이다.

"가자."

나는 쿠시다에게 팔을 붙들린 채 교실을 뒤로했다.

뭐지, 이 새콤달콤한 느낌은?

뒤에서 이케와 야마우치의 성난 목소리가 들려오는 것만 같았지만 분명 기분 탓이겠지. 헤헷.

현관까지 내려갔지만 호리키타의 모습이 보이지 않는 것으로 보아 벌써 학교를 빠져나간 모양이다. 어디 들를 타입은 아니니 곧장 기숙사로 돌아갔으리라.

우리는 신발을 갈아 신고 돌아가는 학생들을 밀어 헤치며 앞으로 나아갔다. 그리고 학교와 기숙사의 정확히 중간지점(이라고 해도 거리는 얼마 되지 않지만)에서 호리키타를 발견했다.

주변 학생들은 대부분 두 명 이상 무리를 짓고 있었는데도, 그녀의 뒷모습은 무척 당당하고 고고했다.

"호리키타!"

나조차 주저하게 되는 그녀의 뒷모습에 대고 쿠시다는 망설임 없이 이름을 불렀다.

"……뭐야?"

뒤쫓아온 줄 몰랐는지 조금 놀란 표정으로 호리키타가 뒤돌아보았다.

"스도 일, 역시 호리키타도 도와줬으면 하는데…… 정말 안 돼?"

"그 이야기라면 이미 거절한 것 같은데? 그것도 불과 몇 분 전에."

상대방을 바보 취급하듯 어깨를 으쓱해 보였다.

"그건 그렇지만……. 그래도 A반으로 올라가기 위해 꼭 필요한 일이라고 생각해."

"A반으로 올라가기 위해 꼭 필요한 일이라."

이해되지 않는다는 표정을 지은 호리키타는 쿠시다의 말에 귀를 기울이려고 하지 않았다.

"네가 스도를 위해 바삐 움직이는 건 네 자유야. 그걸 말릴 권리는 나에게 없어. 하지만 도움이 필요하면 딴 데 가서 알아보지그래? 난 바쁘니까."

"바쁘다니. 놀 사람도 없잖아?"

나도 모르게 툭 튀어나온 한마디에 호리키타가 무섭게 째려보았다. 네가 왜 참견이냐 하고 따지는 듯한 눈빛이다.

"혼자만의 시간을 보내는 것도 소중한 일과니까. 그 시간을 빼앗기는 건 불쾌해."

실로 고고한 사람다운 발언이다. 단순히 상대하는 게 싫어서 하는 변명이겠지만.

"지금 무리해서 도와준다고 해도 스도는 다시 같은 짓을 반복할 거야. 그건 악순환 아니니? 넌 이번 일에서 스도가 피해자라고 생각하는 것 같은데, 내 생각은 좀 달라."

"뭐……? 스도는 피해자, 인데……? C반 애들이 거짓말을 해서 위기에 빠졌잖아."

쿠시다는 호리키타가 한 말의 의미를 이해하지 못하는 듯했다.

"만약 이번 사건에서 정말로 C반 애들이 싸움을 먼저 걸었다고 해도, 결국은 스도도 가해자야."

"자, 잠깐만. 어째서 그렇게 돼? 스도는 그냥 싸움에 휘말린 것일 뿐이잖아?"

어휴, 하는 표정으로 호리키타가 내게 가볍게 시선을 던졌다.

……아니, 난 아무 말도 안 할 거야. 시험하는 듯한 눈빛에서 도망치기 위해 나는 눈을 피했다.

몇 초간의 침묵이 이어진 후 호리키타가 귀찮다는 듯 입을 열었다.

"왜 스도가 이번 사건에 휘말리게 됐는가. 그 근본적인 문제를 해결하지 않는 한 앞으로 영원히 따라다닐 과제라는 걸 모르겠니? 난 그 문제가 해결되지 않는 한 협력할 마음이 없어. 내가 이렇게 말했는데도 이해가 안 된다면 나머지는 옆에 있는 쟤한테 물어보든지? 내가 무슨 생각인지 전부다 아는 주제에 모르는 척 시치미를 떼고 있으니까."

자기 마음대로 내가 다 알고 있다는 둥 말하는 것은 그만해주었으면 한다.

쿠시다는 이게 다 무슨 소리야? 하며 당황을 숨기지 않은 채 나를 쳐다보았다.

호리키타 녀석, 쓸데없는 소리는 하는 게 아니래도……. 나머지는 내게 맡기겠다는 듯 호리키타는 멈췄던 발을 다시 움직였다. 쿠시다는 호리키타에게서 강한 뭔가를 느꼈는지, 더는 뒤쫓아갈 수도 말을 걸 수도 없어 보였다.

"스도도 가해자라고……? 그런……거야?"

그리고 역시 도움을 바란다는 듯 내게 묻는 쿠시다.

호리키타가 그렇게 말하고 갔으니, 계속 모르는 척해봐야 나중에 더 성가신 일만 많아지겠군……. 그리고 이렇게 귀여운 표정으로 부탁하면 통장 비밀번호도 기꺼이 알려줘버릴 것 같다.

"호리키타가 말한 건 나도 좀 느끼긴 했어. 적어도 이번 사건은 스도의 잘못도 있지 않나 하고 말이야. 녀석은 평소에 남한테 원한을 사고도 남을 태도를 보였잖아? 마음에 안

들면 상대가 누구든 간에 폭언을 내뱉거나 난폭하게 굴고. 물론 지금 단계에서 벌써 주전에 뽑힐지도 모른다는 얘기를 들었을 때는 깜짝 놀랐고 감탄했어. 농구에 재능이 뛰어난 것 같아서. 그런데 그걸로 우쭐해가지고 주위에 거만한 태도를 보이면 스도를 싫어하는 사람이 적잖이 나올 걸. 죽으라고 연습하는 사람들 눈에는 그런 스도가 완전 비호감으로 비치겠지. 게다가 소문도 돌잖아? 스도는 중학교 때부터 싸움질만 하고 다녔다고. 같은 학교 출신이 있다는 얘기는 못 들었는데 소문이 나돈다는 건 바로 그런 이유 때문이야."

주위 사람들이 안고 있는 스도의 이미지가 최악이라는 소리다.

"이번 사건은 일어날 일이 일어난 거라고 봐. 그래서 호리키타는 스도를 가해자라고 말한 거고."

"평소 행실이 쌓이고 쌓여서…… 이런 사태를 불러왔다……는 거네?"

"응. 주위의 반감을 사는 태도를 계속하게 되면 반드시 문제가 일어나지. 그리고 확실한 물증이 없다면 평소 이미지가 증거가 되기 마련이야. 즉, 심증이지. 이를테면 살인사건이 일어났는데 용의자가 두 사람이라고 쳐. 한 사람은 과거에 살인을 저지른 적이 있고, 다른 한 사람은 평소에 성실한 삶을 살았던 선량한 인간이야. 이 정보만 보면 넌 누구를 믿겠어?"

이것만 가지고 판단을 내려야만 한다면 거의 모든 사람의 대답이 일치할 터.

"그건…… 당연히 평소에 성실했던 사람, 이겠지."

"진실은 그게 아닐지도 모르는데 말이야. 하지만 판단 자료가 적으면 적을수록 가지고 있는 정보만으로 판단을 내려야 할 때도 있어. 이번 일이 딱 그래. 스도 스스로 자기 잘못을 자각하지 못 했다는 게 호리키타로서는 용납이 안 되는 거겠지."

스도에게 자업자득이라는 생각만 있어도 상황은 달라질텐데 말이다.

"그래, 그렇구나……."

호리키타가 한 말의 의미를 전부 이해한 쿠시다는 이제야알겠다는 듯 혼자 고개를 끄덕였다.

"호리키타는 스도가 스스로 깨닫길 바라서 도와주지 않겠다는 거네?"

"……뭐, 그렇다고 볼 수 있지. 벌을 받아서라도 자각하길 바라는 거라고 봐."

쿠시다는 이야기를 이해했지만 그렇다고 받아들이지는않았다.

아니, 오히려 조금 화난 듯 주먹을 불끈 쥐어보였다.

"정신을 번쩍 들게 하려고 내버려둔다는 사고방식은 받아들일 수 없어. 만약 그런 식으로 불만을 느끼고 있다면 적어도 본인에게 직접 말해줘야 한다고 생각해. 그게 친구잖아."

호리키타는 스도를 친구라고 생각하지 않으니까……라

는 것은 그렇다고 쳐도, 친절하게 길을 알려줄 인간이 아니지 않은가. 그런 의리도 없고.

"쿠시다는 쿠시다의 생각대로 밀고 나가면 된다고 생각해. 스도를 도와주고 싶다는 생각 자체는 틀리지 않았으니까."

"응."

쿠시다가 망설임 없이 고개를 끄덕였다. 친구를 위해 몇 번이고 도움의 손길을 내밀기. 그것은 간단해 보이지만 굉장히 어려운 일이다. 쿠시다 같은 사람만 할 수 있는 행동이리라.

"다만 스도에게 문제점을 지적할지 말지는 좀 더 고민하는 편이 좋을지도 몰라. 겉으로만 하는 반성은 아무런 의미가 없고, 스스로 알아차려야 얻는 게 있을 테니까."

"……그런가. 알겠어. 그럼 아야노코지의 충고대로 할게."

기분을 전환하려는 듯 기지개를 쭉 켜는 쿠시다.

"그럼 가볼까? 사건의 목격자를 찾으러."

교실로 돌아온 나는 이케 무리와 합류했다.

"엥? 결국 호리키타를 설득 못 했냐?"

"응, 미안해. 실패했어."

"쿠시다 잘못이 아니잖아. 그리고 우리로도 전력은 충분해."

"기대할게, 이케도 야마우치도."

눈을 반짝이며 부탁하는 쿠시다의 모습에 두 사람의 눈은 헤롱헤롱 하트 뿅뿅이었다.

"자, 그럼 어디부터 갈까?"

아무렇게나 무턱대고 목격자를 찾아 나서는 것은 효율성이 지나치게 낮다.

뭔가 방침을 세운 다음에 움직이는 편이 좋으리라.

"다들 괜찮으면 B반부터 가서 물어보는 게 어때?"

"왜 하필 B반이야?"

"제일 목격자가 있었으면 하는 반이니까, 라는 이유밖에 없는데."

"미안, 아야노코지가 무슨 말을 하는지 잘 모르겠어."

"B반 입장에서 생각해보면 D반이랑 C반 중에 어느 반이 더 방해…… 그러니까 자기들을 위협할 가능성이 있을 것 같아?"

"그거야 당연히 C반. C반은 제일 마지막에 가야지. 그렇지만, 그럼 A반부터 가도 상관없는 거 아닌가?"

"A반에 대해서는 정보가 너무 없기도 하지만, 포인트랑 관련된 성가신 일에는 쉽게 관여하려 들지 않을 거야. C반이나 D반이 어떻게 되든 A반 입장에서는 아무 상관없을 가능성도 있고."

물론 B반 역시 신뢰할 수 있을지는 아직 모른다. 교활한 인간이라면 C반뿐 아니라 D반까지 같이 내치는 작전을 세울지도 모르는 일이니까. 거기까지 깊게 생각하지 않는다고 해도 제 몸을 보전하려고 기본적으로 소극적인 대응을 해오지는 않을까?

"그럼 빨리 B반으로 레츠 고!"

"멈춰!"

나는 무심코 쿠시다의 목덜미를 붙잡았다.

"냐앗!"

깜짝 놀란 쿠시다가 고양이 소리 같은 비명을 질렀다.

"완전 내 스타일~!"

사랑스러운 쿠시다의 모습에 야마우치의 눈이 하트가 되었다. 아마도 다 계산된 것이겠지…….

하지만 그렇게 말하는 나도 가슴이 두근거렸다.

"물론 이번 일은 쿠시다의 소통 능력을 빼놓을 수 없어. 하지만 경솔하게 다른 반으로 향하는 건 단순히 친구를 만드는 것과 차원이 다르다고 생각해."

"그런가?"

우리 D반을 아무 대가 없이 도와주려는 목격자 혹은 그에 가까운 인물이라면 고민할 필요가 없다. 하지만 타산적인 인간이라면 있는 그대로 협력해줄지 어떨지.

굳이 나서서 D반을 도와줄지는 직접 이야기해보지 않으면 모르는 일이다. 그 점도 고려해서 B반 학생들에게 물어봐야 하는데…… 과연 어떻게 될까?

"B반에 아는 애는 있어?"

"있어. 친하다고 말할 수 있는 건 아직 몇 명밖에 없지만."

"일단 그 애들한테만 물어보자."

D반인 우리가 혈안이 되어 목격자를 찾기 시작했다는 소

문은 최대한 알려지지 않길 바란다.

"일일이 그러면 귀찮지 않냐? 한 방에 물어보는 게 편하다고, 분명히."

에둘러 가는 작전이 마음에 들지 않았는지 반발하는 이케.

"나도 너무 소극적인 방법이 아닌가 싶은데? B반부터 물어보는 건 좋다고 생각하지만 역시 많은 사람한테 한꺼번에 묻는 게 나을 것 같아. 안 그러면 타이밍이 안 맞아서 목격한 사람한테 이야기가 안 전해질지도 모르잖아."

"그렇군. 그럴 수도 있겠다. 그럼 너희가 좋다고 생각하는 방법으로 해."

"미안해, 아야노코지."

두 손 모아 사과하는 쿠시다. 하지만 쿠시다가 잘못한 것은 없다. 의견이야 나뉘는 게 당연하고, 최종적으로 여러 의견이 나왔다면 다수결로 선택하는 것이 원칙이다. 나는 납득하고 순순히 물러나 쿠시다와 다른 아이들에게 맡기기로했다. 그러다 문득 어렴풋한 시선을 느끼고 뒤돌아보았다.

교실 안에는 히라타와 그 친구들을 비롯해 반 아이들의약 3분의 1이 아직 남아 있었지만, 그것뿐이다.

평소와 특별히 다른 점은 없다, 고 생각한다.

적어도 나로서는 위화감의 정체를 파악할 수 없었다.

3

처음으로 가본 다른 반은 우리 반과는 조금 다른 분위기를 풍기고 있었다. 기본 교실 구조가 똑같은데도 전혀 다른 장소에 와 있는 듯한 감각. 야구나 축구에서 홈과 원정 같은 사소한 차이겠지 하고 생각을 정정해본다. 주위가 우리 편인지 적인지에 따라 이렇게나 받는 인상이 다를 줄이야. 이케와 야마우치조차 위축된 듯 보였다. 고작 교실 입구에 서 있을 뿐인데도 이렇다. 그러니 안으로 들어가는 건 더욱 쉽지 않다.

　그런 와중에도 쿠시다만은 전혀 동요하지 않았다. 오히려 친구를 발견하자마자 활짝 웃으며 손을 흔들고는 B반 안으로 성큼성큼 걸어 들어갔다. 정말 대단한 자세다. 이런 정신력은 좀 본받고 싶다. 교실에 들어간 그녀는 남녀 불문하고 말을 걸었다. D반 아이들을 대하는 태도와 하나도 다르지 않았다.

　그 모습을 보고 누구보다도 질투한 것은 이케와 야마우치였다. 쿠시다는 명백하게 두 사람보다 훨씬 잘생긴 남자애들과 대화를 나눴고 친근하게 대하고 있었다.

　"제, 제기랄! 나의 쿠시다를 노리는 남자가 너무 많다고라고라!"

　뭐야, 고라고라는……. 어느 지방 사투리냐.

　"당황하지 마, 이케. 걱정할 필요 없어. 우리는 쿠시다와 같은 반이잖아, 제일 유리하다고!"

　분하다는 듯, 그러면서도 자랑스럽게 두 사람이 팔짱을

껐다. 교실에 남아 있는 학생은 열 명 남짓이었는데, 쿠시다는 그 학생들에게 스도 사건을 이야기하기 시작했다.

그렇지만 B반의 분위기는 D반과 그리 다르지 않았다. 우등생들만 모인 반, 은 아닌 모양이다. 딱딱한 분위기는 전혀 아니어서 저마다 자유롭게 행동하고 있는 듯 보였다. 교칙상의 자유라고는 해도 좀 더 머리 모양이나 복장이 차분할 거라고 예상했건만 머리를 염색한 아이도 있고 이건 교칙 위반 아니야? 라고 말하고 싶을 만큼 치마 길이가 짧은 아이도 있다.

단순한 이야기로, 사람은 겉모습이 다가 아니라는 것일까? 아니면 학력 이외에 다른 요소가 D반보다 뛰어나다는 것일까? ……이 학교의 구조는 아직 풀지 못한 수수께끼가 너무 많은 것 같다.

……잠시 이런저런 생각을 하다 보니 귀찮아졌다.

오늘은 쿠시다를 따라왔을 뿐이니까 전부 맡기면 그만이다. 나는 이케와 다른 아이들이 눈치채지 못하도록 입구에서 살짝 거리를 두었다.

"돌아가고 싶다……."

이렇게 입에서 흘러나온 독백을 아무도 듣지 못하게 하기 위해서였다.

창밖으로 보이는 운동장에서는 육상부가 땀을 뻘뻘 흘려가며 트랙을 돌고 있었다.

에어컨을 컨 교내에 있으면 여간해서는 밖으로 나갈 마음이 들지 않는다.

"참 열심히도 하네, 운동부 애들."

B반을 정찰하던 이케도 내 옆으로 다가와 창밖을 쳐다보았다. 쉽게 질려 하는 녀석이니 기다리기만 하는 것이 지루했으리라.

"나 말이야, 실은 동아리 하는 녀석은 죄다 머리가 텅 비었다고 생각했었어."

"갑자기 무슨 소리야. 전교생의 반 이상을 여유롭게 적으로 돌리는 발언인데, 그거."

정확한 비율은 모르겠지만 이 학교의 동아리 활동률은 못해도 6, 70%는 넘을 것이다.

"운동을 좋아하면 취미로 하면 되잖아. 굳이 빡세게 연습해서 얻는 이익 따위 없지 않아?"

동아리 활동을 이익과 불이익만으로 보는 것부터가 좀 이상하다고 생각하는데.

게다가 동아리 활동 그 자체에는 무수한 이점이 존재한다. 인간관계를 구축하는 소통 능력, 실패 경험과 성공 경험. 그런 것들은 공부만으로는 배울 수 없으니까 말이다. 이렇게 동아리 활동을 단 한 번도 해본 적 없는 귀가부가 아는 척 좀 해봤다.

"그럴지도 모르겠네."

그리고 몇 분 동안 쿠시다의 보고를 기다렸지만, 기대하는 정보는 들어오지 않았다.

이름	쿠시다 키쿄
반	1학년 D반
학적번호	S01T004721
동아리	무소속
생일	1월 23일

평가

학력	B
지성	B−
판단력	C+
신체능력	B
협조성	A

면접관 코멘트

학력, 신체능력 모두 B반에 상당하는 능력을 지녔으며, 출신 중학교에서 보고한 심증 평가도 매우 높다. 금년도 면접시험에서 만점을 기록하는 등 그냥 보기에는 아무 문제도 없는 우수한 학생이다. 출신 초등학교에서 제출한 자료에 의하면 교우 관계가 매우 넓으며, 상·하급생을 불문하고 두루 인기가 높은 점을 보아 소통 능력이 매우 우수하다고 할 수 있다.

다만 별도 자료에 나와 있는 사실을 우려하여 D반에 배정하는 바다.

담임 메모

현재까지는 아무 문제없이 반의 중심적 존재로 학교생활에 즐겁게 임하고 있다.

○의외의 목격자

다음 날 아침. 일부 반 아이들은 정보 교환을 하느라 분주한 모습이었다. 어제 목격자 찾기에 나선 실행 그룹, 히라타 조와 쿠시다 조다. 이케 무리는 인기 많은 히라타를 싫어하지만, 히라타를 따라오는 여자들에게는 흥분을 억누를 수 없는지 신나게 이야기꽃을 피우고 있었다. 귀에 들리는 내용만 봐서는 히라타 조도 이렇다 할 정보를 얻지 못한 모양이었다. 방과 후의 단 한 번 조사로 목격자를 찾을 만큼 만만한 일은 아니었으리라. 직접 물어본 상대의 이름을 기록하는지 이따금 휴대전화를 만지작거리며 메모했다.

나로 말할 것 같으면 늘 그렇듯 혼자다. 쿠시다가 내게 말을 걸긴 했지만, 많은 사람을 접하는 것도 어색하고 그 자리에 있어 봤자 발언할 일이 없으니 나중에 알려달라고 말해두었다.

한편 쿠시다의 권유를 계속 거절한 내 옆자리 아이는 태연한 얼굴로 오늘도 수업 준비에 여념이 없었다.

사건의 당사자인 스도는 아직 등교하지 않았다.

"하아. 정말로 C반 녀석들이 잘못했다는 걸 증명할 수 있으려나······."

"목격자만 찾으면 불가능하지도 않아. 힘내자, 이케."

"힘내자고 해도, 애초에 목격자 따위 정말 있는지 없는지도 모르잖아. 스도가 그냥 그렇게 생각하는 것뿐 아냐? 역시 거짓말 아닌가? 그 녀석, 폭력적이고 남을 잘 도발하니까."

"우리가 의심하면 아무것도 진전되지 않아. 내 말이 틀려?"

"그거야 그렇지만……. 만약 스도가 잘못했다는 결론이 나오면 모처럼 늘어난 포인트가 다시 전부 몰수되는 거지? 그럼 0이라고, 0. 이런 식이면 언제까지고 용돈이 0이야. 마음 편히 노는 건 다 부질없는 꿈이라고."

"그때는 다시 모두 힘을 합쳐 처음부터 차곡차곡 모으면 돼. 입학한 지 이제 겨우 3개월 지났어."

오늘도 우리 반의 히어로는 흔들리지 않고 근사한 말을 내뱉는다. 여자들은 히라타의 올곧은 말에 볼을 붉혔다. 카루이자와는 이 멋진 남자 친구가 자랑스러웠는지 의기양양한 표정을 지었다.

"포인트는 소중하다고 생각해, 난. 그게 모두의 동기부여로 이어지잖아? 그러니까 어떻게 해서든 반 포인트를 사수하고 싶어. 87포인트라도 말이야."

"네 마음은 나도 알아. 하지만 포인트만 너무 고집하다가 본질을 놓치는 건 위험해. 우리한테 제일 중요한 건 끝까지 친구를 소중히 여기는 거야."

지나치게 착한 히라타의 발언에 이케는 의아하다는 태도를 보였다.

"스도가…… 나빴더라도 말이야?"

자신이 잘못하지도 않았는데 불이익을 당하면 기분이 좋을 리가 없다. 그것은 당연하다.

하지만 히라타는 망설임 없이 고개를 끄덕였다. 자기희생 따위는 문제가 되지 않는다는 듯 올곧은 의사 표현에 이케는 기가 눌렸는지 고개를 숙였다.

"히라타가 한 말은 무척 훌륭하지만 나 역시 포인트를 원해. A반 애들은 매달 10만 가까이 받잖아. 엄청 부럽단 말이야. 예쁜 옷이라든가 액세서리라든가 펑펑 사는 애도 있고. 그에 비하면 우리는 밑바닥이잖아?"

책상 위에 앉은 카루이자와가 다리를 앞뒤로 흔들었다. 같은 학년인데 압도적으로 차이가 나는 것이 괴로워서 견딜 수 없는 모양이었다.

"왜 나는 처음부터 A반이 아니었을까. A반이었으면 지금쯤 신나게 학교생활을 즐기고 있었을 텐데."

"나도 A반이었으면 좋았을걸. 친구랑 여기저기 놀러 다닐 수도 있는데."

스도를 구하기 위한 자리가 어느새 생떼를 부리는 자리로 바뀌었다.

이케와 카루이자와의 망상에, 호리키타가 옆자리의 나 말고는 들리지 않을 만큼 작게 실소했다. 너희가 무슨 A반? 하고 딴죽 걸고 싶겠지.

그러기도 잠깐, 잡음에 정신을 빼앗기지 않으려는지 호리키타는 도서관에서 빌린 책을 꺼내 읽기 시작했다. 곁눈질로 보니 도스토옙스키의 《악령》이었다. 탁월한 선택이다.

"한순간에 A반이 될 수 있는 숨겨진 비법 같은 게 있으면 최고일 텐데 말이야. 반 포인트를 모으는 건 너무 어려워."

A반과의 차이는 약 1,000포인트. 터무니없는 차이라는 것은 굳이 말할 필요도 없다.

"기뻐해라, 이케. 한순간에 A반으로 갈 수 있는 방법이 딱 하나 존재한단다."

교실 앞문 쪽에서 갑자기 목소리가 들려왔다. 수업이 시작하려면 아직 5분 남았는데 차바시라 선생님이 들어온 것이다.

"선생님…… 방금 뭐라고?"

자기도 모르게 의자에서 굴러떨어진 이케가 자세를 바로 하고 선생님에게 물었다.

"반 포인트가 없어도 A반으로 올라갈 방법이 있다고 말했다."

거짓말인지 진짜인지, 책을 읽던 호리키타도 고개를 들었다.

"또 이러시네~. 사에 쌤, 우리 좀 놀리지 마세요."

평소 같으면 덥석 물 이케도 이번에는 안 속아요, 하면서 웃었다.

"진짜야. 이 학교에는 그런 특수한 방법도 준비되어 있거든."

하지만 대답하는 차바시라 선생님에게서 우리를 놀리는

모습은 전혀 찾아볼 수 없었다.

"혼란을 일으키기 위한 농담, 은 아닌 것 같네."

차바시라 선생님은 알려줘야 할 정보를 알려주지 않은 적은 있었지만 거짓말은 하지 않겠지.

이케도 실실거리던 태도를 서서히 바꾸기 시작했다.

"선생님, 그, 특수한 방법이란 게 뭔가요……?"

기분을 상하게 하지 않으려고 이케가 조심조심 질문했다.

이미 교실에 들어온 학생들도 일제히 차바시라 선생님에게 시선을 보냈다.

A반으로 올라가는 데에 큰 매력을 못 느끼는 학생들 역시 그 방법을 알아둬서 나쁠 것은 없다고 생각하겠지.

"입학식 날 통보했을 텐데. 이 학교는 포인트로 못 사는 것이 없다고. 요컨대 개인의 포인트를 사용해서 강제로 반을 바꿀 수 있다는 소리다."

호리키타와 나를 한번 슬쩍 쳐다본 차바시라 선생님. 실제로 우리는 학교 측으로부터 시험 점수를 사는 방법을 시험해본 바 있다. 그것이 진실을 확실히 증명해준다.

반 포인트와 프라이빗 포인트는 연결되어 있다. 반 포인트가 없으면 매달 지급되는 프라이빗 포인트에도 영향을 미친다. 그렇지만 완벽하게 동등하다고도 볼 수 없었다. 즉, 들어둬서 손해 볼 것 없는 이야기다. 양도 따위의 방법이 있다면 이론상으로는 반 포인트가 0이라도 프라이빗 포인트를 모을 수 있다.

"저, 정말이에요?! 몇 포인트를 모으면 그게 가능한데요?!"

"2천만 포인트다. 열심히 모아야겠지. 그렇게 하면 원하는 반으로 올라갈 수 있다."

얼토당토않은 숫자를 들은 이케가 의자에서 꽈당 굴러떨어졌다.

"2천만 포인트라니…… 무리인 게 뻔하잖아요!"

다른 자리에서도 마찬가지로 야유가 터져 나왔다. 기대한 만큼 실망도 큰 법이다.

"물론 통상적으로는 무리겠지. 하지만 아무 조건 없이 A반으로 올라갈 수 있으니 그만큼 비싼 게 당연하잖아? 거기서 자릿수를 하나만 줄여도 3학년 졸업이 임박했을 즈음에 A반은 100명을 훌쩍 넘길 거야. 그런 A반은 아무런 가치도 없지."

매달 지급되는 10만 포인트를 그대로 유지하면 쉽게 달성할 수 있는 숫자이기는 하다.

"그럼 질문이 있는데요……. 과거에 그런 식으로 반을 바꾼 학생이 있나요?"

당연한 질문이다.

고도 육성 고등학교가 개교한 지 약 10년. 수천 수백 명에 달하는 학생이 이 학교에 남아 끝까지 싸웠을 것이다. 그중에 달성한 사람이 있다면 조금이나마 이 이야기에도 현실미가 생기리라.

"안타깝지만 과거에는 없었다. 이유는 불 보듯 뻔하지. 입학식 날부터 반 포인트를 완벽하게 유지해서 포인트를 사용하지 않았다고 해도 3년이면 360만. A반처럼 효율성 있게 포인트를 늘린다고 해도 400만이 될까 말까다. 그냥 있어도 포인트는 반드시 부족하게 되어 있어."

"그 말씀은 불가능하다는 거나 마찬가지잖아요……."

"실질적으로 불가능에 가까워. 하지만 전혀 불가능하지는 않아. 이 차이는 꽤 크단다, 이케."

하지만 주위를 둘러보니 아이들의 절반이 이 이야기에서 완전히 흥미를 잃은 모습이었다.

당장 100, 200 프라이빗 포인트가 급한 D반에게 2천만이라는 어마어마한 숫자는 그야말로 헛된 꿈. 상상 범위에서조차 벗어난다.

"저도 질문 하나 해도 되나요?"

손을 번쩍 든 사람은 지금까지 조용히 지켜보고 있던 호리키타였다. A반에 올라가는 수단으로 자세히 알아두는 편이 낫다고 판단한 것일까?

"학교가 생긴 이래 포인트를 제일 많이 모은 학생은 몇 점이었나요? 만약 참고 사례가 있다면 알려주시면 좋겠습니다만."

"상당히 좋은 질문이야, 호리키타. 3년 정도 전이었는데, 졸업을 눈앞에 둔 B반 학생이었나 그랬지. 1천2백만 포인트를 모아서 화제가 됐었다."

"1, 1천2백만?! 그것도 B반 학생이요?!"

"하지만 그 학생은 결국 2천만 포인트를 채 모으지 못하고 퇴학당했다. 퇴학 사유는 그 학생이 포인트를 모으기 위해 대규모 사기 행각을 벌였기 때문이다."

"사기?"

"갓 입학해서 아무것도 모르는 1학년들을 속이는 수법으로 포인트를 긁어모았다. 2천만 포인트를 모아서 A반으로 이동할 작정이었던 것 같은데, 학교 측에서 그런 폭거를 용서할 리 없지. 안 그래? 착안점은 나쁘지 않았다고 생각하지만, 규칙을 깬 자에게는 확실하게 제재를 가해야 하는 법이다."

참고가 되기는커녕 달성이 불가능에 가깝다는 사실을 더욱 느끼게 해주는 이야기였다.

"범죄 같은 짓을 흉내 내도 1천2백만이 한계라는 거네요, 지금 그 이야기는."

"포기하고 얌전히 반의 종합 포인트로 위를 노릴 수밖에 없겠네요."

일부러 손을 든 것이 바보 같았다는 듯 호리키타는 다시 독서를 재개했다.

세상에, 이렇게 달콤한 이야기가 그리 순탄하게 흘러갈 리 없지.

"그런가. 너희 중에는 아직 동아리 활동으로 포인트를 받은 학생이 없었나?"

갑자기 생각났다는 듯 차바시라 선생님이 의외의 이야기를 꺼냈다.

"그게 무슨 말씀이시죠?"

"동아리에서 활약 혹은 공헌도에 따라 개별적으로 포인트가 지급되는 경우가 있지. 이를테면 서도부 부원이 콩쿠르에서 상을 타면 그 상에 상응하는 포인트가 주어지는 식으로."

반 아이들은 처음 듣는 내용에 경악했다.

"도, 동아리에서 활약하면 포인트를 받을 수 있다고욧?!"

"그래. 아마도 우리 반 이외에는 제대로 전달되었을 거다."

"잠깐, 너무하잖아요, 그거! 좀 더 빨리 가르쳐주셨어야죠!"

"깜박한 걸 어쩌겠니? 그리고 동아리 활동은 포인트를 받기 위해 하는 게 아니잖아? 이 사실을 언제 알았든지 간에 별로 큰 영향은 없었을 거다."

미안해하는 기색도 없이 차바시라 선생님이 말했다.

"아니아니아니, 그렇지 않아요! 그런 줄 알았으면 저――."

"동아리에 들었을 거라고 말할 셈인가? 그런 가벼운 기분으로 동아리에 들어서 상을 타거나 시합에서 활약하는 등의 결과를 냈을 거라고?"

"그건―― 그럴지도 모르잖아요……! 가능성은 얼마든지 있다고요!"

차바시라 선생님의 주장도, 이케의 주장도 이해가 안 되는 것은 아니다. 동아리에 들 생각이 없는데 포인트 때문에 가입해봤자 대부분 결과를 내지 못하고 끝나리라. 오히려 어중간한 마음으로 가입하면 진지하게 동아리 활동을 하는 다른 학생들에게 피해만 줄 뿐이다.

하지만 반대로, 포인트를 목적으로 가입했다가 몰랐던 재능을 꽃피우는 경우도 있지 않을까?

어쨌든 확실히 말할 수 있는 것은 우리 담임이 무척 심술궂다는 사실이다.

"그런데 말이야, 생각해보면 좀 더 빠른 단계에서 알아차릴 수 있었는지도 몰라."

"그게 무슨 소리야, 히라타?"

"돌이켜 생각해보니까 히가시야마 체육 선생님이 수영 수업 때 말씀하시지 않았어? 첫 수업 때 1위 한 학생에게 5천 포인트를 지급하겠다고. 그건 이런 일을 내다보기 위한 포석이었던 거야. 그렇게 생각하면 충분히 현실미가 있는 이야기 아니야?"

이케는 그런 걸 내가 어떻게 기억하냐, 하면서 머리를 감싸 쥐고 푹 숙였다.

"포인트를 받을 수 있는 줄 알았으면 서도고 수공예고 뭐고 다 했을 텐데!"

이케는 좋은 면만 보이는 모양인데, 사실 이 이야기에는 당연히 이면도 존재할 것이다.

동아리 활동에 진지하게 임하지 않고 장난만 친다면 마이너스를 받을 경우도 얼마든지 있다. 쉬운 선택은 신세를 망칠 뿐이다.

그나저나 동아리 활동 성적이 포인트에 반영된다는 사실이 분명해진 것은 의미가 크다.

"호리키타. 스도를 도울 가치, 이제 생기지 않았냐?"

"스도가 동아리 활동을 하니까 도우라고?"

"스도가 1학년인데도 주전에 뽑힐지 모른다는 이야기는 저번에 들었지?"

기억났다는 듯 호리키타가 살짝 고개를 끄덕였다.

"진짜 그런가……."

아무래도 아직까지 반신반의하는 모양이다.

"프라이빗 포인트를 많이 모으는 것보다 더 좋은 방법은 없어. 그렇잖아? 자신의 낙제점을 메울 수도 있고, 우리처럼 누군가를 도울 수도 있고."

"스도가 남을 위해 자기 포인트를 쓴다는 건 상상하기 어려운데?"

"포인트를 모으는 것보다 더 좋은 방법은 없다는 얘기야. 너도 알잖아?"

반 포인트든 프라이빗 포인트든 많은 편이 좋다.

그러면 절대로 마이너스 요인이 되지 않을 테니까 말이다.

게다가 포인트를 벌어들이는 기술은 현 단계에서 거의 판명되지 않았다. 스도가 우리 반에 있어서 포인트를 얻을 기회가 늘어난다면 그것은 충분한 공헌이라고 말할 수 있지 않을까? 호리키타도 반론하지 않았다. 왜냐하면 그녀도 지금은 포인트를 얻을 능력이 없으니까.

"협력하라고 강요할 생각은 없지만, 조금은 스도의 존재도 인정해줄 필요가 있지 않을까?"

호리키타는 말은 험하게 해도 이해관계를 잘 파악하고 인정한다.

사실을 사실로 순순히 받아들일 것이다.

더는 길게 이야기할 필요가 없다고 판단한 나는 이야기를 마쳤다.

그리고 호리키타는 한동안 골똘히 생각에 잠긴 모습으로 무언의 시간을 보냈다.

1

동화 같은 이야기에 일시적으로 들떴던 반 아이들은 금세 현실로 돌아와 방과 후에는 어제처럼 목격자 찾기에 나섰다.

한편 나는 쿠시다와 이케 무리의, 교묘하달까 자연스러운 대화에 감탄과 놀라움과 경의를 금치 못하면서 등에 찰싹 달라붙은 귀신처럼 혼자 서 있을 뿐이었다.

같은 반 아이와도 만족스럽게 대화를 나누지 못하는 내가 목격자 찾기 따위를 감당할 수 없으리라는 것은 불 보듯 뻔했다. 처음 보는 사람과도 오랜 친구처럼 말할 수 있는 저 녀석들은 도대체 무엇인가? 괴물쯤 되나?

때에 따라서는 이름뿐 아니라 전화번호까지 알아낸다. 혹은 쿠시다와 그 무리의 됨됨이에 감동받아 그쪽에서 먼저 전화번호를 물어오기도 했다. 이것도 훌륭한 재능이구나…….

쿠시다와 아이들은 시간이 허락하는 한 해보겠다며 상급생이 있는 2학년 교실로 발걸음을 옮겼지만, 유력한 단서는 하나도 얻을 수 없었다.

방과 후에는 시간이 지날수록 학생 수가 격감한다. 스쳐 지나가는 학생들의 모습도 보이지 않게 되었을 무렵, 우리는 그만 조사를 마무리 짓기로 했다.

"오늘도 실패네…….."

작전을 다시 세우기 위해 돌아온 곳은 내 방.

잠시 후 스도까지 합류해서 회의가 시작되었다.

"어떻게 됐냐? 진전은 좀 있었나?"

"전혀. 스도, 너 정말 목격자가 있었던 게 맞긴 해?"

의심이 드는 이케의 기분도 이해가 간다. 학교 측의 통보에 탐문 조사까지 벌여도, 목격자는 고사하고 비슷한 정보조차 손에 들어올 기색이 없었다.

"뭐? 목격자가 있었다고 누가 그래? 난 그냥 그런 느낌이 들었다고 말했을 뿐인데."

"엥? ……그런 거야?"

"하긴 스도는 확실히 '봤다'고 말하진 않았어. 있었던 것 같다고 했지."

"그럼 스도의 환각일 뿐이잖아. 위험한 약 같은 거 하는 느낌이라고."

아니, 아무리 그래도 그 말은 너무 심하다……. 스도가 이케에게 헤드록을 걸었다.

"으악! 항복, 항복!"

장난치는 두 사람은 그대로 두고, 쿠시다와 야마우치는 계속 머리를 가우뚱거렸다.

10분 정도 이런저런 이야기를 나누다가 쿠시다가 갑자기 좋은 생각이 났다는 듯 입을 열었다.

"조금 방향을 전환해서 생각하는 게 좋을지도 몰라. 예를 들면 목격자를 목격한 사람을 찾는다든가."

"목격자를 목격한 사람을 찾는다고? 무슨 뜻인지 잘 모르겠는데."

"사건 당일, 특별동에 들어가는 사람을 본 적 없는지 알아보자는 거지?"

"응. 그럼 어떨까?"

그리 나쁘지 않은 아이디어다. 특별동에 출입하는 학생은 별로 없지만, 특별동의 입구 자체는 시야에 들어오는 범위에 있다. 다시 말해서, 그 시간에 누가 특별동에 들어갔는지 봤다는 증거만 나온다면 목격자에 꽤 근접할 수 있다는 뜻이다.

"좋은데, 그거? 바로 부탁한다!"

문득 쳐다보니 사건의 당사자 스도는 휴대전화로 최근 푹 빠진 농구 소셜 게임(2016년부터 모바일 게임 제공을 하고 있는 일본의 인기 만화 《쿠로코의 농구》)을 하면서 스태미나 소화에 힘쓰고 있었다. 기적의 세대가 어쩌고저쩌고하는데, 무슨 말인지는 전혀 모르겠다. 어쨌든 시합에서 이겼는지 승리의 포즈를 취했다.

아무리 스도가 할 수 있는 일이 없다고 하지만 이케랑 야마우치는 그 모습이 불만스러운 듯했다. 그래도 이 자리에서 불만을 표출하지 못하는 것은 스도의 반격이 무서워서겠지. 보고도 못 본 척, 이라는 녀석이다.

내일이면 벌써 목요일. 주말이 되면 정보를 모으러 다니기도 어려워진다.

실질적으로 남은 시간이 얼마 없다고 봐도 좋으리라.

그때였다. 현관 벨이 울리며, 방문자가 왔음을 알렸다.

내 방을 찾는 극소수의 사람은 이미 모두 와 있는데.

혹시나 하는 생각에 나가 보니 정말 의외의 인물이 모습을 드러냈다.

"목격자 찾기는 진전이 좀 있었니?"

꿰뚫어 보듯 위에서 내려다보는 눈빛으로 호리키타가 물었다.

"아니…… 아직인데."

"너니까 말해주는 건데, 목격자 일로 좀──."

뭔가 말하려던 호리키타는 현관에 신발이 여러 개 늘어서 있는 것을 알아차렸다.

그리고 서둘러 발걸음을 돌리려고 해서, 나는 허겁지겁 호리키타를 붙들었다.

계속 돌아오지 않는 것이 이상했는지 쿠시다가 얼굴을 내밀었다.

"앗, 호리키타!"

활짝 웃으며 손을 마구 흔드는 쿠시다. 그러자 호리키타는 당연하다는 듯 한숨을 푹 내쉬었다.

"들어올 수밖에 없겠지?"

"그런 것 같네……."

별수 없다는 듯 뚱한 표정으로 방 안에 들어오는 호리키타.

"오, 오오, 호리키타!"

제일 기뻐한 사람은 당연히 스도였다. 그는 소셜 게임을 중단하고 자리에서 벌떡 일어섰다.

"도와줄 마음이 생겼냐? 완전 환영이다!"

"별로 그럴 생각으로 온 건 아니야. 목격자도 아직 못 찾은 모양이네."

쿠시다는 풀이 죽어 고개를 끄덕였다.

"도와주러 온 게 아니면 뭐 하러 왔어?"

"어떤 계획으로 행동하는지 궁금했을 뿐이야."

"이야기만이라도 들어준다면 기쁠 거야. 조언도 해주면 좋고."

쿠시다는 아까 떠올렸던 아이디어를 들려주었다. 호리키타의 표정은 시종일관 딱딱하게 굳어 있었다.

"나쁜 계획이라고 할 수는 없어. 시간을 충분히 들인다면 결실을 맺을 가능성도 있겠지."

하긴 시간이 복병이다. 앞으로 며칠 안에 결과를 낼 수 있을지 의심스럽다.

"어떤 상황인지 확인했으니 난 그만 가볼게."

오래 머물고 싶지 않은지 결국 호리키타는 자리에 앉지도 않고 돌아가려고 했다.

"뭔가 짚이는 부분은 없어? 목격자에 관한 정보라든가."

아까 현관에서 분명 그와 관련된 이야기를 하려고 했었다.

아무 의미 없이 내 방문을 두드릴 정도로 우호적인 녀석이 아니다.

"……성과를 기대하기 힘든 쪽으로 노력하는 너희한테 딱하나만 조언해줄게. 등잔 밑이 어둡다는 말이 있지. 스도의 사건을 목격한 인물은 분명히 존재하고, 그 인물은 우리랑 아주 가까운 곳에 있어."

호리키타가 가져온 정보는 상상보다 훨씬 큰 것이었다.

우리들이 정말로 있기는 할까, 하고 반신반의하는 목격자의 존재를 이미 발견했다는 듯한 말투였다.

"그게 무슨 뜻이야, 호리키타? 목격자라니, 너 지금 정말로 그렇게 말했냐?"

기뻐하기보다도 놀라움과 의심이 앞서는 스도. 무리도 아니다.

나를 포함한 이 자리의 모든 사람이 그녀의 대답을 듣기 전까지는 믿지 못하리라.

"사쿠라."

호리키타의 입에서 전혀 생각지도 못한 인물의 이름이 튀어나왔다.

"사쿠라라면 우리 반……?"

야마우치와 스도가 얼굴을 마주 보았다. 사쿠라가 누구였더라, 하는 표정. 어쩔 수 없을지도 모른다. 사실 나도 얼굴이 바로 떠오르지는 않으니까.

"이번 일, 목격자의 정체는 바로 그 애야."

"그렇게 말하는 근거는?"

"쿠시다가 교실에서 이번 사건에 목격자가 있다는 이야기를 했을 때 그 애, 고개를 푹 숙였어. 애들 대부분이 쿠시다를 보거나 아니면 흥미 없다는 듯 있었는데 딱 그 애만. 자기랑 아무 상관없다면 그런 표정은 지을 수 없지."

전혀 몰랐다. 그 상황에서 반 아이들의 모습을 놓치지 않았던 호리키타의 관찰력에 솔직히 감탄했다.

"너도 쿠시다를 빤히 쳐다본 일인이니까 몰라도 무리가 아니지."

왠지 내게 빈정대는 것처럼 들렸다.

"그러니까 그 사쿠란지 코쿠란지 하는 애가 목격자일 가능성이 높다는 건가?"

요새 신인 개그맨도 치지 않을 것 같은 농을 스도가 내뱉었다.

"아니, 사쿠라가 목격자라는 건 확실해. 아까 직접 확인했거든. 본인은 인정하진 않았지만 그 애가 목격자야."

우리가 모르는 곳에서 호리키타는 자기 나름대로 행동했던 것이다.

이러니저러니 해도 반을 위해 움직이는 호리키타에게 감동하는 일동.

"역시 너, 나를 위해……!"

스도는 다른 부분에서 감동받은 모양이지만.

"착각하지 마. 난 너희가 더는 목격자 찾기라는 쓸데없는 일에 시간을 낭비해서 다른 반 애들에게 추태를 부리지 않길 바라. 단지 그것뿐이야."

"으음, 그 말은 결국 도와주겠다는 거네?"

"어떻게 해석하든 네 자유지만, 아니라는 것만은 확실히 밝혀둘게."

"또 그런다, 또~. 뭐야, 완전 츤데레잖아, 호리키타~."

이케가 놀리듯 호리키타의 어깨를 두드리려다가 팔이 꺾여 바닥에 내동댕이쳐졌다.

"아야야!"

"만지지 마. 다음엔 안 봐줄 거야. 만약 다음에 또 만지면 졸업할 때까지 널 경멸할 테니까."

"아, 안 만졌는데…… 아니, 만지려고는 했지만…… 아야, 아, 아파!!"

헤드록을 당하질 않나 팔이 꺾이질 않나, 이케도 수난

이 끊이지 않는다. 자업자득이지만.

그나저나 호리키타의 방금 그 모습은 도저히 평범한 여자애의 움직임이 아니었다. 호리키타의 오빠가 가라테랑 합기도를 했다는 이야기로 추측해보건대, 이 녀석도 뭔가 배운 것 아닐까?

"아아…… 팔이……!"

"이케."

고통스러워하며 바닥을 구르는 이케에게 호리키타가 말을 걸었다. 너무 심했다고 생각했나.

"졸업 때까지 경멸하는 것으로 끝나지 않는다, 라고 말을 정정해도 될까?"

"으으윽! 그게 더 심하잖아!"

말로 받은 타격에 이케의 몸이 축 늘어졌다.

그나저나 사쿠라라니……. 하필 우리 D반에 목격자가 있었을 줄이야.

이것을 좋은 소식이라고 할 수 있을지 없을지는 미묘한 부분이다.

"잘 됐잖아, 스도. 우리 반 애라면 반드시 증언해줄 거라고!"

"응. 목격자가 있다는 건 기쁜 일인데 말이지, 사쿠라가 누구야? 너는 아냐?"

전혀 모르겠다는 스도에게 야마우치가 깜짝 놀라 대답했다.

"진짜 몰라? 스도, 네 뒤에 앉은 애잖아."

"아니지. 왼쪽 대각선 앞자리지."

"둘 다 틀렸어…… 스도의 오른쪽 대각선 앞자리야."

아주 살짝 언짢은 표정으로 쿠시다가 말을 고쳐주었다.

"오른쪽 대각선 앞이라…… 전혀 기억에 없는데. 누가 있었던 것 같기는 하지만."

그거야 당연하지. 오른쪽 대각선 앞자리만 비어 있으면 그게 더 이상하지 않은가?

사쿠라라는 아이는 물론 존재감이 없다. 하지만 아무리 그래도 존재를 전혀 모른다는 것은 큰 문제다.

"아마 알고 있을 거야. 왠지 이름이 낯이 익은 것 같으니까."

들떠서 어쩔 줄 모르는 모습이다.

"특징 같은 거 알려줘."

"그거지, 그거. 반에서 제일 가슴 큰 여자애라고 하면 알려나? 왜, 가슴만 대박 큰 애 있잖아."

되살아난 이케가 사쿠라의 특징을 읊었지만, 아무리 그래도 그것만으로 어떻게 알아?

"아, 그 안경 쓴 촌뜨기 여자애?"

그것만으로 알았냐……. 좀 깬다.

"그럼 안 돼, 이케. 그런 식으로 기억하다니 사쿠라가 너무 가여워."

"아, 아니, 아니라니까, 쿠시다. 이건 말하자면 그거야. 절대로 양심에 찔리는 그런 느낌이 아니라고. 왜, 키 큰 남자라든가 뭐 그렇게 이미지로 기억하기도 하잖아? 그거랑 똑같이 신체적 특징을 정확하게 포착한 것뿐이라고……!"

급격히 떨어지는 쿠시다의 신뢰를 당황하며 수습하는 이케. 하지만 이미 늦은 것 같다.

"젠장! 아니야, 아니라고! 그런 촌스러운 애, 전혀 좋아하지 않는다고! 오해하지 말아줘!"

아니, 그 부분은 전혀 오해하지 않을 거라고 생각하는데.

울부짖는 이케를 그대로 둔 채 나머지 아이들은 사쿠라 이야기로 넘어갔다.

"그럼 남은 건 사쿠라가 어디에서 어디까지 봤는가네. 그 부분은 어떨까?"

"글쎄. 본인에게 직접 확인하는 수밖에 없겠지."

"지금 당장 사쿠라의 방에 찾아가면 되는 거 아냐? 시간도 얼마 없는데."

야마우치의 제안이 무난하게 느껴지기도 했지만, 상대방의 성격과 생각에 따라 결과는 달라지리라.

사쿠라는 반에서 극도로 얌전한 아이다. 친하지도 않은 애가 갑자기 밀어닥치면 당황하리라는 점은 별로 상상하기 어렵지 않다.

"그럼 먼저 전화를 해볼까?"

그러고 보니 쿠시다는 나와 호리키타를 포함해 우리 반 모든 아이의 전화번호를 알고 있다고 했었다.

20초 정도 휴대전화를 귀에 댄 쿠시다는 고개를 가로저으며 전화를 끊었다.

"안 되겠어, 안 받아. 나중에 다시 걸어보긴 하겠는데 좀 미묘하네."

"미묘하다니?"

"전화번호는 가르쳐줬지만, 잘 모르는 내가 거는 전화를 불편하게 생각할지도 몰라. 실제로 내가 말 걸었을 때도 별로 상대해주지 않는 느낌이었거든."

일부러 안 받았을 가능성도 있다는 이야기인가.

"호리키타 같은 타입이라는 거?"

당사자를 앞에 두고 할 질문은 아닌 것 같은데, 이케.

호리키타는 딱히 신경 쓰지 않는 것 같지만. 아니, 아예 이케의 발언 따위 흥미도 없는 것 같다.

"그럼 난 이만."

"앗, 호리키타!"

이때다, 하듯 호리키타가 자리에서 벌떡 일어나 현관으로 가버렸다.

뒤쫓아 갔을 때는 이미 쾅하고 닫히는 문소리가 들린 후였다.

"속으로는 걱정되면서 툭툭거리기는."

스도는 검지로 코끝을 문지르며 헤헤 하고 살짝 기쁜 듯 웃었다.

그게 아니라 저 녀석은 그냥 무(無)일 텐데……. 무걱정 무툭툭.

"사쿠라는 단순히 낯가림이 있다거나 뭐 그런 느낌이랄까? 내가 봤을 때는."

말도 거의 섞어본 적 없는 인물에 대해 아는 게 더 이상한 이야기인가.

"촌스러워. 뭘 해도 말이야. 이 보물을 그냥 썩히는 꼴이라니까."

야마우치가 그렇게 말하며 양손으로 가슴을 받치는 시늉을 했다.

"맞아, 맞아. 정말 가슴만큼은 엄청나게 크다고. 거기다가 귀엽기만 했어도!"

아까 한 발언을 후회했던 이케가 금세 과거의 반성을 새까맣게 잊었는지 흥분해서 말했다.

아, 쿠시다가 또 쓴웃음을 짓는다. 그 모습을 눈치챈 이케가 망했다며 또 후회했다.

사람은 실패를 반복하는 생물이라는 것을 보여주는 교과서적인 삶이다.

다만 문제가 하나 있다면, 나는 아무 말도 하지 않았는데 이케랑 야마우치와 한통속 취급을 받고 있다는 느낌이 드는 것이었다. 쿠시다의 쓴웃음이 '너도 어차피 가슴이겠지? 이 변태 같은 놈' 하는 말을 담은 듯 보였다. 물론 이건 내 멋대로의 피해망상이다.

"엥? 사쿠라가 어떻게 생겼었지? 얼굴이 전혀 안 떠오른다."

나는 사쿠라의 이름과 얼굴을 간신히 일치시켰다. 전에 어쩌다가 내기에 참여했을 때 기억해뒀지. 가슴 때문인가? 설마 나도 역시 한통속이었나…….

사쿠라는 늘 혼자서 조용히 등을 구부리고 앉아 있는 이미지다.

"생각해보니까 나, 사쿠라가 누구랑 이야기하는 모습을 본 적이 없어. 야마우치는? 아앗……? 그러고 보니 야마우치 너, 저번에 사쿠라한테 고백받았다고 하지 않았냐? 그럼 적당한 때를 봐서 물어볼 수 있지 않아?"

그러고 보니 야마우치가 그런 말을 했었지. 이케의 말에 기억이 떠올랐다.

"아, 아아. 뭐, 그런 말을 한 것 같기도 하고 안 한 것 같기도 하고."

오리발을 내미는 야마우치.

"역시 거짓말이었냐……."

"아, 아니야. 거짓말이 아니라고. 착각한 거라고. 사쿠라가 아니라 옆 반 여자애였어. 사쿠라같이 어둡고 못생긴 느낌의. 아, 미안, 문자 왔다."

그렇게 말하며 딴청을 부리는 야마우치. 일부러 휴대전화를 꺼내 이것저것 눌렀다.

물론 사쿠라는 촌스럽긴 하지만 그래도 못생기지는 않은 것 같은데. 얼굴을 똑바로 쳐다본 적은 없어도 굉장히 단정한 외모였던 것으로 기억한다.

그래도 확신을 가지고 말할 수 없는 이유는 역시 사쿠라의 존재감이 너무 희미한 탓일까.

"내일 일단 나 혼자 가서 물어볼게. 우르르 몰려가서 말걸면 경계할 테니까."

"그게 좋겠다."

쿠시다가 못하면 아무도 사쿠라를 공략할 수 없으리라.

2

"……더워."

이 학교에서는 동, 하복 구분 없이 일 년 내내 블레이저코트를 착용한다. 그 이유는 간단한데, 기본적으로 어느 곳에나 냉난방이 완비되어 있기 때문이다. 등하교 시에 더운 것이 단점이지만.

아침 등교 시간. 기숙사에서 학교까지 가는 불과 몇 분 사이에 벌써 등에서 땀이 배어 나오는 느낌이 들었다.

대피하듯 교정 안으로 뛰어 들어가자 시원한 공간이 나를 맞이했다.

아침 훈련이 있는 학생들은 지옥이겠다. 교실에는 이미 아침 훈련을 마친 아이들이 에어컨 앞에 모여 있었다. 곁눈질로 보니 꼭 불을 보고 달려드는 벌레들 같다. 예시가 좀 나빴나.

"아야노코지, 좋은 아침이야."

히라타가 내게 인사를 건넸다. 오늘도 산뜻한 얼굴이구나. 희미하게 풍기는 플로랄계 달콤한 향기. 여자애라면 무심코 '날 안아줘요~!' 하고 애원해버리겠지.

"어제 쿠시다한테 들었어. 목격자를 찾았다며? 사쿠라라고 했나?"

아직 등교하지 않은 사쿠라의 자리를 바라보는 히라타.

"사쿠라랑 이야기해본 적 있어?"

"나? 아니…… 그냥 인사하는 정도. 사쿠라는 반에서 늘 혼자니까 어떻게든 도와주고 싶었지만, 나는 남자니까 억지로 놀자고 할 수도 없고. 그렇다고 카루이자와한테 부탁하기도 좀 문제가 있을 것 같고."

심하게 적극적인 카루이자와가 사쿠라와 대화를 나누는 모습이라니. 상상하기가 너무 어렵다.

"일단 나는 쿠시다의 보고를 기다리려고."

"그런데 나한테 왜 그런 말을 해? 이케나 야마우치한테 말하는 게 낫지 않나?"

팀(?)의 말단 중의 말단인 나한테 이런 이야기를 해봤자 아무런 의미도 없다.

"특별한 이유는 없는데…… 굳이 말하자면 호리키타와도 이어지니까? 호리키타는 아야노코지 말고는 아무하고도 말하지 않잖아?"

"과연 그렇군."

하긴 그 부분만큼은 이케, 야마우치보다 내가 적임자이려

나. 알겠다는 나의 말에 히라타가 귀여운 미소를 선보였다.

여자애라면 이 순간 두근두근 포인트가 100까지 쌓여서 가슴이 마구 요동쳤겠지.

"그렇지, 괜찮으면 조만간 같이 놀러 가자. 어때?"

어이, 이 녀석 봐라? 여자로도 모자라 내 가슴까지 요동 치게 만들 작정인가?

고독을 사랑하는 내가 히어로의 권유를 쉽게 받아들이려 고 생각했다면 오산이다.

"뭐, 난 상관없어."

앗, 마음속의 반감과는 정반대로 말해버렸다. 젠장, 이놈 의 주둥이.

히라타가 놀자고 말해주기를 기다렸다거나 그런 것은 맹 세코 아니라고.

그렇지. 애초에 일본인이라는 민족이 나쁘다. NO라고 말 하지 못하는 성분이니까 놀자는 말을 들으면 냉큼 따라가버 리고 마는 것이다.

"미안, 별로 안 당기지?"

내가 고민하고 있는 것은 아닌지 눈치를 살피는 히라타.

"갈게, 갈게. 꼭 갈게."

확 깨는 느낌으로 대답하는 나.

자존심 강한 남자인 척했지만, 사실은 가고 싶어서 좀이 쑤시는 것이다.

"그런데 네 여자 친구가 좋다고 할까?"

"응? 아아, 카루이자와? 괜찮아."

아주 시원시원한 반응이구만. 뭐, 커플의 이상적인 모습이란 사람마다 천차만별이니까.

서로를 여전히 성으로만 부르는 것을 보면 아직 많이 가까운 사이는 아닐지도 모른다.

히라타와의 아쉬운 대화를 끝낸 나는 휴대전화를 만지작거리며 아침 조례 시간을 기다렸다.

그러다가 문득 시선을 옮기니 사쿠라가 어느새 자기 자리에 앉아 있었다.

특별히 뭘 하려는 것도 아니고 그저 자리에 앉아 시간이 흐르기를 기다리는 듯 보였다.

사쿠라는 과연 어떤 학생일까?

이 반에서 생활하기 시작한 지도 3개월인데, 성 말고 다른 정보는 하나도 모른다.

그건 나뿐만이 아니라 이 반의 모든 아이가 다 그러하리라.

누구에게나 사근사근하고 적극적인 쿠시다와 히라타. 고독을 고통으로 여기지 않는 호리키타.

그럼 사쿠라는? 호리키타처럼 혼자가 좋은 것일까? 아니면 나처럼 친구 사귀는 게 서툴러서 고뇌하나? 그 의문은 쿠시다가 풀어주겠지.

3

방과 후, 오후 종례가 끝나자마자 쿠시다는 서둘러 자리에서 일어섰다. 그리고 조용히 돌아갈 채비를 하는 사쿠라에게 다가갔다. 쿠시다로서는 드물게 잔뜩 긴장한 모습이었다.

이케와 야마우치 그리고 스도도 둘이 나눌 대화가 궁금했는지, 쿠시다와 사쿠라에게 온 신경을 집중시켰다.

"사쿠라."

"……무, 무슨……?"

등이 구부정하고 안경을 쓴 소녀가 나른한 표정으로 고개를 들었다.

누가 말을 걸 거라고는 생각하지도 못했는지, 왠지 당황한 기색이었다.

"사쿠라한테 잠깐 할 얘기가 있는데 괜찮아? 스도랑 관련된 일인데……."

"미, 미안하지만 저는…… 다음 일정이 있어서……."

누가 봐도 부자연스러운 표정으로 사쿠라가 시선을 피했다. 누군가와 대화를 나누는 게 익숙하지 않다. 혹은 좋아하지 않는다는 공기를 마구 내뿜고 있다.

"시간 많이 안 뺏을게. 중요한 일이니까 꼭 들어줬으면 좋겠어. 스도가 사건에 휘말렸을 때 혹시 사쿠라, 네가 그 근처에 있지 않았나 해서……."

"모, 모르는 일이에요. 호리키타 씨도 그런 걸 물어보던데, 저는 전혀 모른다고……."

가냘픈 목소리이기는 했지만 단호하게 부정하는 사쿠라.

쿠시다도 사쿠라가 이렇게 거북해하는데 억지로 캐묻고 싶지는 않으리라.

조금 당황스럽다는 듯 난처한 표정을 지었지만 곧 평소의 미소로 돌아왔다.

그래도 여기서 바로 단념할 수는 없겠지.

그녀가 스도의 미래를 크게 좌우할 인물일지도 모르니까 말이다.

"이제…… 괜찮겠죠, 돌아가도…….."

그런데 그녀의 태도가 어딘지 이상했다. 단순히 다른 사람과 대화를 나누는 게 서툰 것이 아니라 뭔가를 감추고 있는 듯 보였다. 그것은 그녀의 행동만 봐도 충분히 짐작할 수 있었다.

초조하게 손을 숨기며 시선을 마주치려고 하지 않는다. 눈과 눈이 마주치는 걸 어려워한다고 해도 어느 정도는 상대방을 보기 마련인데, 사쿠라는 쿠시다 쪽으로 고개를 돌리려고조차 하지 않았다.

상대가 나나 이케였으면 그나마 이해가 가지만. 그녀는 형식적으로라도 쿠시다와 연락처를 주고받은 사이다. 그런 상대를 대하는 몸짓이라고 하기에는 어딘가 이질적이다. 호리키타가 느낀 위화감은 과연 틀리지 않았다. 지금의 나처럼 의아한 점을 몇 개나 발견했을 테지.

"잠시만 시간을 내어줄 수 없을까?"

"왜, 왜 그러죠? 저, 아무것도 모른다니까요……."

쿠시다가 한 실패라고 한다면 이 자리에서 말을 걸어버린 것일지도 모른다.

부자연스러운 대화가 길어지면 길어질수록 필연적으로 주위의 시선도 모이기 마련이다.

이는 쿠시다로서도 완전한 오산이었던 것 아닐까? 사쿠라와 면식이 있고 전화번호도 교환한 쿠시다의 입장에서는 좀 더 부드럽게 대화를 나눌 계획이었으리라.

거절당할 줄 예상하지 못했다면 이런 사태가 된 것도 이해가 간다.

내 옆에서 모든 과정을 지켜보던 호리키타가 그것 봐라 하는 얼굴로 나를 쳐다보았다.

네 통찰력이 뛰어나다는 건 충분히 알고 있다니까…….

"……저는 다른 사람이랑 말하는 게 불편해서…… 죄송해요."

쿠시다를 완강히 거부하는 것이 부자연스럽다.

이전에 대화를 나눠본 사쿠라에 대해 쿠시다는 얌전하지만 평범한 아이라고 말했었다.

그런데 지금의 태도는 분명 평범하지 않다. 쿠시다도 그렇게 느꼈는지 당혹감을 감추지 못했다. 쿠시다는 남과의 거리를 좁히는 게 특기인데, 좀처럼 잘 풀리지 않는다.

호리키타도 그 점을 잘 알고 있기에 두 사람이 나누는 대화를 지켜보며 한 가지 결론을 내렸다.

"쉽지 않겠어. 쿠시다가 설득에 실패할 정도면."

과연 호리키타의 말대로다. 우리 반에서 쿠시다보다 더 사쿠라와 대화를 잘 나눌 수 있는 인물은 아마도 존재하지 않을 테니까.

쿠시다는 친구를 잘 사귀지 못하는 사람과도 자연스레 대화를 나눌 수 있는 공간을 만드는 사람이었다.

사람은 누구나 퍼스널 스페이스, 혹은 퍼스널 에리어라고 하는 '남이 침범하면 불쾌함을 느끼는 공간'을 가지고 있다.

문화인류학자 에드워드 홀은 퍼스널 스페이스를 다시 4개로 세분화했다. 그중 하나가 '밀접 거리'라는 구역이다. '근접상(近接相)'이라고 해서, 상대방을 껴안을 수 있을 정도의 거리 내에 타인이 들어오면 사람은 당연히 거부감을 느낀다. 하지만 연인 혹은 친한 친구라면 그 거리를 불쾌하게 생각하지 않는다. 쿠시다의 경우 별로 친하지 않은 상대방의 '근접상'에 들어가도 대체로 싫어하지 않는다. 퍼스널 스페이스를 발동시키지 않는다고나 할까?

그러나 사쿠라는 그런 쿠시다에게 노골적으로 거부감을 드러냈다.

아니…… 내 눈에는 도망치려는 듯 보였다.

그 사실을 뒷받침하듯 그녀는 처음에 말한 '일정이 있어서'라는 말을 더는 쓰지 않았다. 정말 다음 일정이 있는 사람이라면 그 말을 반복할 텐데.

쿠시다로부터 거리를 두려는 듯 가방을 정리해서 일어서

는 사쿠라.

"그, 그럼 이만."

대화를 잘 끝낼 수 없겠다고 판단했는지 도망이라는 선택지를 고른 모양이다.

그녀가 개인 물품으로 보이는 책상 위의 디지털카메라를 들고 걸음을 떼기 시작했다.

바로 그때 휴대전화로 친구와 대화를 나누느라 앞을 보지 않고 걷던 혼도와 어깨가 부딪쳤다.

"앗!"

사쿠라의 손에서 벗어난 디지털카메라가 바닥에 떨어지며 요란한 소리를 냈다. 혼도는 휴대전화에 의식을 집중하고 싶은지, 미안미안 하고 가볍게 사과한 후 교실을 빠져나갔다.

사쿠라는 당황하며 디지털카메라를 주워들었다.

"거짓말…… 안 찍혀……."

사쿠라는 손으로 입을 막으며 받은 충격을 노골적으로 드러냈다. 아무래도 바닥에 떨어지면서 카메라가 부서졌나 보다. 몇 번이나 전원 버튼을 눌러도 보고 배터리를 뺐다가 다시 넣어보기도 했지만 전원이 들어올 기색은 전혀 없었다.

"미, 미안해. 내가 갑자기 말을 거는 바람에……."

"아니에요……. 제가 조심하지 않은 거니까…… 그럼 이만."

낙담한 사쿠라를 차마 불러 세우지 못한 쿠시다는 아쉬운 눈으로 배웅할 수밖에 없었다.

"왜 저 음침한 여자애가 내 목격자인 거야. 재수도 없지. 애초에 날 도와줄 생각은 있는 거냐고."

다리를 꼰 채 의자에 기댄 스도가 깊은 한숨과 함께 말을 토해냈다.

"분명 뭔가 사정이 있을 거야. 그리고 아직 사쿠라의 입에서 확실히 봤다는 얘기가 나온 것도 아니니까. 직접 그렇게 말해버리면 안 돼."

"나도 알아. 말할 거면 진작 했겠지. 어른이니까 자제했다고."

"스도, 오히려 잘된 일일지도 몰라. 사쿠라가 목격자여서."

"그게 무슨 뜻인데?"

"사쿠라는 분명 네 사건의 목격자로 증언해주지 않을 거야. 이 사건은 네가 멋대로 일으킨 사건으로 처리되겠지. 결과적으로 D반에 영향이 미치는 건 피할 수 없겠지만 그래도 지금이어서 차라리 다행이야. 폭력에 거짓 증언. 학교를 끌어들인 소동이 100, 혹은 200 페널티로 끝날 거라는 생각은 안 드는걸. 지금 있는 87포인트를 잃는 것만으로 끝난다고 생각하면 운이 좋았다고도 생각할 수 있어. 네 무죄 호소도 학교 측은 무시할 수 없으니 퇴학 처리가 되진 않을 거야. 책임 비율은 C반보다 크겠지만."

호리키타는 지금까지 말하려고 가슴에 감춰두고 있었는지 단숨에 모든 것을 설명했다.

"농담하지 마. 난 무죄라고, 무죄. 때린 것도 정당방위고."

"정당방위는 그리 쉽게 받을 수 있는 게 아니야."

아, 그건 전에 내가 말했다.

"저기, 아야노코지."

누가 어깨를 쿡쿡 찔러 뒤돌아보니 엄청나게 가까운 거리에 쿠시다의 얼굴이 있었다. 이토록 가까운 거리에서 보는 쿠시다도 귀엽다. 퍼스널 스페이스를 침범당했는데 불쾌하기는커녕 더 가까이 와줬으면 좋겠다.

"아야노코지는 스도 편이지?"

"뭐…… 그건 그렇지만. 그런데 왜?"

"분위기가 좀 험악하잖아. 다들 스도를 도와주려는 마음이 그리 많지 않은 것 같아서."

나는 교실 안을 빙 둘러보았다.

"그러네. 아마도 그런 것 같아. 어쩔 수 없다면 어쩔 수 없는 일이지만."

중요한 목격자도, 사쿠라가 부정하면 진전이 있을 수 없다.

"더는 완벽한 해결책을 찾을 수 있을 것 같지도 않고. 그냥 포기하자, 스도."

이케도 반쯤 의욕을 잃은 듯 그렇게 중얼거렸다.

"뭐야, 너희. 안 도와줄 거냐?"

"하지만…… 일이. 그렇지?"

찬동을 구하듯 남아 있는 반 아이들에게 물었다.

"네 친구조차 도와줄 마음이 안 생기는 것 같네. 안타깝게도."

반에 남은 학생들은 이케와 호리키타의 말에 아니라고 부정하지 않았다.

"왜 나한테만 이런 일이 생기는 거야. 아무짝에도 쓸모없는 놈들."

"재미있는 말을 하는구나, 스도? 이게 전부 부메랑이라는 생각은 안 드니?"

"무슨 의미야, 그거."

가끔 험악한 분위기가 흐르는 반이기는 했지만 오늘이야말로 역대급이었다.

그래도 스도는 상대가 호리키타여서 있는 힘을 다해 참는 것처럼 보였다.

그때 생각하지 못한 곳에서 공격이 날아왔다.

"너, 그냥 퇴학당하는 게 낫지 않냐? 네 존재는 아름답지 않아. 아니, 추하다고 해도 되겠지, 레드 헤어."

그는 평소와 다름없이 손거울을 들여다보며 머리를 정리하고 있었다.

이 반에서도 특히 남다른 존재감을 드러내는 남자, 코엔지 로쿠스케다.

"……지금 뭐라 그랬냐? 다시 한 번 지껄여보시지."

"같은 말을 여러 번 하는 건 비효율적이지. 그야말로 난센스야. 사람 말귀를 못 알아듣는다는 걸 자각하고 한 말이라면 특별히 한 번 더 강의해줄 용의도 있지만?"

코엔지는 단 한순간도 스도에게 시선을 보내지 않고 혼잣말하듯 대답했다.

쾅, 하고 거세게 책상을 걷어차는 소리. 그래도 아직은 낙관적인 분위기였던 공간이 완전히 얼어붙었다. 스도는 무서운 기세로 일어서서 아무 말 없이 코엔지에게로 달려갔다.

"거기까지만 해. 두 사람 다 진정하라고."

이 최악의 상황에서 움직일 수 있는 유일한 남자는 바로 히라타다. 가슴이 두근.

"스도, 너도 문제지만 코엔지도 문제야."

"홋. 난 태어나서 단 한 번도 잘못을 저지른 적이 없는데. 네 착각이야."

"그거 잘됐군. 네 면상, 손 좀 본 후에 무릎 꿇게 만들어주지."

"그만둬."

스도의 팔을 붙잡은 히라타가 강력하게 제지하려고 했지만 멈출 기색이 없었다.

호리키타에게 받은 비난까지 포함해 모든 울분을 코엔지에게 풀 작정인가.

"제발 그만둬. 친구끼리 싸우는 거 보고 싶지 않아⋯⋯."

"쿠시다 말이 맞아. 그리고 코엔지가 뭐라고 하든지 난 네 편이야, 스도."

너무 멋있는 거 아니야, 히라타? 차라리 이름을 히라타가 아니라 히어로로 개명하는 게 낫겠어. 그게 나아.

"여기는 내가 수습할 테니까. 스도는 얌전히 있는 게 좋을 거야. 지금 소동을 더 키우면 학교 측의 심증이 더 나빠져. 내 말이 틀렸니?"

"……쳇."

스도는 코엔지를 잡아먹을 듯 노려본 후 교실에서 나갔다. 쾅, 하고 교실 문이 거칠게 닫힌 후 복도에서 또 한 번 큰 고함이 들렸다.

"코엔지. 도움을 강요할 생각은 없어. 하지만 스도를 탓하는 건 잘못된 거야."

"안타깝지만 난 잘못한 적이 없다니까. 태어나서 단 한 번도 말이지. 아차차, 슬슬 데이트 갈 시간이군, 그럼 난 이만 실례."

두 사람의 보기 드문 말다툼을 방관하면서 나는 우리 반이 전혀 단합되지 않았다는 사실을 실감했다.

"스도는 성장하지 않네."

"호리키타도 조금만 더 부드럽게 말하는 편이 좋지 않을까……?"

"좋게 말해서 통하지 않는 상대한테는 가차없이 대하기로 했거든. 스도는 백해무익한 존재야."

좋게 말하면 통하는 상대한테도 가차없으면서 뭘.

"뭐야?"

"윽……."

날카로운 칼날(시선)을 받은 나는 잔뜩 위축되면서도 조심스레 반론을 펼쳤다.

"세상에는 대기만성이라는 말이 있잖아. 스도가 언젠가 NBA에서 뛸지도 모르는 일이라고. 세상에 크게 공헌할 가능성은 얼마든지 숨어 있어. 청년의 힘은 무한하니까."

텔레비전 광고에서나 쓸 법한 캐치프레이즈를 말해보았다.

"10년 후의 가능성을 전부 부정할 생각은 없지만, 내가 지금 원하는 건 A반으로 올라가기 위해 필요한 전력이야. 지금 이미 갖춰져 있지 않으면 아무런 가치도 없다고."

"그렇지만……."

호리키타는 한결같은 입장을 고수하니 그렇다 치고, 걱정스러운 것은 이케와 그 무리다.

입장을 자꾸 바꾸는 탓에 상황이 불안정하다.

"넌 스도랑 사이가 좋지? 밥도 자주 같이 먹으니까."

"스도가 잘못했다고는 생각하지 않아. 하지만 너무 발목을 잡잖아. 지금도 수업 시간에 딴짓을 제일 많이 하는 녀석이 스도고, 저런 식으로 싸우는 것도 늘 보면 스도고. 그부분은 확실히 선을 긋지 않으면 말이지."

과연. 이케는 이케 나름대로의 생각을 가지고 있는 듯하다.

"나는 열심히 사쿠라를 설득할게. 그럼 분명 이렇게 불리한 흐름도 바뀔 거야."

"과연 그럴까? 이 기회에 말하는데, 사쿠라가 증언해도 효과는 그리 크지 않을 거야. 아마 학교 측도 D반에서 갑자기 튀어나온 목격자의 존재를 의심할걸?"

"의심하다니…… 가짜 목격자라고 생각할 거라는 뜻이야?"

"당연하지. 자기들끼리 짜고 거짓 증언을 시켰다고 생각할 게 뻔해. 그러니 절대적인 증거가 되지 않아."

"그런…… 그럼 어떤 증거여야 확실해?"

"기적을 믿는다면, 목격자가 다른 반이나 다른 학년이고 사건을 처음부터 끝까지 자세하게 목격했고 학교 측의 두터운 신뢰까지 얻은 사람이어야 확실하겠지. 하지만 그런 인물은 존재하지 않아."

호리키타는 확신을 가진 듯 말했다. 나도 같은 생각이다.

"그럼…… 아무리 노력해도 스도가 무죄로 인정받는 건……."

"이번 사건이 교실 안에서 일어난 싸움이었다면 이야기는 달라지지만 말이야."

"그게 무슨 말이야?"

"교실 안에 카메라가 설치되어 있잖아? 그러니까 무슨 일이 일어났든 확실한 증거가 있었겠지. C반 애들의 거짓말도 바로 폭로되었을 거고."

나는 교실 구석, 천장 근처에 설치된 두 대의 카메라를 손가락으로 가리켰다.

학생들에게 방해되지 않도록 크기도 작고 설치 장소에 완전히 융화되어 눈에 잘 띄지는 않지만, 감시 카메라가 설치된 것은 틀림없는 사실이었다.

"학교 측은 수업 중에 잡담하거나 조는 걸 확인하기 위해 저 카메라를 이용하겠지. 그게 아니면 다달이 정확한 조사가 이루어지는 게 불가능하지 않겠어?"

"……정말? 나, 전혀 몰랐는데……."

이케가 충격을 받았는지 진짜냐며 카메라를 뚫어지게 응시했다.

"나도 처음 알았어…… 카메라 같은 게 있었을 줄이야."

"의외로 모르기 쉽지. 나도 첫 포인트 발표 때까지는 전혀 몰랐으니까."

"뭐, 보통 애들은 카메라의 위치 따위 별로 신경 안 쓰니까. 늘 들르는 편의점도 카메라가 어디 붙어 있는지 구체적으로 파악하지 않잖아?"

파악하는 인간이 있다면 그건 양심에 찔리는 생각을 하고 있거나 어지간히 예민한 성격이거나, 아니면 우연히 봐서 기억하고 있을 뿐이거나. 셋 중 하나다.

어쨌든 목격자를 찾을 필요성은 사라졌으니, 나도 슬슬 돌아가 볼까?

쿠시다와 다른 아이들이 새로운 목격자를 찾겠다고 나설지도 모른다. 거기에 휘말리면 귀찮아지니까.

"아야노코지, 같이 돌아갈래?"

"…………."

나는 그 말에 무심코 손을 호리키타의 이마로 가져갔다. 그녀의 이마는 차가웠지만, 그래도 어쨌든 보드라웠고 체온도 확실히 느껴졌다.

"……나 열 없는데? 좀 의논했으면 하는 일도 있고."

"아, 아아. 난 상관없어."

호리키타가 먼저 권하다니 살다 보니 이런 일도 다 있군. 내일은 해가 서쪽에서 뜨려나.

"역시 너희 둘, 사귀는 거 아냐? 어제 나는 어깨에 손을 대려고 시늉만 했을 뿐인데 죽일 것처럼 나오더니……."

이케는 조금 불만스럽게 호리키타의 이마 위에 있는 내 손을 쳐다보았다.

그 눈빛을 알아차린 호리키타가 특별히 표정을 바꾸지도 않고 나를 올려다보며 말했다.

"치워줄래? 그 손?"

"앗. 미안, 미안."

웬일로 들어오지 않은 호리키타의 반격에 안도하면서 퍼뜩 이마에서 손을 내렸다. 완전히 무의식중에 나온 행동이었다.

우리는 나란히 복도로 나왔다. 대충 예상은 가지만 호리키타가 하려는 말이 뭘까?

"아, 잠깐만. 돌아가기 전에 들를 데가 좀 있는데 괜찮아?"

"오래 걸리지 않는다면 상관없어."

"응. 아마도 10분 정도 걸릴 거야."

4

갈수록 무더워지는 방과 후, 나는 사건 현장인 특별동으로 발걸음을 옮겼다. 살인사건이 일어난 게 아니니 출입금지 테이프도 쳐져 있지 않았고, 특별히 평소와 다른 모습은 찾아볼 수 없었다. 특별한 수업, 가정실과 시청각실 등 자주 이용하지 않는 시설이 모여 있는 특별동은 수업이 끝나면 사람들의 발길이 뚝 끊겨서 누구의 눈에 띌 염려가 없다. 스도를 불러내려면 이곳이 가장 이상적인 장소다.

"심하게 덥네……."

이곳의 더위는 좀 비정상적일 정도다. 원래 여름철의 학교란 다 이런 것일지도 모르겠지만, 교정 안은 기본적으로 쾌적해서 더위나 추위의 이미지가 별로 강하지 않다. 하루 종일 에어컨이 도는 건물 안에 너무 오래 있었던 탓인가. 그 차이 때문에 더 덥게 느껴지는 것이리라.

특별동도 수업 중에는 에어컨을 틀겠지만, 지금은 흔적조차 사라진 지 오래다.

"미안하다. 이런 데까지 같이 와달라고 해서."

내 옆에 선 호리키타는 땀 한 방울도 흘리지 않고 조용히 복도를 바라보았다.

"너도 참 특이해. 자발적으로 이번 사건에 관여하다니. 목격자도 찾았고 더는 손 쓸 방법이 없다는 것도 판명 났어. 그런데 뭘 하려고 그러니?"

"스도는 처음 생긴 친구니까. 다소의 협력은 할 거야."

"그럼 너에게는 스도를 무죄로 만들 방법이 있다는 거야?"

"글쎄. 아직 아무 말도 할 수 없어. 그리고 내가 혼자서 움직이는 건 히라타나 쿠시다랑 무리 지어서 행동하는 게 좀 익숙하지 않다고 해야 하나, 잘하지 못해서. 오늘도 다 함께 교실을 돌아다닐까 봐 도망친 것뿐이라고 할 수 있어. 무사안일주의답지?"

"정말이네. 그래놓고 친구라서 협력하겠다니, 여전히 모순덩어리야."

"인간이란 원래 많든 적든 자기 편한 대로 생각하는 생물이잖아."

전에도 비슷한 이야기를 한 적이 있는데, 호리키타는 내 이러한 생각에 의외로 관대하다.

평소에 혼자 행동하니까, 호리키타 자신에게 해만 끼치지 않는다면 좋을 대로 하라는 식의 자세. 그런 면도 함께 있을 때 불편하지 않은 이유 중 하나다.

"뭐, 아야노코지의 개인적인 생각 따위 나랑은 아무 상관 없으니까 뭘 하든 네 자유야. 그리고 그 두 사람을 대하기 어려워하는 자세는 싫지 않네."

"그거, 단순히 네가 그 애들을 싫어해서잖아?"

"공동의 적을 가진다는 건 그만큼 서로 협력할 수 있다는 뜻이기도 하지."

쿠시다, 히라타랑은 꼭 친해지고 싶은데.

하지만 호리키타는 그게 그거라고 나름대로 확대해석하고 있다.

나는 말을 얼버무린 후 복도 끝까지 걸어가서 천장과 벽이 이어진 귀퉁이를 꼼꼼히 살피기 시작했다.

호리키타가 문득 뭔가를 깨달은 듯 주위를 둘러보았다. 그리고 생각에 잠겼다.

"여기에는 없네. 안타깝게도."

"응? 뭐가?"

"교실에 있는 것과 같은 감시 카메라. 만약 카메라가 있었으면 확실한 증거를 구했을 텐데. 이 특별동 복도에는 없는 것 같아."

"아아, 그런가. 감시 카메라 말인가. 물론 그런 게 있으면 한 방에 해결했겠지."

천장 부근에 콘센트가 있었지만, 그걸 사용한 흔적은 없었다.

복도는 차폐물이 하나도 없어서 만약 이 위치에 카메라가 있다면 처음부터 끝까지 기록이 남아 있을 가능성이 높다.

"원래 학교 복도에는 카메라가 설치되어 있지 않잖아?"

특별동뿐 아니라 교실 앞 복도에도 카메라는 없다.

"또 설치되어 있지 않은 곳은 화장실이랑 탈의실 정도?"

"그렇지. 나머지는 대체로 설치되어 있어."

"······새삼 아쉬워할 것도 없지. 애초에 감시 카메라가 있었으면 학교 측에서 이번 사건을 문제 삼지도 않았을 테니까."

호리키타는 잠시나마 기대했던 자신이 부끄러운지 고개를 휘저었다.

우리는 잠시 주위를 어슬렁거렸지만, 아무런 소득도 얻지 못하고 의미 없는 시간만 흘러갔다.

"그래서 스도를 구할 방책은 떠올랐니?"

"떠오를 리 없잖아? 방책을 강구하는 건 호리키타, 네 몫이지. 스도를 구해달라고는 말 못하겠지만, 상황이 D반에 긍정적인 방향으로 흘러가도록 도와줬으면 해."

호리키타는 어이없다는 듯 어깨를 으쓱해 보였다. 말은 참 잘한다고 생각하겠지. 하지만 호리키타는 사쿠라라는 목격자를 찾아주었다. 그러니 협력하고 싶지 않은 것은 아닐 터였다.

"날 이용하겠다는 이야기야? 설마 그래서 날 여기로?"

"목격자가 사쿠라라는 사실로 상황이 오히려 훨씬 악화될지도 모르니까. 무슨 방법이 없는지 찾아보는 게 좋잖아?"

호리키타도 그 점을 잘 알고 있으니까 쿠시다 무리에게 사쿠라가 목격자라고 알려주었을 것이다. 절대 알려주고 싶지 않았으면 물어도 대답하지 않았을 테니까.

본인은 시치미를 뚝 뗀다고 할까, 생각을 겉으로 드러내지 않고 표표하게 있지만.

"스도 자체는 마음에 들지 않는 점이 아주 많아. 하지만 스도에게 주어진 책임 비율을 좀 덜어내고 싶다고는 생각해. 포인트를 남길 수 있다면 그보다 더 좋은 일은 없겠지. D반의 인상을 나쁘게 만드는 것도 손해고."

다른 사람 같으면 솔직하지 않네, 하고 말하겠지만 이 녀석은 이게 진심이리라.

그게 특별히 잘못됐다는 것은 아니다. 다만 인간은 고독에 그리 강하지 않다. 그래서 누군가를 구하거나 도와주는 등 위선을 떨면서 무리 지어 서로 살을 맞댄다. 그런데 그런 모습이 호리키타에게서는 보이지 않는다.

또, 호리키타가 쿠시다를 비롯한 다른 아이들과 결정적으로 다른 점은 스도의 무죄 증명을 완전히 포기했다는 것이다.

"아까도 말했지만 기적의 목격자가 나타나지 않는 한 스도의 무죄를 증명하는 건 불가능해. C반 애들이 거짓말을 인정하면 되지만 그게 가능하겠어?"

"그럴 리 없지. 특히 C반은 절대로 거짓말을 인정하지 않을 거야."

그쪽도 증거가 없다고 확신하니까 거짓말로 일관하고 있으리라. 그렇게 생각한다.

우리조차 스도의 발언 이외에는 믿을 만한 것이 없다. 진실은 어둠 속에 있다.

"방과 후에는 아무도 없군."

"이 특별동에서는 동아리 활동도 안 하니까, 당연하지."

스도 혹은 C반 아이들 중 누군가가 특별동으로 상대방을 불러냈다. 그리고 평소 사이가 그렇달까, 서로 으르렁대던 양쪽 사이에 싸움이 일어났다. 결국 스도가 C반 아이들을 폭행해서 학교에 고발당했다는 것이 이번 사건의 개요다.

누군가 일부러 불러내지 않는 한, 이렇게 더운 특별동까지 올 리는 없겠지.

너무 더워서 숨이 턱 막힌다. 여기에 몇 분만 더 머물렀다가는 머리가 어떻게 되어버릴 것 같다.

"호리키타, 너는 안 더워?"

살벌한 더위가 인정사정없이 내 몸을 침식하는 동안에도 호리키타는 냉정한 얼굴로 주위를 둘러보았다.

"나, 추위랑 더위에 비교적 강하거든. 아야노코지는 괜찮……지 않아 보이네."

더위 때문에 머리가 멍해졌다. 나는 시원하고 신선한 공기를 마시려고 창가로 다가갔다. 그리고 도움을 바라듯 창문을 열었는데…… 평소답지 않게 민첩한 움직임으로 다시 창문을 닫았다.

"……큰일 날 뻔했다."

창문을 연 순간 바깥의 열기가 확 들어왔다. 만약 계속 열어두었으면 더욱 큰 참사가 벌어졌으리라.

아직 8월이 오지 않았으니 앞으로 더 더워질 거라고 생각하면 저절로 우울해진다.

하지만 오늘 이곳을 찾아와서 얻은 수확도 있었다. 불가능은 아니겠군——.

"지금 무슨 생각해?"

"아니, 별로 아무 생각도. 그냥 덥다는 생각……. 역시 한계야."

더는 지금 할 수 있는 일이 없어 보여서 돌아가기로 했다.

"앗."

"아차."

복도의 모퉁이를 도는 순간, 때마침 반대편에서 걸어온 학생과 부딪치고 말았다.

"미안, 괜찮아?"

별로 강한 충격은 아니어서 둘 다 넘어지지 않았다.

"아, 죄송해요. 제가 조심했어야 했는데."

"나야말로 미안해. 앗, 넌 사쿠라?"

부딪친 여학생에게 사과하고 보니, 낯익은 얼굴이라는 것을 깨달았다.

"……아, 저기……?"

사쿠라는 어떻게 반응해야 할지 몰라 난처해 보인다고 할까, 내가 누군지 전혀 모르는 눈치였다.

하지만 몇 초 정도 내 얼굴을 다시 살핀 후 같은 반이라는 것을 알아차렸다. 유심히 보지 않으면 모르는 얼굴이라니, 꽤 허무한 느낌이다.

사쿠라의 손에는 휴대전화가 쥐어져 있었다.

"아, 으음. 저는 사진 찍는 게 취미라서, 그래서⋯⋯."

사쿠라가 휴대전화 화면을 내게 보여주며 그렇게 대답했다. 별로 꼬치꼬치 캐물을 생각은 없었는데.

휴대전화만 보면서 걸었다고 답해도 별로 이상하지 않으니까 말이다.

하교한 줄 알았던 사쿠라가 특별동에? 여러 가지 의심이 생기기도 한다.

"취미라면 주로 뭘 찍는데?"

"복도라든가⋯⋯ 창문 너머로 보이는 풍경이라든가, 뭐 그런 거."

사쿠라는 가벼운 설명을 마친 후 내 옆에 서 있는 호리키타의 존재를 알아차리고 시선을 내리깔았다.

"아, 저기⋯⋯."

"좀 물어볼 게 있는데 괜찮니, 사쿠라?"

사쿠라가 이곳에 등장한 부자연스러움을 놓칠 리 없는 호리키타가 한 발 앞으로 나왔다.

겁을 먹었는지 뒷걸음질 치는 사쿠라. 나는 손을 들어 호리키타를 살짝 막은 후 사쿠라를 너무 몰아세우지 말자는 신호를 보냈다.

"그, 그럼 전 이만."

"사쿠라."

나는 허둥지둥 달아나려는 사쿠라의 등에 대고 이름을 불렀다.

"무리하지 않아도 돼."

굳이 말을 걸지 않아도 됐었는데, 나도 모르게 그런 말이 나오고 말았다.

사쿠라는 멈춰 섰지만, 우리 쪽으로 돌아보려고 하지는 않았다.

"사쿠라가 목격자였다고 해도 꼭 밝혀야 할 의무는 없어. 그리고 무리해서 억지로 증언해봤자 아무 의미도 없을 게 분명해. 만약 무서운 누군가에게 강요당할 것 같으면 언제든지 나한테 말해. 어디까지 힘이 될지는 몰라도 어쨌든 도와줄게."

"그 무서운 존재라는 거, 혹시 나 말하는 거니?"

무시무시한 악마의 존재는 무시하기로 하고, 지금은 사쿠라를 놓아주자.

"저는 아무것도 못 봤는데요. 사람을 잘못 본 것 같네요……."

끝까지 자신은 목격자가 아니라고 대답한다. 아직은 호리키타의 독단과 편견일 뿐이니까. 실제로는 목격자가 아닐 가능성도 충분히 있어서 사쿠라가 그렇게 말하면 그대로 믿을 수밖에 없다.

"그럼 됐어. 그래도 혹시 누가 널 몰아붙이면 나한테 말해."

사쿠라는 알았다고 작게 대답한 후 계단을 내려가버렸다.

"천재일우였을지도 모른다고. 저 아이, 사건이 신경 쓰여서 여기 와본 걸 텐데."

"본인이 인정하지 않으면 억지로 강요해봤자 무슨 소용이야. 그리고 호리키타도 잘 알잖아? D반의 목격자는 증인으로 약하다고."

"하긴."

그녀는 그녀대로 뭔가를 생각하고 행동한다. 그것이 도대체 뭔지는 아직 잘 모르겠지만.

그러니 지금은 무작정 추궁할 때가 아니다.

"너희, 거기서 뭐 하니?"

갑작스러운 목소리에 뒤돌아보니, 스트로베리 블론드 빛 머리칼의 미소녀가 우리를 향해 서 있었다.

낯익은 얼굴이었다. 직접 말을 섞어본 적은 없지만, 이치노세라는 이름의 B반 여자애다. 그리고 우수한 학생이라는 사실은 소문으로 잘 알고 있었다.

"미안해, 갑자기 말을 걸어서. 지금 시간 좀 괜찮아? 혹시 알콩달콩한 데이트 중이었다면 지금 당장 사라져주겠지만."

"전혀 아니야."

호리키타가 즉시 부정했다. 이럴 때만 대답이 빠르다니까.

"호호호, 그렇구나. 하긴 데이트 장소로 삼기에 여기는 너무 덥지."

나와 이치노세의 사이에 접점 따위는 없을 텐데. 그 증거라고 말하기는 좀 그렇지만, 그녀는 내 이름을 모른다. 이치노세의 입장에서 나는 수많은 학생 중 하나에 지나지 않는다.

그러면 혹시 호리키타랑 아는 사이라거나 친구……는 아니겠지. 그건 절대 아니다.

갑자기 두 사람이 "어머나, 이게 얼마 만이야~! 그동안 잘 지냈어~?", "응, 난 잘 지냈지! 너는~?" 하면서 얼싸안기라도 한다면, 나는 그 자리에서 입에 거품을 물고 쓰러질 자신이 있다.

"우리한테 무슨 용건이라도?"

물론 그런 일이 일어날 리도 없어서, 호리키타는 돌연 등장한 이치노세에게 경계심을 드러냈다. 이런 곳에서 우리에게 말을 건 상황을 호리키타는 우연으로 여기지 않았다.

"용건이라고 해야 하나……. 여기서 뭐 하나 싶어서."

"별로. 그냥 어슬렁거렸을 뿐이야."

솔직하게 대답해도 좋았지만, 내 옆의 주인이 눈빛으로 압력을 넣어서 대충 둘러댔다.

"그냥이라고? 너희, D반 애들 맞지?"

"……알고 있었어?"

"넌 전에 두 번 정도 만났으니까. 대화한 적은 없지만. 네 옆의 아이도 도서관에서 한 번 본 기억이 있고."

아무래도 나 같은 어둠의 사나이(살짝 멋있게 들리게)를 기억한 모양이다.

"기억력이 좋은 편이니까."

그 말인즉슨, 기억력이 안 좋으면 떠올리기 힘든 인상이라는 의미인가.

 살짝 기뻤던 마음이 예기치 못한 돌풍을 만나 저 멀리 날아가버렸다.

 "폭력 소동과 관련된 일로 여기 있는 거라고 생각했는데. 내가 어제 때마침 자리를 비웠을 때 B반을 찾아와서 목격자에 대한 정보를 부탁했다지? 너희가 무죄를 증명하려 한다는 얘기를 나중에 들었어."

 "혹시 우리가 그 사건과 관련된 조사를 하는 게 너랑 상관이?"

 "응, 상관은…… 별로 없어. 하지만 전체적인 이야기를 듣고 의문이 생겼거든. 그래서 상황을 좀 살펴보려고 여기 온 거야. 괜찮으면 자세한 사정을 들려줄 수 있니?"

 이 말을 단순한 흥미 위주로 받아들여도 괜찮은 것일까?

 우리가 침묵하자 이치노세는 살짝 겸연쩍은 듯 말했다.

 "안 될까? 다른 반의 일에 관심을 보이면?"

 "아니, 그런 건 아닌데……."

 "나로선 다른 뜻이 있다는 생각밖에 안 드는데."

 대화를 원만하게 진행하려 했던 마음은 호리키타의 일도양단 같은 한마디에 끝나버리고 말았다.

 이치노세는 호리키타가 한 말의 의미를 이해하고 고개를 갸우뚱거리며 웃었다.

 "다른 뜻? 남모르게 C반이랑 D반을 방해한다, 뭐 그런 느낌을 말하는 거니?"

섭섭하다는 표정을 지어 보이는 이치노세.

"그렇게 경계할 필요가 있을까? 정말로 흥미가 있어서 그런 것 같은데."

"난 남이 느끼는 흥미에 같이 장단을 맞춰줄 생각이 없어. 마음대로 해."

조금 거리를 두려고 하며 호리키타가 창밖을 바라보았다.

"들려줘. 선생님이랑 친구들은 싸움이 있었다는 정도밖에 알려주지 않았거든."

좀 망설여졌지만, 어차피 입 다물고 있어 봤자 언젠가는 알게 될 일이다. 그렇게 생각하고 나는 설명을 시작했다.

C반 애들은 스도가 자신들을 불러내서 때렸다고 주장한다는 것. 하지만 사실은 반대로 C반 애들이 스도를 불러 싸움을 먼저 걸었다는 것. 그래서 스도가 싸우게 된 것인데 학교 측에 거짓 신고가 들어가게 되었다는 이야기까지. 이치노세는 시종일관 진지한 눈빛으로 내 이야기에 귀를 기울였다.

"그런 일이 있었구나. 그래서 B반까지 찾아왔다는 거네. 그렇구나……. 저기, 이거 꽤 큰 문제 아니야? 누군가가 거짓말을 한 폭력 사건이라는 거잖아? 진상을 확실히 밝혀야 한다고 보는데?"

"그래서 일단 현장에 와서 조사해본 거야. 특별히 알아낸 건 없지만."

살인현장이 아니니 노골적인 힌트를 얻을 수 있으리라는 생각은 안 했지만, 예상에서 벗어난 수확도 있었다.

"너희는 같은 반으로서, 스도라고 했나, 아무튼 그 애를 믿는다는 거네? 친구니까 어찌 보면 당연하지만. D반 입장에서 이번 소동은 억울한 사건이겠지."

우리가 같은 반 친구라는 이유로 믿어준다고 해도 이치노세 같은 제삼자는 간단히 받아들이려 하지 않으리라. 그런 것은 굳이 설명할 필요도 없다.

"만약 스도가 거짓말을 한 거라면 너희는 어떡할래? 무죄는커녕 유죄 확정의 증거가 나온다면?"

"그럼 정직하게 밝힐 거야. 거짓말은 언젠가 반드시 자기 목을 조르는 결과로 이어질 테니까."

"응, 그렇겠지. 나도 그렇게 생각해."

그런 것을 알아봤자 이치노세에게는 아무런 영향도 없을 것 같은데.

"이제 질문 다 끝났니? 알고 싶은 정보는 다 알았을 것 같은데."

한시라도 빨리 돌려보내고 싶은지 호리키타가 일부러 들으라는 듯 한숨을 푹 내쉬며 말했다.

"으음. 혹시 괜찮으면 나도 도와줄까? 목격자 찾기라든가, 도와주는 사람이 많을수록 효율적이잖아?"

물론 일손은 많으면 많을수록 좋다. 그거야 나도 잘 안다. 하지만 "그래, 그럼 네가 좀 물어봐줘. 진짜 힘들다" 하고 나올 수도 없는 노릇이다.

"왜 B반의 도움을 받는 흐름이 되는 거지?"

"B반이든 D반이든 상관없지 않니? 이런 사건은 언제 누구한테 일어날지 모르니까 말이야. 이 학교는 반끼리 경쟁하는 시스템이니까 문제가 일어날 위험성은 언제든지 열려 있어. 이번 일은 그 최초의 사건 같고. 거짓말을 한 쪽이 이겨버리면 그거야말로 큰 문제지. 그리고 이야기를 들은 이상, 개인적으로 그냥 두고 볼 수 없어."

이치노세는 진심인지 농담인지 판단하기 어려운 말을 했다.

"우리 B반이 협력해서 증인이 나오면 신빙성이 확 올라가는 것 아니야? 물론 그 반대도 마찬가지니까, 진상을 구하는 과정에서 D반이 피해를 받을지도 모르지만……."

요컨대 스도가 거짓말을 했고 C반 측의 주장이 맞았을 경우다. 그렇게 되면 스도는 정학으로 끝나지 않을 것이고, D반도 치명적인 타격을 받을 가능성이 있다.

"어때? 난 나쁜 제안이 아니라고 생각하는데."

나는 호리키타의 눈치를 스윽 살폈다. 하지만 호리키타는 여전히 등을 돌린 채 창밖을 쳐다보며 움직이지 않았다. 이치노세가 낸 협력 제안. 어떻게 할까?

고민하는 이유는 당연히 이점이 있을 거라고 느껴서다. 실제로 D반만 움직여 스도의 무죄를 증명하면 100% 무죄를 뒷받침할 만한 증거가 나오지 않는 한 신빙성이 떨어진다.

여기서 제삼자인 B반이 사건에 관여하는 것은 큰 의미가 있으리라.

"위선이라고 느낄지 모르겠는데, 나 그렇게 무거운 짐을 짊어질 생각도 없어."

미안한 말이지만 나는 이 제안을 꼼꼼하게 저울에 달아보기로 했다. 이치노세라는 소녀를 믿기는 아직 어려운 것이 사실이다. 그녀가 B반 학생이기 때문이고, 이 사건에 관여해서 그녀가 얻는 이점도 특별히 없으니까. 혹은 이런 선의가 담긴 행동이 반이나 개인 포인트 반영으로 이어진다고 해석해보면 납득이 가기도 한다. 그리고 그런 사실을 쉽사리 입에 담지 않는 것도 윗반을 노리는 데 중요한 정보와 가능성이라고 이해할 수 있는데…… 직접 확인할 수는 없는 노릇이다.

"그럼 기꺼이 도움을 받을까, 아야노코지?"

먼저 결단을 내린 사람은 호리키타였다. 위험보다 이익 쪽을 선택한 것이다.

나는 호리키타가 결정을 빨리 내린 것에 내심 감사했다.

나에게는 원래 결정권 따위 없으며, 최종 결정은 호리키타의 몫이니까.

호리키타의 승낙을 얻어낸 이치노세가 하얀 치아를 드러냈다.

"결정된 거네, 저기……."

"호리키타야."

협력관계로 인정했기 때문인지 호리키타가 순순히 이름을 밝혔다.

"잘 부탁해, 호리키타. 그리고 아야노코지라고 했나. 너도 잘 부탁해."

상상하지 못한 형태로 B반의 이치노세와 알게 되었고 협력관계가 되었는데, 그것이 좋은 일인지 나쁜 일인지는 앞으로의 운에 맡길 수밖에. 어쨌든 변화를 불러올 요인임에는 틀림없다.

"그래서 목격자 건 말인데, 누군지는 일단 찾아냈어. 그런데 아쉽게도 D반 학생이야."

에구, 하고 이치노세가 머리를 감싸 쥐며 안타까운 듯 한숨을 토했다.

"뭐, 그래도 목격자라는 건 변함없는 사실이니까. 그리고 또 다른 목격자가 없다고 단언할 수도 없잖아? 가능성은 낮지만."

아주 희박한 확률이지만. 그것도 가능성이라면 가능성이다.

"그나저나 너희 친구, 1학년인데 벌써 주전이 될지도 모른다며? 정말 대단해! 지금은 발목을 잡고 있지만 언젠가는 반의 소중한 재산이 될지도 몰라. 동아리 활동이나 자선활동 같은 것도 학교 측에서 평가한다잖아? 대회에 나가서 활약하면 스도 개인에게도 포인트가 지급될 거고, 반 포인트로도 이어지니까. 앗…… 혹시 몰랐니? 너희 담임이 안 가르쳐줬어?"

우리가 들은 거라고는 프라이빗 포인트에 영향을 준다는 이야기뿐이었다.

"반 포인트에도 영향이 있다는 건 처음 들어……. 나중에 차바시라 선생님에게 항의해야겠어."

호리키타가 불만스럽게 중얼거렸다.

아무래도 차바시라 선생님이 또 정보 전달을 제대로 안 해준 모양이다. B반은 담임한테 다 들은 건가…….

여전히 외관상의 평등조차 보장해주지 않는 선생님이다. 굉장한 차별이라는 생각이 든다.

"좀 이상해. 너희 담임."

"원래 의욕이 없다고 해야 하나, 학생들한테 무관심하거든. 그런 교사도 있지, 뭐."

특별히 신경 쓰이는 부분은 아닌데, 이치노세는 뭔가 걸리는 모양이다.

"이 학교에서 담임선생님의 평가는 졸업 때의 반으로 정해진다는 이야기, 알아?"

"처음 듣는데? 그거 확실해?"

흥미를 보였다, 기보다도 흥미를 보이지 않을 수 없다. 그 것은 아주 중요한 이야기였으니까.

"우리 담임인 호시노미야 선생님이 입버릇처럼 말씀하시는걸. A반 담임이 되면 특별 보너스가 나오니까 열심히 하고 싶다고. 보너스 차이가 꽤 큰가 봐."

"담임선생님에 대해서는 부럽네. 너희 쪽 환경이."

우리 담임은 돈에도 관심이 없나, 향상심이라는 것이 도저히 느껴지지 않는다.

오히려 떨어질 수 있는 곳까지 떨어져도 된다는 식으로 생각하는 것 같다.

"한 번 제대로 대화를 나누는 편이 좋을지도 몰라."

"경쟁자한테 도움을 받을 줄은 몰랐네."

"뭐랄까, 이건 경쟁하기 이전의 문제 아니야? 대등하지 않다고 해야 하나."

다른 반 아이에게까지 동정받는 꼴이라니.

그만큼 차바시라 선생님은 자기 반 아이들에 대한 열정이 없다는 이야기겠지.

"담임만이라도 좋으니까 B반이랑 바꾸고 싶을 정도야."

"아니, 그건 그거대로 문제도 있다고 생각해."

나는 면식이 있는 호시노미야 선생님을 떠올렸다. 그 선생님은 그 선생님대로 힘들 것 같다.

"아, 그나저나 여기 진짜 더워."

이마에 땀이 맺히기 시작한 이치노세가 판다 그림이 그려진 깜찍한 손수건을 꺼냈다. 두꺼운 교복이어서 열이 배출되지 못하고 쌓이기만 할 뿐이다.

"아무도 없는 교정에도 온종일 에어컨을 돌리는, 지구에 불친절한 학교는 좀 싫지 않아?"

"호호호, 그건 그러네. 너 정말 말 재미있게 한다."

별로 웃기려고 한 소리는 아닌데 이치노세가 웃음을 터뜨렸다.

"방금 한 말의 어느 부분에 웃음 포인트가 있는지……."

"원활하게 일을 진행하기 위해서라도 두 사람의 전화번호를 알고 싶은데 괜찮니?"

호리키타는 눈으로 내게 지시를 내렸다. 난 싫으니까 네가 대신 알려줘, 라고.

"내 것만 알려줘도 될까? 먼저 전화해주면 저장할게."

"응, 알겠어."

연락처를 교환한 다음에 생각난 건데, 의외로 여자애 전화번호가 많네, 나.

7월 초순이 되자 주소록에 벌써 7명(그중 세 명이 여자)의 이름과 전화번호가 저장되었다.

어쩌면…… 나도 모르는 사이에 청춘을 노래하고 있는지도 모르겠다.

그리고 참고로 밝히자면, 이치노세의 이름은 호나미였다.

5

문자 내용에 따르면 이치노세는 내일 이후에 신뢰할 만한 친구와 작전을 짜서 행동에 들어갈 예정이라고 한다. 그때마다 허락을 구하는 편이 좋은지 묻기에 이치노세에게 맡기기로 결정했다. 이 시점에서 제한을 걸어야 하는 일은 특별히 없다. 나는 기숙사로 돌아와 호리키타와 그대로 헤어질 줄 알았는데, 호리키타는 아직 할 말이 남았는지 나를 계속 따라왔다.

"잠시 실례합니다."

아무도 없는데 일부러 그렇게 말한 호리키타가 내 방안으로 들어왔다.

상대가 호리키타인데, 좁은 방에 단둘이 있는 것만으로 약간 긴장이 되는 것은 어째서일까?

"아, 일단 확인 차 물어보는 건데 너도 혹시 갖고 있어? 내 방 복사 키?"

"네 방? 그러고 보니 저번에 이케가 물어봤었어. 하지만 거절했지."

역시 호리키타. 너만은 올바른 상식을 가진 사람이었어.

"그야 내가 아야노코지의 방에 찾아올 일은 거의 없잖아? 네 방을 찾는 것 자체가 부끄럽달까 오점이랄까. 말 안 해도 잘 알겠지?"

이런 느낌으로 대답하는 것까지 이미 예상이 다 끝났으니까. 상처 따위 전혀 안 받으니까.

예상보다 말이 더 심하다, 따위의 생각은 안 하니까.

"왜 벽에 대고 혼자 손가락으로 글씨를 쓰는 거야?"

"잠시 마음의 동요를 감추기 위해서라고 할까. 뭐 그런 거야."

본인에게 악의가 없다는 점이 제일 무섭다.

분명 물어보면 난 사실을 말했을 뿐인데? 하는 대답이 돌아오겠지.

"스도 일, 아야노코지 넌 어떻게 생각하는지 다시 한 번 들려줘. 그리고 쿠시다랑 애들이 어떻게 움직이고 있는지도 좀 궁금해."

"상황이 그렇게 신경 쓰이면 처음부터 같이 도와주지 그랬어?"

"그건 받아들이기 힘든 얘기야. 난 스도를 인정할 수 없는걸. 반을 위해 어쩔 수 없이 방법을 찾고 있을 뿐이지. 대놓고 말하면 그냥 포기해버릴까 생각한 적도 있어."

"중간고사 때는 도와줬으면서?"

"그건 그거고 이건 이거지. 이번 일, 기적적으로 무죄를 얻어낸다고 걔가 성장할 것 같니? 오히려 도움을 주는 게 역효과가 될지도 몰라."

내가 하고 싶은 말이 뭔지 알겠니? 하고 호리키타가 도전적인 눈빛으로 호소했다.

"무죄를 얻어내는 것은 포기하고 어느 정도 벌을 받게 하는 게 스도를 위해 더 좋다는?"

호리키타는 살짝 불만스러운 표정을 지었지만, 왠지 뭔가를 이해한 얼굴이었다.

"지금 보니까 스도는 무죄가 되기 어렵다는 것도, 스도의 결점이 초래한 사건이라는 것도 처음부터 넌 알고 있었던 눈치네? 그게 아니면 벌을 받는 게 스도에게 더 좋다는 생각을 할 수 없을 텐데. 스도를 싫어하는 사람이 아니라면."

호리키타는 내가 자신과 똑같은 생각에 도달했다는 이야기를 어떻게든 하고 싶은 모양이다.

도망치지 못하도록, 솜씨 좋게 나를 포획한 느낌이 든다. 지금 이 시점에서 억지로 부정해봤자 이 녀석은 더욱 심하게 날 몰아붙일 뿐이겠지.

"뭐, 그거야 조금만 생각하면 누구나 알 수 있는 것 아닌가?"

"그럴까? 하지만 쿠시다나 이케나 다른 애들은 아무도 모르잖아? 스도의 주장만 믿고 걔를 위해서 그리고 반을 위해서, 거짓으로부터 구해주려고 용만 쓰고 있지. 왜 이 사건이 일어나게 되었는지, 사태가 절박한지 어떤지, 근본적인 걸 전혀 이해하지 못하고 있어."

고락을 함께하는 반 친구에게 하는 말이라고는 생각하지 못할 정도로 인정사정없다.

"적어도 쿠시다는 전부 이해하고 스도를 도와주려고 하고 있어."

"이해? 그건 쿠시다가 스스로 알아차린 거니?"

"응? 아니 그건……."

"네가 말한 거지?"

심문하듯, 말로 조금씩 포위망을 좁혀온다. 좀 무섭다.

"과거 문제도 입수했고 포인트로 점수를 사는 방법도 생각해냈고. 넌 여러모로 잔머리가 잘 돌아가는 애니까 놀랄 건 없지만…… 좀 불만이야."

언젠가는 진짜 실력을 발휘하겠다, 하는 정신으로 살아가는 인간은 잔머리가 다소 몸에 배는 법이다.

"부디 날 과대평가하지는 말아줘."

처음부터 그럴 생각도 없었는지 호리키타가 실소했다. 하지만 그 웃음은 금세 사라졌다.

"솔직히 말해서 넌 미지수, 다시 말해 불확정 요소로 가득해. 우리 반에서 제일 계산하기 어려운 인물이야. 원전활탈, 무위도식, 일소부재. 꼭 들어맞는 것 같으면서도 안 들어맞는 것투성이."

"전부 다 미묘한 예시네. 칭찬할 때 쓰는 단어들이 아닌 것 같은데……."

더 좋은 예도 얼마든지 있을 텐데 말이다. 여하튼 호리키타는 나를 미심쩍은 눈빛으로 쳐다보았다.

"그렇게 말하는 부분은 화광동진이라고도 표현할 수 있어. 제일 께름칙한 존재야, 너."

……그렇군. 지금 쭉 나열한 사자성어는 의미조차 모르는 것이 보통인가.

아무래도 호리키타가 깔아둔 먹이를 덥석 물어버린 것 같군. 살짝 실패했다.

"아무리 그래도 제일 께름칙한 존재라는 말은 너무 심한 거 아니야? 코엔지가 훨씬 더 미지수잖아."

코엔지는 틀림없이 독보적인 괴짜다. 그 녀석보다 심하다고 하면 정말로 상처받을 거다.

"코엔지는 의외로 파악하기 쉬워. 공부랑 운동 모두 성적이 우수하고. 성격에 문제가 있을 뿐이지. 그 문제도 결국 유아독존이라는 사자성어 하나면 설명돼."

실로 명쾌한 설명이었다. 하기야 코엔지의 생활 태도 자체는 무척 단순하다.

"넌 교사가 적성에 맞는 것 같다."

그대로 어른이 되면…… 차바시라 선생님 같은 타입이 완성될 듯하다.

6

이 학교의 부지 안에는 총 네 개의 기숙사가 있다. 그중 세 개는 학생 기숙사. 1학년부터 3학년까지 학년별로 각각의 기숙사에서 생활하는 조금 독특한 구조다. 그러니까 올해 우리가 사용하는 기숙사는 작년 3학년이 3년간 쓴 건물인 셈이다. 나머지 한 기숙사는 교사들과 쇼핑몰 등 학교 부지 내에서 일하며 숙식을 제공받는 종업원들이 쓰고 있다.

그래서 내가 하고 싶은 말이 뭔가 하면, 1학년 전체가 같은 기숙사에서 생활하는 이상 필연적으로 다른 반 아이들과 만나거나 엮일 수밖에 없다는 것이다.

지금까지 시야에 들어오지 않았던 완전한 남이 어느 순간부터 자연스레 눈에 들어오게 된다는 이야기다.

"감사합니다. 그럼 잘 부탁드려요."

기숙사 관리인에게 인사한 후 걸음을 옮기기 시작한 소녀는 내 존재를 알아차리자 말을 걸어왔다.

"어머, 아야노코지. 안녕? 일찍 일어났네."

길게 늘어뜨린 아름다운 웨이브 머리에 크고 동그란 눈동자. 단추 두 개를 채운 블레이저코트 위로 볼록 솟아오른 풍만한 가슴. 곧은 자세는 그녀의 당당한 성격과 잘 어울려서, 귀엽다거나 아름답다고 느끼기 이전에 멋있는 모습에 시선을 빼앗기고 만다. 그런 그녀는 1학년 B반의 이치노세 호나미였다.

"오늘은 좀 일찍 눈이 떠져서. 관리인이랑 무슨 이야기 중이었어?"

"우리 반 몇 명이 기숙사에 요구할 게 있다고 해서. 의견을 모아 관리인에게 전달하던 중이야. 배수 관련 문제랑 소음 같은 거."

"이치노세가 직접 그런 걸?"

보통 방 문제는 개개인이 대응한다. 그것을 이치노세가 굳이 나서서 챙기는 건 무슨 이유일까?

"안녕, 이치노세 위원장~."

엘리베이터에서 내린 두 여자애가 건넨 인사에 이치노세도 응했다.

"위원장? 무슨 위원장?"

귀에 익지 않은 단어다. 이 학교에 위원장이라고 불리는 직책은 없을 텐데.

우등생 같은 느낌은 아닌 것 같고.

"나, 학급위원이거든. 그거랑 관계가 있달까?"

"학급위원이라니…… 설마 D반 말고는 그런 게 다 있는 거야?"

금시초문이다. 그래서 보통은 깜짝 놀라야 정상이겠지만, 우리 담임이라면 그런 것을 정하지 않고 방치할 가능성이 농후하니까.

"우리 반이 마음대로 만든 것뿐이야. 역할을 정해두면 여러 가지로 편하잖아?"

말하려는 게 뭔지는 알겠지만, 그렇다고 학생들끼리 학급위원을 만들거나 하지는 않는다.

"혹시 위원장 이외에도 직책이 있어?"

"일단은. 잘 돌아가는지 어떤지는 별개의 문제지만, 형식적으로는 정해두었어. 부위원장이랑 서기. 문화제라든가 체육대회 할 때 있으면 편리하니까. 그때그때 정해도 되겠지만 갑자기 문제가 생기면 성가실 것 같아서."

전에 도서관에서 봤을 때 이치노세는 남녀 몇 명을 데리고 스터디를 하고 있었다.

그때부터 이미 위원장의 역할을 하고 있었는지도 모른다.

통상적으로 학급위원 따위, 대부분 맡고 싶어 하지 않는다. 귀찮은 일을 도맡아야 하고, 학교에 따라서는 전교 회의에 얼굴을 내밀어야 할 필요도 있으니까.

하지만 이치노세가 솔선해서 위원장을 맡아 행동하는 B반이라면 서로 미루지 않고 원활하게 직책을 정하지 않았을까?

"통솔해서 그런 거구나, B반은."

솔직히 그렇게 느꼈기 때문에 나도 모르게 그런 말이 튀어나왔다.

"별로 이상하게 의식하거나 하진 않는데? 다들 즐겁게 임할 뿐이지. 그리고 우리 반에도 문제를 일으키는 사람이 꽤 있어. 힘든 일도 많아."

말로는 힘든 일도 많이 있다고 하지만 이치노세의 얼굴에는 즐거운 미소가 가득했다. 그러고 보니 둘이 나란히 등교하고 있네.

"평소에는 좀 더 늦게 등교해? 생각해보니까 이 시간에는 본 적 없는 것 같아서."

이치노세로부터 전형적이고 무난한 질문이 날아들었다.

나도 비슷한 질문을 하려던 차였기에 마음이 조금 놓였다. 이치노세 같은 아이도 그런 평범한 화제로 관계를 구축해나가는군.

"빨리 가봤자 별로 할 것도 없으니까. 대체로 20분은 더 방에 있어."

"그럼 꽤 아슬아슬할 텐데."

나와 이치노세가 학교에 가까워지니 보이는 학생 수도 늘어났다.

그러자 이상하게도 점점 여자아이들이 선망의 눈빛을 보내기 시작했다. 누구나 인생에 세 번 찾아온다는 인기 있는 시기가 드디어 내게도 왔나? 아직 한 번도 안 왔으니까 슬슬 와도 될 시기이긴 한데.

"안녕, 이치노세!"

"좋은 아침이야, 이치노세!"

여자애들의 시선과 목소리를 독점한 것은 옆에서 함께 걷고 있는 이치노세였다.

"인기 많네."

"위원장이어서 다른 애들보다는 눈에 띄는 건지도 몰라. 그 정도지, 뭐."

겸손, 이 아니라 진심으로 그렇게 생각하는 듯 보였다.

자신의 구심력을 자연스러운 형태로 받아들이고 있는 듯했다.

"아, 그렇지. 아야노코지는 여름방학 이야기 들었어?"

"여름방학? 아니…… 여름방학은 그냥 여름방학 아닌가?"

"남쪽 섬으로 바캉스를 떠난다는 소문, 못 들은 모양이구나?"

그러고 보니, 하고 순간 뇌리를 스치고 지나가는 것이 있었다.

언제였는지는 잊어버렸지만, 차바시라 선생님이 바캉스

라는 단어를 입에 올린 기억이 있다.

"안 믿었는데 정말로 바캉스를 간단 말이야?"

수학여행도 아니고……. 주위를 둘러보며 나는 진지하게 그렇게 생각했다.

이 학교는 온갖 사치를 다 부린다고 해도 과언이 아니다. 여름방학에 남쪽 섬으로 바캉스라니, 그럼 겨울방학 때는 온천 여행이라도 떠나려나?

……굉장히 수상하다. 아무리 생각해도 그렇게 친절한 학교 같지는 않은데. 뭔가 꿍꿍이가 있을 것이라는 의심이 든다. 이치노세는 어떻게 생각할까?

직접 물어볼 것도 없이 이치노세도 씁쓸한 미소를 지었다.

"역시 수상하지 않아? 난 그게 하나의 터닝포인트가 될 거라고 생각해."

"그 말은, 여름방학 때 반 포인트가 대대적으로 변동할 가능성이 있다는?"

"그래, 맞아. 중간고사랑 기말고사보다도 훨씬 영향력 있는 과제랄까? 그렇지 않다면 A반과의 차이를 좁히기 힘들 테니까. 우리도 슬금슬금 간격이 벌어지고 있거든."

하긴. 슬슬 큰 이벤트가 있어도 이상하지 않은데…….

"지금 A반과의 차이가 어느 정돈데?"

"우리가 660 좀 더 되니까, 벌써 350 가까이 벌어졌어."

입학 초기보다야 당연히 내려가긴 했지만, 포인트 하락을 어느 정도 막았다는 점이 정말 놀랍다.

"중간고사 말고는 반 포인트를 늘릴 방법이 없었으니까, 아무리 노력해도 포인트가 조금씩 줄어드는 건 피할 수 없어. A반도 처음에는 그랬고."

그래도 이번 중간고사 결과로 플러스 수치를 끌어올렸다.

"그래도 당황하지 않는 것 같은데?"

"신경은 쓰이는 걸? 그래도 앞으로 반격할 기회가 있을 거라고 생각하니까. 그때에 대비해서 미리 마음가짐만이라도 갖춰둘 생각이야."

현재가 아니라 미래를 내다보는 사고방식은 분명 올바르다.

하지만 그것은 어느 정도 기반이 단단하게 다져진 반이어서 가능한 일이다.

우리는 기껏해야 이번 달 87포인트. 다른 반과 겨룰 수준이 되려면 아득히 멀었다.

"얼마나 바뀔까, 그 이벤트로."

고작 10포인트나 20포인트는 아니겠지.

하지만 500포인트나 1,000포인트 같은 숫자가 바뀔 거라고도 생각하기 어렵다.

"우리는 오히려 위기겠는데. 여기서 차이가 더 벌어지면 만회할 방법이 없어져."

"서로 열심히 하는 수밖에."

물론 열심히 하는 것은 나 말고 호리키타와 히라타, 쿠시다 등등이겠지만.

"어쨌든 쉽진 않을 것 같아."

벌써부터 앓는 소리를 내고 싶지는 않지만, 성가신 일이 우리를 기다리고 있는 것만 같다.

"그래도 혹시 정말 남쪽 섬으로 바캉스를 간다면 그건 그거대로 굉장히 재미있을 것 같아."

"과연 어떨까……."

"어머, 기쁘지 않니?"

방학을 만끽하자는 것은 교우관계가 원만한 인간들이나 하는 생각이다.

특별히 친한 친구가 있지 않은 경우, 여행만큼 마음이 불편한 것도 없다.

단체 여행이면 더욱 그렇고. 상상만 해도 토할 것 같다.

"혹시 여행 싫어하니?"

"싫어하지 않아. 아마도 그럴 거야……."

이래저래 말하지만 실은 전부 상상이다. 친구와 여행 따위 해본 적 없으니까.

여행이라면 어릴 적 부모님과 뉴욕에 간 적이 있긴 하지만, 딱 그것뿐이다. 1밀리미터도 즐겁지 않았다. 쓰라린 기억이 플래시백 되자 신물이 올라왔다.

"갑자기 왜 그래?"

"순간 트라우마가 떠올라서."

건조한 웃음소리가 무더운 가로수 길에 공허하게 퍼졌다.

안 돼, 이러면 안 돼. 부정적인 기운을 마구 발산하면 이치노세한테도 민폐다.

하지만 그런 내 걱정은 쓸데없었는지 이치노세는 아무것도 신경 쓰지 않고 다음 말을 이었다.

"그리고 말이야, 의문스러운 게 하나 있는데 한 번 들어볼래?"

쿠시다와는 다른 형태로 이치노세가 눈부시게 보였다.

한없이 순진하다고 할까, 자신의 생각을 그대로 행동으로 옮긴다고 해야 할까.

나 같은 인간과 대화를 나눌 때조차 전력투구하는 느낌이다.

"처음에 반을 네 개로 나누었잖아? 그거, 정말로 실력순일까?"

"입시 결과가 그대로 반영된 게 아니란 건 알고 있어. 우리 반에도 성적만 보면 제일 윗반에 들 애들이 몇 명 있거든."

호리키타, 코엔지, 유키무라는 확실히 필기시험 성적이 학년에서도 상위권에 든다.

"종합적인 능력을 본다든가 그렇지 않을까?"

적당히 대답했다. 나도 몇 번인가 생각해봤지만 답이 나오지 않았으니까.

"나도 처음에는 그럴 거라고 생각했어. 공부는 잘하는데 운동을 못한다거나. 운동은 잘하는데 공부를 못한다거나. 하지만 만약 종합적인 능력을 판단한다면 하위 반은 압도적으로 불리하지 않아?"

"그게 경쟁사회 아니겠어? 특별히 이상한 이야기는 아닌 것 같은데."

이치노세는 납득이 되지 않는지 팔짱을 낀 채 신음했다.

"개인전이라면 그럴지도 모르겠지만. 이건 반 단위잖아? 단순히 우수한 사람을 A반에 모아버리면 승산이 거의 없을 텐데?"

그러니까 현재 상황에서 반 포인트가 비참할 정도로 벌어져 있는 거 아닌가?

이치노세의 생각은 나와 다른지 이런 대답을 내놓았다.

"현 단계에서 A부터 D반까지 차이가 많이 나는 것은 사실이지만, 그건 사소한 부분일 뿐 충분히 만회할 수 있는 뭔가가 숨겨져 있지 않을까?"

"그럼 묻겠는데, 그 근거는?"

"아하하하, 있을 리 없잖아. 그냥 왠지 그럴 것 같은 느낌이 들어서. 안 그러면 힘들 거라는 표현이 더 정확할지도. 공부 잘하는 아이, 운동 잘하는 아이가 D반에도 있다는 건 여러 가지 대책을 세울 수 있다는 이야기고."

하긴 그 점은 일반적인 제도와 크게 다른 부분일까?

학력만으로 반을 나누었다면 아무리 기를 쓰고 노력해봤자 다른 반을 이길 수 없다.

반에 다양한 분야의 능력자가 모여 있다는 점은 큰 요소다.

"······그런데 그거, 다른 사람한테는 말 안 하는 게 낫지 않나?"

나는 약간 걱정이 되어 이치노세에게 충고했다.

"응? 뭐가?"

"지금 네가 말한 생각 말이야. 호리키타도 말했는데, 적에게 소금을 보내는 짓이야."

그걸로 내가 힌트를 얻어서 활용할 가능성도 얼마든지 있다.

"난 그렇게 생각하지 않아. 의견을 교환해서 얻을 수 있는 것도 많으니까. 그리고 지금 우린 협력관계니까 전혀 문제 될 것이 없어."

B반의 여유······가 아니라 이치노세의 특징이구나. 그녀의 성격과 사고방식이 어느 정도 짐작된다. 어쨌든 좋은 녀석이다. 그리고 정말이지 표리가 없다.

"의견 교환이 가능할 만큼 내 머리가 좋지는 않아. 그 부분은 미안하다고밖에 할 말이 없네."

"내가 마음대로 생각해서 마음대로 말한 거니까 너무 신경 쓰지 마. 활용할 만한 정보 같으면 얼마든지 활용해줘도 좋고."

아, 하고 이치노세가 갑자기 뭔가 떠오른 듯 그 자리에서 발걸음을 멈췄다.

무슨 일인가 싶어 이치노세의 옆얼굴을 쳐다보니, 그녀가 진지한 눈빛을 내게로 돌렸다.

"저기…… 참고가 될지도 몰라서 아야노코지한테 묻고 싶은 게 있는데, 괜찮니?"

아까까지의 밝은 이치노세라고는 상상하기 힘들 만큼 진지한 태도에 내 몸이 살짝 굳었다.

"대답할 수 있는 거면."

1억 권분의 지식을 가득 채운 내 두뇌로 대답 못 할 것이란 거의 없다(새빨간 거짓말).

"너, 여자애한테 고백 받은 적 있어?"

엥……? 이 질문은 내가 읽은 책 1억 권에는 안 실려 있는데…….

"그 질문은 그러니까, 내가 아직까지 고백 한 번 못 받아본 남자애 같다는……?"

재수 없다거나 동정이라거나, 하여간 뭐 그런 바보 취급을 당하는 느낌? 확 울어버릴까?

우리는 이제 겨우 고등학교 1학년이라고. 빨라도 너무 빠르다고. 어이, 거기 너! 그렇게 생각 안 하냐?!

그리고 비율을 따지면 고백 받아본 경험이 있는 녀석이 더 적을걸. 근거는 없지만.

인류가 번영하는 그 이면에서 고독을 씹으며 홀로 죽어간 사람은 헤아릴 수 없을 터.

"아니야, 아니야. 미안, 아무것도 아니야."

아무것도 아닌 얼굴이 아닌데.

다만, 그 표정은 나를 바보로 본다기보다 그야말로 고민에 빠진 소녀처럼 보였다.

"혹시 너, 고백 받았다거나?"

"응? 아, 으응. 그런 느낌."

아무래도 히라타와 카루이자와 커플 이외에도 나날이 커플 성립을 목표로 움직이는 학생들이 넘치나 보다.

"저기, 괜찮으면 오늘 방과 후에 시간 좀 내줄 수 있니? 고백 받은 일로 문제가 좀 생겨서. 너희 반 사건 때문에 바쁘다는 건 잘 알지만."

"딱히 상관없어. 난 특별히 하는 일도 없으니까."

"하는 일이 없다고?"

"난 증거 찾기나 목격자 찾기에 그리 큰 의미가 없다고 생각하거든. 거기에 시간을 할애해서 얻는 건 고생뿐이야."

"그렇지만 사건 현장에 갔잖아?"

"그건 다른 목적이 있어서랄까. 아무튼 괜찮아."

"고마워."

그런데 이치노세가 받은 고백과 내가 무슨 관계가 있다는 거지?

혹시 나를 데리고 가서 "얘가 내 남자친구야" 하면서 둘러대는 뻔한 패턴? 순간 그런 생각이 들었지만, 만약 그렇다면 나보다 훨씬 나은 훈남을 이용하겠지.

"방과 후…… 현관 앞에서 기다릴게."

"으, 으응. 알겠어."

절대 그럴 리 없다는 사실을 잘 알면서도 그 말에 기대해버리고 마는 게 남자의 천성인가.

7

학교 현관 앞은 귀가하는 학생들의 파도로 넘치고 있었다.

어떻게 이치노세와 합류해야 좋을지 조금 고민하면서 왔는데, 그 고민은 금세 해결되었다. 이런 인파 속에서도 그녀는 단연 눈에 띄었으니까.

귀엽다는 것도 이유 중 하나일지 모르겠지만, 공간을 지배하는 존재감이 있었다.

솔직히 뭐라고 형용해야 좋을지 잘 모르겠다. 그저 막연히, 부드러우면서도 강한 힘이 느껴진다고밖에 표현할 길이 없다. 그리고 주위 1학년들에게 인지도도 높았다.

쿠시다와 비슷하게, 혹은 그 이상으로. 남녀 불문하고 인기가 높아서 다들 앞다투어 그녀에게 말을 걸었다.

"앗, 아야노코지. 여기야, 여기."

최종적으로 이치노세가 나를 발견하고 아는 척했다.

오우, 하고 가볍게 손을 든 나는 이제 막 도착한 것처럼 웃으며 합류했다.

"그래서 지금부터 난 뭘 하면 되는데?"

"빨리 끝낼 테니까. 일단 같이 가줘."

신발을 신은 나는 이치노세를 따라 학교 뒤편으로 향했

다.

이윽고 도착한 곳은 체육관 건물 뒤쪽. 고백하기에 최적의 장소다.

"자, 그럼……."

숨을 가다듬은 이치노세가 내 쪽으로 몸을 휙 돌렸다. 이건 설마, 이치노세가 나한테?!

"고백──."

아니, 설마 그런──.

"고백 받을 것 같아, 여기서."

"……뭐?"

그렇게 말한 이치노세가 편지를 꺼내 보여주었다. 하트 스티커가 붙어 있는 귀여운 러브레터였다. 안을 봐도 좋다고 해서 미안하지만 내용을 읽어보았다. 편지지와 어울리게 예쁜 글씨체랄까, 남자답지 않게 귀여운 글자들이 춤추고 있었다.

입학한 후로 줄곧 신경이 쓰였다는 것, 최근 들어 자신의 마음을 확인하게 되었다는 것.

편지는 금요일 오후 4시에 체육관 뒤쪽에서 만나고 싶다는 내용으로 마무리되어 있었다. 약속 시간까지 이제 10분 남았다.

"그럼 내가 여기 있으면 안 되잖아?"

"나, 연애 같은 거 잘 몰라서……. 어떻게 대해야 상대방한테 상처주지 않을지, 사이좋은 친구로 지낼 수 있는지 모르겠어서……. 그래서 네가 도와줬으면 좋겠어."

"그건 고백 경험이 전혀 없는 나한테 부탁할 일이 아니지 싶은데…… B반에 부탁할 만한 녀석이 얼마든지 있을 거 아냐?"

"B반 애거든…… 고백 상대가."

과연, 그렇게 된 일인가. 여기에 나를 데리고 온 것도 대충 이해가 간다.

"오늘 일은 될 수 있으면 비밀에 부치고 싶어. 안 그러면 앞으로 계속 어색해질 테니까. 아야노코지라면 아무한테도 말 안 할 것 같아서."

"하지만 너 정도면 고백 받는 거에 익숙하지 않아?"

"뭐?! 아, 아니, 전혀. 나 고백 같은 거 받아본 적 없는걸."

도와줄 사람으로 이 자리에 오지 않았으면 절대 믿지 못했으리라.

"그래서 정말 어떻게 해야 할지 모르겠다니까."

아무리 그래도 이치노세가 귀여우니 별수 없다는 생각밖에 안 들지만. 게다가 아침에 다른 아이들이 이치노세를 대하는 모습을 보니까, 성격도 좋은 것 같았다.

"그래서 말인데…… 남자친구인 척해주면 안 될까?"

우왓, 정말로 그런 진부한 패턴이냐……!

"여러 가지로 알아보니까 사귀는 사람이 있다고 하는 게 상대방에게 상처주지 않고 끝낼 수 있는 가장 좋은 방법이라고 해서……."

"상대방한테 상처주고 싶지 않은 마음은 잘 알겠지만 나중에 거짓말인 게 들통나면 그게 더 큰 상처일걸?"

"바로 헤어졌다고 하면 되지. 내가 차인 걸로 해도 되고."

그런 문제가 아닌 것 같은데…….

"일대일로 이야기를 나누는 게 낫다고 봐, 분명. 솔직하게 말이야."

"하지만── 앗!"

뭔가를 알아차린 이치노세가 어딘지 불안한 느낌으로 손을 들었다.

아무래도 상대가 생각보다 일찍 도착한 모양이다. 과연 어떻게 생긴 남자애일까.

드디어 그 존안을 뵈니, 보이시하게 생긴 애였다. 치마까지 깔끔하게 차려입은.

아니 아니, 아무리 눈을 씻고 다시 봐도 여자애인데?

편지 글씨를 보고 설마 했는데 정말 여자애였다니.

남자가 남자한테 고백하는 것과 달리, 두 사람의 사랑이 이루어져도 별로 나쁘지 않을 것처럼 보이는 이유는 내가 남자여서일까?

"저어, 이치노세…… 옆에 그 사람은 누구?"

고백 현장에 나타난 여자애는 낯선 남학생인 나에게 경계심을 드러냈다.

"이 애는 D반의 아야노코지야. 미안해, 치히로. 모르는 사람을 데리고 와서."

"……혹시 이치노세의 남자친구……라든가?"

"아…… 그게…….."

이치노세는 아마도 "그래" 하고 대답할 생각이었으리라. 하지만 자신이 거짓말을 한다는 양심의 가책, 죄책감 때문에 그 대답은 목구멍 안으로 쏙 들어간 듯 보였다.

"어째서 그, 아야노코지라는 사람이 여기 있는 거야?"

치히로라는 이름의 여자애는 예상하지 못한 상황이 혼란스러웠는지 눈에 눈물이 그렁그렁 맺혔다.

남자친구인가. 남자친구가 아니라면 어째서 아무 상관도 없는 사람이 이 자리에 있는가. 전혀 이해하지 못하는 모습이었다.

그녀를 본 이치노세는 더욱 당황해 어쩔 줄 몰라 하며 똑같이 패닉 상태에 빠졌다.

믿음직스러운 아이라고 생각했는데, 의외의 약점이 있었군.

"저기, 자리 좀 피해줄래? 나, 이치노세한테 중요하게 할 말이 있거든."

"아, 잠깐만, 치히로. 저기, 그게 말이야……. 사실 아야노코지는……."

아무래도 이치노세는 선수를 쳐서 고백을 거절할 작정인 것 같다.

직접 "좋아해"라는 말을 듣고 나면 수습이 힘들어지리라고 판단했겠지.

"……뭐?"

"아야노코지는 말이야? 그러니까, 나의──."

이 자리에서 내가 할 수 있는 일은 기본적으로 없다. 유일하게 하나 있다고 한다면…….

"그냥 친구야."

이치노세가 말을 내뱉기 전에 내가 먼저 그렇게 말했다.

"이치노세. 남한테 고백 한 번 받아본 적 없는 내가 이렇게 말하는 게 어떨지 모르겠지만, 날 여기로 부른 건 잘못되었다고 생각해."

나는 두 사람을 위해 확실히 못 박았다.

"누군가에게 고백한다는 건 그리 쉬운 일이 아니잖아. 매일같이 괴로운 시간을 보내면서 몇 번이고 머릿속으로 시뮬레이션해보고. 그래도 고백할 수가 없고. 겨우 고백해야겠다고 다짐한 순간에도 그토록 전하고 싶은 '좋아해'라는 단어는 목구멍 밖으로 나오질 않고. 그런 거라고 난 생각해. 그렇게 필사적인 마음이니까, 고백 받는 쪽도 진심을 다해 대답해줘야 하는 것 아닐까? 이런 상황을 만들어서 분위기가 불편해지면 서로 후회할 뿐이야."

"으…….."

아마도 이치노세는 누군가를 진심으로 좋아해본 적이 아직 없으리라.

그러니까 어떻게 행동해야 할지 몰랐고, 무엇이 올바르고 무엇이 잘못인지도 몰랐던 것이다.

상대방을 상처주고 싶지 않다는 마음이 잘못된 방향으로 나간 셈이다.

고백을 거절하는 것이란 필연적으로 상대방에게 상처를 주는 일이다.

물론 지혜를 쥐어 짜내서 그럴듯한 핑계를 대는 편이 조금은 나을지도 모른다.

지금은 학업에 집중하고 싶다든가, 달리 좋아하는 사람이 있다든가. 이번처럼 이미 사귀는 사람이 있다든가. 하지만 어떻게 대답한들 상대방은 반드시 상처를 받게 되어 있다.

하물며 그것이 거짓말로 도배된 대답이라면 더욱. 나는 이치노세의 대답을 기다리지 않고 그 자리를 떠났다. 그리고 그대로 돌아가지 않고 기숙사로 이어지는 가로수 길에서 멈춰 섰다.

나는 난간에 기대 신록의 나무를 올려다보며 한숨지었다.

5분 정도 있었나. 한 소녀가 반달음질로 내 곁을 스쳐 지나갔다.

눈에 눈물을 살짝 내비치면서.

그 후에도 나는 그 자리에서 움직이지 않고 시간을 보냈다.

슬슬 해가 기울어지려 할 때쯤 터벅터벅 걸어오는 이치노세.

"아……."

나를 발견하고는 멋쩍은 표정으로 고개를 숙였다가 금세 다시 들어 올렸다.

"내가 잘못 생각했어. 치히로의 마음을 받아들이려고도 하지 않고, 상처주지 않는 방법만 필사적으로 생각하고 도망치려고 했어. 그건 내 잘못이야."

연애라는 거 참 어렵네, 하고 중얼거린 이치노세는 내 옆으로 다가와 난간 위에 걸터앉았다.

"내일부터 다시 원래 사이로 돌아가자고 말하긴 했지만⋯⋯. 그렇게 할 수 있을까."

"그건 두 사람이 하기 나름이지."

"응⋯⋯. 오늘 고마웠어. 이상한 데 따라와달라고 했네."

"괜찮아. 이따금 이런 날이 있어도."

"입장이 바뀌었구나. 너희를 도와주겠다던 내가 도리어 도움을 받아버렸어."

"나야말로 뭐라도 되는 것처럼 말해서 미안했다."

뭔가 이상한지, 이치노세가 눈을 깜박거리며 나를 응시했다.

"아야노코지가 사과할 일이 뭐가 있어. 전혀 그렇지 않아."

그녀는 두 주먹을 하늘로 쭉 뻗은 후 폴짝 뛰어 땅에 내려왔다.

"이번엔 내가 도와줄 차례네. 할 수 있는 일은 뭐든 다 할게."

B반 이치노세는 해결하기 힘든 이번 사건을 과연 어떻게 파헤칠까.

그 부분이 조금 기대되었다.

8

밤, 컴퓨터로 인터넷 통판 사이트를 기웃거리고 있는데 전화 한 통이 걸려왔다. 침대 옆 콘센트에 꽂아 충전 중이던 휴대전화 화면이 반짝거렸다. 착신인으로 쿠시다 키쿄의 이름이 표시되어 있었다. 나도 모르게 두 번 확인해버렸다. 전화벨이 끊기면 다시 걸 용기도 없기에, 의자 바퀴를 끌어 재빨리 휴대전화를 쥐고 침대로 뛰어들었다.

"밤늦게 미안. 아직 안 잤어?"

"응? 아아. 이제 곧 자려고 했는데. 무슨 일이야?"

"사쿠라의 디지털카메라를 망가뜨렸잖아? 내가 말을 걸어서 당황하게 만든 탓도 있다고 생각해. 그래서 책임을 지고 싶어서……."

"적어도 쿠시다가 책임감을 느낄 필요는 없다고 생각하는데. 그리고 수리만 하면 되잖아? 소중한 거면 가만히 내버려둬도 알아서 수리하러 가지 않을까?"

하지만 이야기를 들어보니 그리 단순하지 않은 듯하다. 사쿠라는 이미지대로 남과 대화를 나누는 게 극도로 서툴러서, 혼자 가게까지 수리를 맡기러 갈 자신도 없는 모양이었다. 혼자 음식점에 들어가기 망설여지는 것과 비슷할지도 모른다.

선뜻 믿기는 어렵지만, 세상에는 다양한 성격과 특징을 지닌 사람이 있다.

남과 관계 맺기가 서툰 사람이 있어도 특별히 놀랄 일은 아니지 않은가.

"그래서 쿠시다, 네가 같이 가주겠다고 했어?"

사쿠라와의 접점을 만들려면 먼저 적극적으로 행동할 수밖에 없다.

"응. 좀 망설이는 것 같기는 했는데, 모레도 괜찮으면 그렇게 하재. 사쿠라한테 그 디지털카메라, 어지간히 소중한 건가 봐."

그리고 쿠시다는 훌륭하게 사쿠라의 마음을 열기 위한 첫 걸음을 내디딘 것이다.

"그런데 나는 왜? 둘이 가야 분위기가 더 부드럽게 흘러갈 텐데?"

"단순히 수리를 맡기는 게 다라면 그렇지. 하지만 이번에는 또 하나 중요한 일이 있거든. 아야노코지는 그 부분을 좀 도와줬으면 해서."

"스도 사건에 대해 알고 있는지 파악하는 거?"

"호리키타는 그렇게 확신하고 있고, 나도 사쿠라랑 얘기해보니까 뭔가 알고 있는 것처럼 느껴졌어. 하지만 본인이 그걸 부정하는 데에는 뭔가 이유가 있는 게 틀림없어."

사실은 호리키타를 데리고 가는 것이 제일 좋지만, 휴일에 쿠시다가 호리키타를 밖으로 불러내는 장면은 망상이라도 그려지지 않는다. 아마 소거법에 따라 제일 해가 적은 나를 골랐으리라. 이케나 야마우치를 데려가 봤자 쿠시다 밖에 보지 않을 테니.

때마침 잘됐다. 전자제품 양판점에 한번 가보고 싶었던 참이었으니까.

나는 몸을 일으켜 침대랑 붙은 벽에 등을 기댔다. 왠지 누운 상태로 약속을 잡는 것이 실례처럼 느껴졌기 때문이다.

"좋아! 그럼 같이 가자."

평소대로 대답하면 될 걸, 살짝 힘이 실린 목소리가 튀어나왔다.

다행히 쿠시다는 특별히 이상하게 느끼지 않았는지 그걸 가지고 뭐라 하지는 않았다.

그리고 나와 쿠시다는 얼마간 시시콜콜한 대화를 꽃피웠다.

이제 일상적인 대화를 나누는 게 그리 긴장되지 않는다고 할까, 마음을 단단히 먹고 말하지는 않는다.

그만큼 퍼스널 스페이스를 침범당해도 불편함을 느끼지 않게 되었다는 증거다.

내 안에서 쿠시다를 친구로, 분명히 인식하고 있다.

"코엔지랑 스도가 싸웠을 때, 좀 무섭더라."

"아아. 그땐 일촉즉발의 상황이었다랄까, 조금 더 나갔으면 서로 주먹을 휘둘렀을지도 몰라."

코엔지는 마이페이스지만, 스도가 먼저 주먹을 날리면 틀림없이 반격할 것이다.

그렇게 되었으면 대참사가 일어났을지도 모른다.

"난 몸이 움직여지지 않던데……. 히라타는 정말 대단해. 존경해버렸어."

"그렇지."

칭찬받은 히라타를 아주 조금 질투한 나, 그런 나를 반성한다.

그 순간 끼어들어 싸움을 말릴 용기와 담력을 가졌으니 존경받아 마땅하다.

"D반이 어쨌든 그럴싸한 형태를 갖춘 건 다 쿠시다와 히라타 덕분이야. 남자와 여자로 각각 나눠 맡은 것도 컸고."

여자 일은 여자만 해결할 수 있는 부분도 있다.

"난 그냥 평소대로 할 뿐이야. 특별히 하는 일은 아무것도 없는걸."

"분명 히라타도 똑같이 말하겠지."

특별한 인간은 자신이 특별하다고 여기지 않는 경우가 많다.

"특별하다고 한다면 나 같은 애보다 호리키타가 훨씬 특별하지 않아? 공부도 잘하고 운동도 잘하잖아. 왜 D반에 있는지 모르겠다니까."

그건 특별한 것이 아니라 특수한 부류의 인간이다.

괜히 쓸데없는 험담을 늘어놨다가 나중에 발각되면 무서우니까 잠자코 있어야지.

"사교적이지 않은 부분 때문에 D반에 온 것 아닐까?"

"하지만 아야노코지랑은 아무렇지 않게 잘 지내잖아?"

"그게 아무렇지 않게 잘 지내는 거라고……?"

내가 아는 호리키타를 기준으로 하면, 그 이외의 취급은 비참한 것이 되는데…….

바닥을 뒹구는 이케의 모습을 떠올리자 몸이 가늘게 떨렸다.

"아직도 호리키타랑은 벽을 느낀다고 해야 하나, 그 정도의 사이일 뿐이야. 만일에 대비해 말해두는 거야."

"흐으음?"

왠지 의심스럽기도 하고 흥미롭기도 하다는 식의 목소리가 들렸다. 쿠시다에게 오해받는 건 싫은데.

"아, 맞다. 물어보고 싶은 게 하나 있는데. 쿠시다의 방은 9층이야?"

"응? 아, 응. 그런데? 그게 왜?"

"아니, 아무것도 아니야. 그냥 궁금해서."

어느 순간부터 쿠시다가 입을 다물었다. 전에 없이 갑작스레 찾아온 침묵.

조금 전까지 이어졌던 대화가 뚝 끊겨버렸다.

혹시 방이 몇 층인지 물어본 게 싫었나?

마음이 초조하고 불안해진 나는 아무 의미 없이 방구석을 둘러보았다.

아아, 지금 이 순간만 소통 능력이 뛰어난 멋진 남자가 되고 싶다. 그렇게 생각하지 않고는 못 배기겠다.

서로의 숨소리만 들릴 정도로 정적이 흐르는 시간.

"이제 밤도 늦었는데 그만 끊을까?"

침묵을 견디지 못한 내가 결국 항복 선언을 했다.

여자애랑 아무 말 없이 전화기를 붙잡고 있는 것은 마음이 너무 쓰라리다고.

"저기 있지──."

"응?"

쿠시다가 침묵을 깼다. 하지만 그 뒷말이 이어지지 않았다. 드물게도 말을 주저하는 느낌이었다. 늘 밝게 대화를 이어나가는 쿠시다답지 않게 말이다.

"만약, 만약에 말인데. 내가…… 내가──."

또 말을 멈췄다. 다시 침묵이 찾아와 5초, 10초가 지나갔다.

"……아니, 아무것도 아니야."

이건 아무것도 아닌 게 아닌 반응인데…….

하지만 뭐야~, 말을 꺼냈으면 끝까지 해~ 하고 가볍게 받아칠 용기는 눈곱만큼도 없어서 그냥 넘어가기로 했다. 미안하다, 쿠시다. 만약 전쟁터에 나간다면 나는 후방에 몸을 숨기고 싸우는 저격수가 되겠다고 할 겁쟁이 놈이다. 부디 용서해라.

"그럼 모레 일 잘 부탁할게, 아야노코지."

그렇게 말한 쿠시다가 전화를 끊었다.

마지막에 하려던 건 무슨 말이었을까. 오늘은 잠을 청하기 힘든 밤이 될 듯하다.

9

일요일 점심 전, 나는 쿠시다와의 약속을 지키기 위해 쇼핑몰을 찾았다. 주말에는 기본적으로 방에만 있는 나로서는 약간 긴장되는 장소다.

두 개가 나란히 놓인 벤치 중 하나에는 누가 먼저 와 앉아 있었다. 나처럼 누군가와 약속이 있나. 휴일이 되면 역시 학생들 대부분이 자유롭게 거리를 활보하는구나. 그런 당연한 것을 생각하면서 나도 비어 있는 벤치에 앉았다.

같은 기숙사에서 생활하니까 함께 나가면 될 텐데, 쿠시다는 자기만의 고집이 있는지 약속 장소에서 만나는 데에 의미를 두는 듯했다.

"좋은 아침!"

주변의 소란함을 찢고 환한 미소를 지으며 쿠시다가 다가왔다.

"어, 어어. 안녕?"

순간 심장이 쿵쾅거린 나는 말을 더듬으며 가볍게 손을 들어 올렸다.

"미안해, 많이 기다렸니?"

"아니, 나도 방금 왔어."

꼭 데이트 때나 할 법한 대화를 나누며 나는 무심코 쿠시다를 머리부터 발끝까지 훑어보고 말았다. 귀엽다, 정말 귀엽다, 쿠시다. 처음 보는 쿠시다의 사복 차림에 감탄을 금

할 수 없다.

"휴일에 만나는 건 처음이네. 뭔가 신선해."

나와 똑같은 느낌을 받았는지 쿠시다가 웃었다. 뭐야, 그 사랑스러운 미소는. 반칙이라고!

어쩌면 이케나 다른 아이들도 본 적 없는 모습 아닐까? 설마 그럼 내가 첫 번째?

혼자서 흥분을 주체하지 못하고 있는데 쿠시다가 생각났다는 듯 말했다.

"그런데 지난주 주말에는 바빴니? 아야노코지도 왔으면 좋았을 텐데."

지난주? 왔으면 좋았을 거라고? 도대체 이게 다 무슨 소리람?

"이케 무리랑 카페에 간 것 말이야~."

금시초문인데요.

그 비밀 이벤트에 출현하는 방법, 나는 배운 기억이 없는데요.

"혹시⋯⋯."

"아, 아아. 그런가. 그러고 보니 그런 이야기를 들은 적이―― 없는데."

나는 하늘을 우러러보며 나의 한심함을 한탄했다.

같이 가자고 말해주지 않은 이케 무리가 나쁜 게 아니다. 같이 가자는 말을 꺼내게 하지 못한 내가 나쁘다.

"방금 너 무리하려고 했지⋯⋯? 미안해, 내가 괜히 쓸데없는 말을 했나 봐⋯⋯."

"신경 쓰지 마. 난 전혀 아무렇지도 않으니까. ⋯⋯그래서 재미있었어?"

"네가 굉장히 신경 쓴다는 것만은 알겠어⋯⋯."

휴일의 쿠시다를 보는 것이 첫 번째이기는커녕 잘못하면 최하위겠다.

한순간이라도 단둘이 있는 것만으로 행운아라고 생각하자.

이따금 눈앞을 스쳐 지나가는 학생들은 모두 쿠시다의 사복 차림에 시선을 빼앗겼다. 커플의 경우는 여자가 남자의 볼을 잡아당기며 뾰로통하게 토라지기도 했다.

여자 친구가 옆에 있어도 반해버릴 만큼 사랑스럽다는 뜻이다.

⋯⋯왠지 나, 쿠시다를 꽤 떠받들고 있네.

지금까지 한 말은 전부 사실이지만, 좀 쑥스러워진다.

"왜 그러니?"

잔뜩 굳어 직립부동 자세로 있는 내가 이상해 보였는지 쿠시다가 몸을 앞으로 내밀고 나를 올려다보았다. 동작 하나하나가 다 귀엽다.

"날씨가 좋다 싶어서."

내가 생각해도 지나치게 상투적인 대사로 얼버무렸다.

좀 진정하자. 오늘 하루에 귀엽다는 단어를 몇 번 쓰는 거냐.

이런 페이스로 계속 나가다가는 하루에 100, 200번은 쓰고 말 거라고.

"음, 사실은 내가 좀 안 어울리는 옷을 입고 온 것 같아서. 미안하다."

나는 활동하기 편한, 심플한 옷을 입었다. 입에 발린 소리라도 쿠시다의 옆에 당당히 설 자격이 있는 남자가 아니라는 것은 확실하다.

"그렇지 않아. 굉장히 잘 어울린다고 생각해."

"촌스러운 옷이 잘 어울린다는 험담으로 받아들여도 될까?"

"응, 그래."

날카로운 칼날이 훅 들어오는 느낌. 내 무덤을 파려던 것은 아니지만, 왠지 엄청난 충격이다.

"아야노코지, 너 의외로 섬세하니? 무슨 소리를 들어도 별로 신경 안 쓸 것처럼 보이는데. 험담한 거 아니야. 정말로 잘 어울린다고 생각해."

아무래도 나, 놀림당한 것 같다. 평소라면 화내버릴 일도, 쿠시다라면 장난스러운 한마디로 끝나니 치사하다.

"그런데 사쿠라는?"

"아직 안 온 것 같은데."

드디어 약속한 시각이 되었지만 사쿠라의 모습은 아직 보이지 않았다.

"그런데 정말 나여도 괜찮을까? 같이 갈 상대."

"아야노코지도 같이 왔으면 좋겠다고 부탁하던걸. 사쿠라랑 무슨 일이라도 있었니?"

"사쿠라가? 아니…… 이야기도 거의 해본 적 없는데."

특별동에서 사쿠라와 맞닥뜨렸던 것을 떠올렸다. 접점이라고 한다면 그 정도다.

"첫눈에 반하기라도 했나?"

히죽히죽 웃었지만, 설마 그런 드라마 같은 전개는 기대할 수 없으리라.

"일단 앉아서 기다릴까?"

"그래. 그런데…… 옆에, 사쿠라 아니야?"

당황하며 뒤돌아보니 옆 벤치에 줄곧 앉아 있던 인물이 미안하다는 듯 주뼛거리며 인사했다.

설마 그 사람이 사쿠라였을 줄이야…….

낌새랄까, 분위기랄까, 전혀 모르는 타인이라는 기운이 강해서 전혀 눈치채지 못했다.

"죄송해요. 제가 존재감이 없어서…… 좋은 아침이에요……."

"아니, 별로 존재감이 없다는 생각은 안 했어. 존재는 분명히 느꼈으니까."

"그 말은 하나도 위안이 안 돼, 아야노코지."

미안해서 고개를 숙이자, 사쿠라가 천천히 자리에서 일어났다.

하지만 내가 알아보지 못한 것도 좀 이해해주길 바란다.

사쿠라는 모자에 마스크까지 하고 있었단 말이다. 친한 사이라면 몰라도, 이런 모습인데 어떻게 사쿠라라고 알아보겠는가? 혹시 감기라도 걸렸나?

"좀 수상한 사람처럼 보이는데⋯⋯."

"수상해 보인다고 해야 하나, 오히려 눈에 더 띄는 것 같아."

"그렇군요⋯⋯. 여기서는 더 눈에 띄겠죠?"

사쿠라는 그렇게 말하고 미안해하며 마스크만 벗었다. 감기에 걸린 것이 아니라 원래 마스크를 즐겨 쓰는 아이인가 보다. 도대체 눈에 띄는 게 얼마나 싫은 거야.

"디지털카메라 수리, 쇼핑몰 안에 있는 전자제품 양판점에 가면 되지?"

"응, 아마 수리 접수도 해줄 거야."

"죄송해요⋯⋯ 이런 곳까지 같이 와달라고 해서."

사쿠라는 진심으로 미안한 듯 고개 숙여 사과했다. 괜히 나까지 미안해지는 느낌이다.

10

학교와 제휴를 맺었는지, 전국적으로 무척 유명한 전자제품 양판점이 쇼핑몰에 입점해 있었다. 아무래도 이용객 대부분이 학생들이라서 가게 자체는 그리 넓지 않았지만, 일상생활에 필요한 것이나 학생들이 이용할 가능성이 있는 전자제품은 충분히 취급하고 있는 듯 보였다.

"으음, 수리 접수는 건너편 카운터에서 해줬던 것 같은데."

쿠시다는 몇 번인가 와본 적이 있는지 기억을 되살리면서 가게 안으로 향했다. 그 뒤를 사쿠라와 내가 따라갔다.

"바로 고칠 수 있을까요……."

사쿠라가 불안한지 디지털카메라를 꼭 움켜쥐었다.

"굉장히 아끼나 봐, 카메라를."

"네. ……이상, 한가요?"

"아니, 전혀. 오히려 좋은 취미 아닌가? 뭐, 난 카메라에 대해 잘 모르지만. 빨리 고쳤으면 좋겠다."

"네."

"찾았어, 수리 접수해주는 곳."

가게 안에 상품이 많아서 찾기 어려웠는데, 가게 제일 안쪽에 수리 접수처가 있었다.

"아……."

왜 그러는지 갑자기 사쿠라가 발걸음을 멈췄다. 그녀의 옆얼굴은 뭔가 싫은 것을 발견한 듯 혐오감을 노골적으로 드러냈다.

사쿠라가 시선을 주고 있는 곳을 보았지만 특별히 이상한 것은 없었다.

"왜 그래? 사쿠라."

쿠시다도 그 자리에 서버린 사쿠라가 이상했는지 말을 걸었다.

"아, 그게…… 저기……."

무슨 말을 하고 싶은 눈치였는데, 결국 고개를 가로저으며 깊게 심호흡했다.

"아무것도 아니에요……."

그렇게 말하며 열심히 미소를 지어 보인 사쿠라는 수리 접수처로 향했다.

나와 쿠시다는 서로의 얼굴을 잠시 마주 보았지만, 사쿠라가 아무것도 아니라고 했으니까, 하며 그 뒤를 따랐다.

점원을 불러 디지털카메라의 수리를 의뢰하는 쿠시다.

나는 기다리는 시간이 무료해서 주변의 전자제품을 구경했다.

그나저나 쿠시다의 처세술은 참 대단하다. 처음 대면하는 점원과도 마치 오랜 친구처럼 이야기를 나누다니. 수리를 맡긴 카메라의 주인 사쿠라는 승낙, 그리고 질문에만 대답하고 있었다.

그런데 점원의 텐션이 과하게 높다. 잠시도 쉬지 않고 적극적으로 쿠시다에게 말을 걸고 있었다. 어렴풋이 들려온 대화 내용을 봐서는 아무래도 쿠시다에게 데이트 신청을 하는 것 같았는데, 영화관에서 상영하는 여자 아이돌 콘서트를 보러 가자고 했다. 꽤 오타쿠인지, 선거가 어쩌고저쩌고 하는 이야기에서 잡지 아이돌까지 폭넓게 다루며 뛰어난 언변으로 작업을 걸었다.

쿠시다가 싫어하는 기색을 보이지 않으니까 잘되고 있다고 여기는지는 몰라도 완전히 아웃이랄까, 속으로는 확 깼다고 생각할걸.

귀여운 여자애를 상대해서 기분이 하늘을 찌르는지 일에 진척이 없었다.

과연 이래서는 끝이 없겠다고 느낀 쿠시다가 사쿠라에게 디지털카메라를 꺼내라고 재촉했다. 점원이 카메라 안을 열어 간단히 확인해보니, 카메라가 떨어진 충격으로 부품 하나가 파손되어서 전원이 들어오지 않는 것이 원인이었다. 다행히 디지털카메라 등 개인적 소유물은 입학한 후에 산 것이어서 보증서를 잘 보관하고 있었기에 무상으로 수리받을 수 있었다. 이제 필수사항만 기입하면 끝. 그럴 터였지만 사쿠라의 손이 종이를 앞에 두고 멈췄다.

"사쿠라?"

이상하게 생각한 쿠시다가 사쿠라에게 말을 걸었다. 그녀는 뭔가 망설이는 모습이었다.

나는 참견할 생각은 없었지만, 아무래도 그 태도가 마음에 걸렸다.

그리고——.

아까까지 쿠시다와의 대화에 푹 빠져 있었던 점원이 사쿠라를 빤히 바라보았다.

사쿠라와 쿠시다는 종이를 보고 있어서 알아차리지 못했지만, 남자라도 살짝 소름이 돋을 만큼 징그러운 눈빛이다.

"잠깐 괜찮아?"

"네?"

나는 사쿠라의 옆에 서서, 쥐고 있던 펜을 달라고 손을 내밀었다.

사쿠라는 의미를 모르겠다는 표정으로 불안하게 펜을 건넸다.

"수리가 끝나면 저한테 연락해주세요."

"자, 잠깐, 학생? 이 카메라의 주인은 저 여학생이잖아요? 그건 좀⋯⋯."

"메이커 보증은 판매처랑 구입일이랑 아무 문제없이 증명되었고, 법적인 문제가 어디에도 없다고 생각하는데요. 구매자와 사용자가 달라도 문제 될 것 없고 말이죠."

나는 "알겠습니다"라는 대답을 듣기도 전에 필수사항 부분에 내 이름과 기숙사 방 번호를 기입했다.

"아니면 이 애여야만 하는 다른 이유라도 있나요?"

나는 고개도 들지 않고 그 말을 덧붙였다.

"아, 아닙니다. 알겠습니다⋯⋯ 그렇게 해도 됩니다."

잠시 후 필수사항 기입도 끝나, 용지와 함께 디지털카메라를 무사히 맡겼다.

사쿠라는 그제야 가슴을 쓸어내렸지만, 수리된 카메라를 받으려면 2주 정도 걸린다는 얘기에는 무척 낙담하며 어깨를 떨궜다.

"굉장한 점원이었어⋯⋯ 엄청난 기세로 계속 말을 붙여서 마음이 좀 급해지더라."

"……좀 기분 나빴죠……?"

"기, 기분이 나빴던 건 아닌데. 혹시 아는 사람이야, 그 점원?"

사쿠라가 고개를 살짝 끄덕였다. 아무래도 카메라를 사러 갔을 때 안 것 같다.

아야노코지는 어떻게 느꼈어? 하고 내게도 질문이 날아왔다.

"뭐, 좀 가까이하기 힘든 분위기는 있었던 것 같아. 특히 여자애라면."

"전에 저한테 막 말을 걸어온 적이 있어서……. 그래서 혼자 수리를 맡기러 가기가 좀 무서워서……."

쿠시다가 퍼뜩 뭔가를 깨달았는지 커다란 눈동자로 나를 쳐다보았다.

"설마, 그래서 아야노코지, 네가?"

"여자애니까. 주소라든가 전화번호를 쓰는 데에 거부감이 들지도 모르겠다 싶었지."

하지만 남자인 나는 드러나서 곤란할 정보가 하나도 없다.

"고, 고마워요…… 아야노코지 씨. 정말 큰 도움이 됐어요……."

"아니 뭘. 그냥 주소만 쓴 것뿐인데. 수리가 끝났다는 연락이 오면 사쿠라한테 연락할 테니까."

사쿠라는 기뻐하며 고개를 끄덕였다. 고작 그 정도 일로 기뻐하니 오히려 내가 미안하게 느껴진다.

"잘 관찰했구나. 사쿠라에 대해서."

"그건 오해를 살 수 있는 말이야. 정확하게는 그 개성 넘치는 점원을 본 거였어. 왠지 여자를 지나치게 밝히는 분위기가 났잖아?"

"아하하…… 그건 그래."

쿠시다조차 질려 할 정도다. 그러니 면역력 없는 사쿠라는 어땠을까.

"오늘은 쿠시다 씨도 같이 있어서 저한테 말 안 걸고 끝날 수 있었어요. 고마워요."

만약 일대일 상황에서 그 점원을 대했다면 사쿠라는 도망쳤을지도 모른다.

"전혀, 이런 일이라도 좋다면 언제든지 도와줄게. 사쿠라, 카메라를 굉장히 좋아하는구나?"

"네…… 어렸을 때는 안 그랬지만. 중학생이 되기 전쯤인가, 아빠가 카메라를 사주신 후로 점점 좋아하게 되었어요. 말은 이렇게 해도 찍는 것만 좋아하지 자세히는 잘 몰라요."

"카메라에 대해 자세히 아는 것과 좋아하는 건 전혀 다르지. 뭔가에 푹 빠질 수 있다는 게 멋진 일이라고 생각해."

"사쿠라는 보통 경치 같은 걸 찍는다고 했나? 인물이라든가 다른 건 안 찍어?"

"네, 네에?"

갑자기 슬금슬금 뒷걸음질 치면서 당황해하는 사쿠라. 내가 뭘 잘못 물어봤나?

지극히 자연스러운 걸 물어볼 셈이었는데, 단순히 경치랄까 풍경 사진을 주로 찍는 건가?

입을 뻐끔거리면서 잔뜩 긴장한 모습이었다.

"······비, 비밀."

그렇군. 나 같은 상대에게는 자세하게 대답하고 싶지 않다는 거군.

"저, 저기, 그런 거, 부끄러워서······."

불그스레해진 볼로 시선을 깔면서 말했다. 부끄러운 걸 찍었다는 말인가······?

온갖 상상이 펼쳐지려고 했지만 얼굴에 드러나면 실례니까. 꾹 참아야지.

"아, 맞다. 기왕 여기까지 왔으니까, 미안하지만 가게 안을 좀 둘러봐도 될까?"

"뭐 사고 싶은 거라도 있어?"

사고 싶은 것이라고 해야 하나, 조금 궁금한 것이라고 해야 하나.

"두 사람은 적당히 마음대로 돌아다녀도 되는데."

"나도 갈래. 사쿠라의 생각은 어때?"

"네, 네에. 여기 같이 와준 것도 고맙고······. 시간도 있으니까."

바라던 바는 아닌데, 두 사람도 나를 따라오려는 모양이다.

쿠시다와 사쿠라. 나란히 걷는 모습을 보니 하루 사이에 두 사람의 거리가 확 좁혀진 느낌이 든다. 그 처세술, 나한테도 조금 나눠주었으면 좋겠다.

두 사람끼리 여자들만의 이야기를 꽃피우고 있는 것 같으니, 방해되지 않게 내가 보려던 것을 확인하기로 하자. 나는 휴대전화의 주소록을 열었다. 이케를 통해 가끔 내기에 끼면서 다른 아이들과 전화번호를 교환했던 것이다.

아직 등록 건수는 적지만 친구가 착실히 늘어나고 있는 것은 틀림없다. 그중에서 '사' 행에 있는 '소토무라(별명은 박사)'의 이름을 선택해 전화를 걸었다.

"박사, 지금 잠깐 통화 가능해?"

"오잉? 아야노코지 님께서 웬일로 이 몸에게 전화를 다 주셨습니까? 무슨 일이옵니까?"

전화 상대는 소토무라. 별명은 박사. 머리가 좋아 보여서 그렇게 부르지만 사실은 그냥 진성 오타쿠다. 매일 정보를 모으고, 미소녀 게임에서부터 애니메이션과 만화까지 폭넓게 파고 있다.

"박사, 네가 쓰는 노트북은 학교 포인트로 산 거지?"

"그러하옵니다. 8만 포인트나 주었지요. 그런데 그것이 왜?"

"학교에서 파는 전자제품 중에 찾는 게 좀 있어서."

나는 상품의 개요를 설명했다. 가게에 와보니까 몇 개 정도 유사품이 있기는 했지만 어느 것을 골라야 좋을지 모르겠다는 사실도.

점원에게 묻는 편이 빠르기는 하겠지만 여러 가지 사정이 있다.

"……아야노코지 님. 소인이 그 분야에 정통하기라도 하다는?"

"모르면 됐고."

"기다려주시옵소서."

박사가 전화를 끊으려던 나를 붙잡았다.

"잘 알고말고요. 소인, 본가에 가면 그런 거 두 대 정도는 있사옵니다."

"설마 중학교 때부터 나쁜 짓을?"

"그것은 오해이옵니다. 그저 어학 공부를 위해 실험해보았을 뿐."

"그럼 만약 필요해지면 세팅 좀 부탁해도 될까?"

"후훗, 맡겨만 주시옵소서. 소인도 언젠가는 도움을 청할 날이 오지 않겠사옵니까?"

적재적소. 내가 잘 모르는 분야에 정통한 인물이 어딘가 있는 법이다.

"많이 기다렸지."

"벌써 끝났어?"

"오늘은 그냥 보기만 할 거야. 가전제품을 살 만큼 포인트가 남아 있는 것도 아니고."

쿠시다가 갑자기 사쿠라의 옆얼굴을 물끄러미 바라보며,

멍한 표정을 지었다.

"어라? ……사쿠라, 그런데 혹시 나랑 어디서 만난 적 있어?"

"네? 아, 아니. 없는 것 같은데요."

"미안해. 사쿠라를 보니까 갑자기 어디서 본 것 같은 기분이 들어서. 저기, 혹시 괜찮으면 안경 좀 벗어봐 줄 수 있어?"

"네에엣?! 그, 그건 좀……! 아무것도 안 보일 정도로 눈이 나빠서……."

사쿠라는 가슴 앞에서 손을 좌우로 마구 흔들며 쿠시다의 부탁을 거절했다.

"있지, 다음에도 만나서 같이 놀자, 사쿠라. 그때는 우리끼리 말고 다른 친구들도 함께 말이야."

"……그건……."

사쿠라는 무슨 말인가 하려고 했지만 결국 마지막까지 그 말이 내뱉어지는 일은 없었다.

"저기…… 오늘은 정말 고마웠어요. 덕분에 살았어요."

"됐어, 뭘 그런 소리를. 별로 감사 인사를 받을 일도 아니고. 그리고 사쿠라, 그냥 편하게 말하면 안 될까? 동급생인데 존댓말을 쓰는 건 좀 이상해."

과연 사쿠라의 말투는 동급생, 그것도 같은 반 친구를 대하는 느낌이 아니다.

하지만 사쿠라에게는 그리 간단한 일이 아닌지 당황한 표정을 지었다.

"의식, 해서 쓴 것은 아니었는데…… 이상, 한가요?"

"나쁘다는 건 아니야. 하지만 존댓말을 안 쓰면 더 기쁠 것 같아."

"아…… 으, 으응…… 아, 알겠습…… 알겠어. 노력해볼 게."

거절당할 줄 알았는데, 사쿠라는 쿠시다의 제안을 받아들이려고 생각했는지 그렇게 목소리를 쥐어 짜냈다.

사람과 사람은 이렇게 해서 조금씩 사이가 가까워지는 것일까.

가까워질 계기가 거의 없는 상대인 사쿠라와도 착실하게 거리를 좁히고 있다.

"무리하진 않아도 되니까."

"괘, 괜찮아. ……나도 ……니까……."

머리를 숙인 사쿠라의 목소리가 점점 작아져 귀에 닿지 않았지만, 불쾌하게 느끼지는 않는 듯 보였다.

쿠시다는 만족스러운 미소를 짓더니, 더는 무리해서 다가가려 하지 않았다.

이것야말로 적절한 거리감인지도 모르겠다.

사람을 사귀는 것이 서툰 사람의 입장에서 보면 먼저 나서서 이끌어주는 것이 고맙기도 하지만 성가시달까, 너무 가까이 다가오면 오히려 질리기도 하니까 말이다.

"그럼, 학교에서 봐."

인사를 건넨 후 그대로 헤어지려는 쿠시다. 그런데 뜻밖에도 사쿠라는 그 자리에서 움직이지 않았다.

"저기 말이야……."

작은 목소리로 사쿠라가 우리를 정면으로 쳐다보았다. 시선이 교차하자 곧바로 피해버리기는 했지만.

"스도에 대해서…… 오늘 일의 보답이라고 하면 좀 어폐가 있지만…… 괜찮다면……."

사쿠라는 다시 한 번 뜸을 들였다가 입을 열어 또박또박 말했다.

"……스도 사건, 나, 나도 도움이 될지 몰라……."

사쿠라는 자신이 목격자라는 사실을 고백했다.

나와 쿠시다는 순간 서로를 마주 보았다.

"그 말은, 사쿠라가 스도랑 C반 애들의 싸움을 목격했다는 거야?"

"응……. 나, 전부 봤어. 정말 우연이었는데…… 믿어주지 않으, 려나?"

"그렇지 않아. 하지만 어째서 지금 이 타이밍에? 굉장히 기쁜 이야기지만 너무 무리할 필요는 없어. 보답을 바라서 같이 있었던 게 아니니까."

사쿠라는 말이 잘 나오지 않는지 고개를 살짝 가로저었다.

지금 이 시점에서 이야기를 꺼낸 것은 사쿠라 본인이 스도 사건에 대해 누구보다도 신경 쓰고 있다는 증거인지도 모른다. 어떤 계기를 통해 도움을 주려던 것은 아닐까?

"정말로 괜찮아? 무리, 하는 거 아니야?"

나와 똑같은 생각을 했는지, 쿠시다가 하고 싶은 말을 대신 해주었다.

그 질문에 우리가 걱정하는 것을 알아차린 사쿠라는 미안하다는 듯 고개를 푹 숙였다.

"괜찮아…… 아마도, 이대로 가만히 있으면 후회, 할 것 같으니까. 나도…… 반 친구를 곤란하게 만들고 싶지는 않아. 하지만 목격자라고 목소리를 내면, 아무래도 눈에 띄게 될 것 같아서…… 그게 싫어서…… 정말 미안해."

몇 번이고 뉘우치듯 사과하면서 사쿠라는 증언할 것을 약속했다.

"정말 고마워, 사쿠라. 분명 스도도 기뻐할 거야."

사쿠라의 손을 꼭 붙잡는 쿠시다. 그리고 환하게 웃는 쿠시다를 바라보는 사쿠라.

지금 이곳에서 또 하나의 우정이 싹텄나? 그런 건가?

어쨌든 스도와 아이들이 그토록 원하던 목격자를 드디어 찾은 순간이었다.

11

사쿠라와 함께 디지털카메라 수리를 맡기고 온 그날 밤, 나는 휴대전화를 붙잡고 있었다.

방 안에 에어컨이 돌고 있는데도 휴대전화를 쥔 손에서 땀이 배어 나왔다.

"사쿠라와의 거리가 좀 좁혀졌다⋯⋯고 말해도 되겠지?"

"어제까지보다는. 하아, 하지만 아직 한참 멀었다고 생각해. 나, 나한테 질리려고 해."

쿠시다로서는 훨씬 더 친해지고 싶었겠지. 하지만 사쿠라는 타인과의 사이에 견고한 벽을 세워둔 느낌이 든다. 그 벽을 넘어서지 않는 한 사쿠라를 목격자로 불러내기는 어려우리라.

"그런데 왜 사쿠라더러 안경을 벗어보라고 한 거야?"

"아아. 이유를 말하라고 하면 대답하기 곤란해. 그냥 왠지 어울리지 않는 느낌이 들었어. 사쿠라랑 안경이 잘 연결되지 않는 느낌이랄까? 나도 잘 모르겠어. 어디서 본 것 같은 느낌도 그냥 내 착각이겠지."

"아니⋯⋯ 어쩌면 쿠시다의 기분 탓이 아닐지도 몰라. 사쿠라는 멋이랑 완전히 동떨어진 차림을 하고 있잖아? 나도 그렇지만, 극도로 눈에 띄지 않는 촌스러운 색깔의 옷을 골라 입고."

"그러네. 하긴 의식적으로 자신을 꾸민다는 생각은 들지 않아. 그런데 그게 뭐?"

디지털카메라를 떨어뜨려서 주우려고 했을 때, 나는 사쿠라의 옆에서 안경을 보았다. 그때 느낀 위화감이 줄곧 마음에 걸렸다.

"그런 애가 패션 안경을 쓰는 게 난 좀 부자연스럽게 느껴졌어."

"뭐? 사쿠라가 쓴 게 패션 안경이라고? 하지만 분명 눈이 나쁘다고 했는데……."

"그냥 안경이랑 패션 안경은 겉으로는 똑같아 보이지만, 결정적으로 다른 부분이 한 군데 있지. 바로 렌즈의 굴곡이야. 사쿠라의 렌즈에는 굴곡이 없었어. 그래서 난 당연히 멋낼 목적으로 일환으로 쓰고 있다고 생각했는데, 오늘 사쿠라가 한 말을 들으니까 좀 이상해서."

"안경만 멋을 낸다고? 으음, 보통은 그러지 않지."

자잘한 장식품까지 구애받을 정도라면 당연히 옷이나 화장도 공들일 터.

"아니면 콤플렉스를 감추기 위해서일까? 예를 들어 안경을 쓰면 지적으로 보이잖아?"

"그럴 수는 있겠어. 안경을 쓰면 머리가 좋아 보이니까."

"사쿠라의 경우는 진짜 자기 모습을 보이고 싶지 않아서 쓰는 건지도 몰라. 늘 웅크린 자세고, 남과 눈을 맞추려 하지 않는 부분도 그렇고. 그냥 사람을 싫어해서 그런 것처럼은 보이지 않아."

거기에 뭔가, 벽을 넘을 방법이 숨어 있을지도 모른다는 생각이 들었다.

"역시 아야노코지를 데려가는 게 정답이었어. 상대방을 세밀하게 관찰하는 느낌이 들거든."

……좀 쑥스러운데.

쿠시다와 대화를 나눌 때 편한 점은 대화가 자연스럽게 이어진다는 것이다.

나같이 패스를 잘 못 하는 사람에게는 거리를 좁혀 공을 던지기 쉬운 자리까지 다가와주니까.

"그리고 말이야——."

또 쿠시다에게서 다정하게 리드를 받는데 다른 전화가 들어왔다.

나는 쿠시다가 모르게 착신인의 이름을 확인했다. 이케나야마우치면 다음으로 미루고, 호리키타라면…… 그건 그때 가서 생각하자. 그렇게 마음먹었는데…….

표시된 이름은 '사쿠라'였다.

"미안, 쿠시다. 내가 다시 걸어도 될까?"

"아, 응. 미안해, 길게 통화해서."

아쉽지만 전화를 끊은 나는 얼른 사쿠라의 전화를 받았다. 통화 버튼을 누르고 응답한 후로 몇 초간 정적이 흘렀다.

"저기…… 나 사쿠라야…….."

"응, 나는 아야노코지야."

서로 전화번호를 교환했으면서 참 묘한 첫 대화라고 생각했다.

의식적으로 전화번호를 교환했다고 해도, 십중팔구 내게는 전화를 걸지 않으리라고 생각했다. 연락이 필요한 일이 있으면 쿠시다에게 하면 되니까.

"오늘, 같이 가줘서 고마웠어."

"뭘……. 별로 대단한 일도 아니고. 너무 신경 쓰지 마. 계속 고맙다고 하면 나까지 마음이 쓰이니까."

"응……."

침묵의 시간이 찾아왔다. 이것은 사쿠라의 탓이라기보다 나 역시 그녀를 향해 공을 잘 던지지 못하는 것이 원인이다. 쿠시다와 대화를 나눌 때 얼마나 리드 당했는지 실감이 난다. 그래도 이 통화에서는 내가 노력해야만 한다는 생각이 들었다.

"그런데 무슨 일이야?"

"그게……."

또다시 침묵이 이어졌다. 이럴 때는 어떻게 해야 좋단 말입니까. 히라타 형님, 가르쳐주세요.

"뭔가, 생각한 것…… 없었어?"

이건 또 무슨? 실로 추상적이고 불명확한 말이 날아왔다.

생각한 것이라니? 쿠시다의 사복이 귀여웠다든가, 사쿠라가 의외로 재미있는 아이였다든가, 뭐 그런 것을 바라고 한 질문은 아닐 테지.

짐작할 만한 실마리가 너무 부족해서 사쿠라가 기대하는 대답이 뭔지 알 수 없었다.

"무슨 일 있었어?"

목소리에 실린 감정에서 불안한 기색을 읽은 나는 부족한 실마리를 어떻게든 놓치지 않고 물어보았다. 하지만 내가 가볍게 잡아당긴 실은 그대로 스르르 녹아 사라져버렸다.

"미안해, 아무것도 아니야…… 잘 자."

잠깐 기다리라고 말릴 새도 없이, 사쿠라는 전화를 끊었다.

바로 다시 걸까도 생각했지만, 결국 아까 나눈 대화의 반복밖에 되지 않는다는 것을 알았기에 그만두었다. 나는 차분하게 생각해보려고 세면대로 가서 얼굴을 씻었다.

쿠시다와 통화한 시간은 10분 정도였는데, 그사이 쿠시다의 휴대전화로 다른 전화가 걸려온 것 같지는 않았다. 그전에 사쿠라에게서 전화가 걸려왔다면 나랑 통화할 때 쿠시다가 그 얘기를 꺼내도 이상하지 않다. 그렇다면 나한테 전화한 다음에 쿠시다한테 걸 생각이었나? ……그럴 가능성도 낮다. 보통은 친하거나 자기보다 나이 많은 사람에게 제일 먼저 전화를 걸기 마련이니까. 즉, 이번의 경우 나한테만 전화를 걸었다고 보는 것이 이치에 맞다.

혹시 몰라서 나는 채팅창을 열어 쿠시다에게 사쿠라의 연락을 받았는지 물어보았다.

몇 분 뒤에 돌아온 대답은, 역시 연락이 오지 않았다는 것이었다.

'아야노코지도 같이 왔으면 좋겠다고 부탁하던걸. 사쿠라랑 접점이 있었니?'

아침에 쿠시다랑 만났을 때 그렇게 물어봤었지.

그때는 쿠시다와 단둘이 가는 게 긴장돼서 적당한 누군가도 같이 가고 싶어 한 것이라고 여겼었다. 그런데…… 그게 아니었나?

쿠시다가 말한 첫눈에 반했다거나 하는 상상은 차치하더라도, 꼭 나여야만 하는 이유가 있었던 것일까? 오늘 하루 동안 사쿠라와 대화를 나누면서 느꼈던 점을 떠올렸다.

거의 모든 대화는 쿠시다와 사쿠라가 둘이서 나눴지만, 나도 잠깐 끼었던 화제가 있었다. 바로 전자제품 양판점에서 점원에게 수리 접수를 맡길 때였다. 그것 이외에는 특별히 떠오르는 일이 없다.

만약에 그 일과 관련해 '뭔가 생각한 것 없었어?'라고 물어본 거라면?

필사적으로 끌어 모은 퍼즐 조각이 너무 작고 턱없이 부족했다.

몇몇 상상, 망상은 떠오르지만 어느 것 하나 신빙성이 없다.

바로 그거야! 하고 결정지을 만한 판단 자료가 될 수는 없다.

학교에서 물어보면 된다고, 다른 사람 같으면 그렇게 생각하겠지만 사쿠라의 경우는 그리 간단하지 않으리라.

그 누구와도 대화를 나누지 않는 사쿠라에게 내가 친한 척 말을 붙이러 다가가면, 안 좋은 의미로 눈에 띄게 된다.

이 통화로 생긴 걱정이 부디 기우로 끝나기를 바라면서 나는 잠잘 준비에 들어갔다.

이름	사쿠라 아이리
반	1학년 D반
학적번호	S01T004738
동아리	무소속
생일	10월 15일

평가

학력	C+
지성	C
판단력	D
신체능력	D
협조성	D−

면접관 코멘트

상대방의 눈을 보고 말하기, 단어 조합 등 소통 능력이 고등학생의 기준에 미치지 못한다. 학력과 신체 능력도 마찬가지로 부족한 점이 눈에 띈다. 훌륭한 어른으로 성장시켜 사회에 내보내는 교육을 실시하는 것이 당교의 존재 의식이기도 하므로 학생으로 받아들였다. 문제 학생이 많은 D반에서의 학습이 그녀의 성장으로 이어지기를 기대한다.

담임 메모

교우관계에서 진전을 보이지 않아. 친구라고 부를 수 있는 학생이 아직 없는 듯하다.

○저마다의 생각

드디어 스도와 C반의 사건 회의가 하루 앞으로 다가왔다. 호리키타의 도움으로 사쿠라라는 목격자를 얻었고, 쿠시다와 히라타가 나서서 반 전체에 활력과 용기를 불어넣었다. 반이 다소 단합되었다고 할 수 있다.

하지만 결정타가 빠졌다는 점은 명백했고, 스도의 무죄를 증명하기는 아직 어려웠다.

이 심의의 어느 위치에 선을 긋는가에 따라 싸움의 형태가 크게 달라진다.

"그나저나 오늘도 덥네……."

지구온난화 문제를 제일 걱정하게 되는 것은 에어컨이 도는 건물을 나오는 순간이다.

지금부터 8월 한 달 내내 매일 괴로워할 것을 생각하면 도무지 의욕이 올라가지 않는다.

기숙사 로비에서 나오자마자 후끈후끈 더운 바람이 나를 확 덮쳤다. 학교까지 가는 몇 분 사이에 피부가 타는 고통을 견디며, 초록 잎이 울창하게 우거진 가로수 길을 지났다.

그날이 여느 때와 다르다는 사실을 깨달은 것은 신발장 조금 앞에 있는 계단 층계참의 게시판을 보고서였다.

거기에는 스도, C반 무리와 관련된 정보를 가진 학생을 찾는다는 벽보가 붙어 있었다.

"이건——."

아무래도 도와줄 사람이 움직이기 시작한 모양이다. 이러한 방식은 검토도 하지 않았기에 무척 고마웠다. 정말이지 행동력이 끝내준다.

게다가 이것만으로는 약하다고 생각했는지, 유력한 정보 제공자에게는 포인트를 지급할 용의가 있다는 말까지 적혀 있었다. 이러면 원래 흥미가 없었던 학생들의 관심도 이끌어낼 수 있다.

벽보의 내용을 전체적으로 훑으며 감탄하고 있는데…….

"안녕! 아야노코지!"

이제 막 학교에 도착한 이치노세가 뒤에서 말을 걸었다.

"벽보를 읽고 있었어. 혹시 이거 이치노세, 네가 붙인 거야?"

벽보로 시선을 보내자 이치노세는 흥미롭다는 듯 덩달아 벽보를 쳐다보았다.

"아아? 그렇구나! 이런 방법도 있었네."

"뭐라고? 그럼 네가 한 게 아니야?"

나는 완전히 이치노세가 생각해낸 작전이라고 짐작했는데.

"이건 아마—— 아, 저기 있네! 안녕, 칸자키!"

이치노세가 손을 들어 한 남학생을 불렀다. 이치노세를 발견한 남학생이 조용한 발걸음으로 다가왔다.

"이 벽보, 칸자키가 붙인 거지?"

"어어. 금요일에 준비해서 붙였지. 그런데 왜?"

"아니, 이거 누가 붙였는지 얘가 알고 싶어 해서. 아, 소개할게. B반의 칸자키. 이쪽은 D반의 아야노코지."

"난 칸자키라고 해. 잘 부탁한다."

말투는 무뚝뚝하지만 성실해 보이는 학생이었다. 큰 키에 호리호리한 체형. 히라타와는 또 다른 타입의 훈남이다. 나는 그가 내민 손을 붙잡고 악수를 나눴다.

"어때, 칸자키? 유력한 정보는 있었어?"

"아쉽지만 쓸 만한 정보는 아직."

"그래. 그럼 나도 다른 게시판을 살펴볼게."

"게시판? 다른 데도 벽보가?"

내 질문에 이치노세가 살짝 웃으며 아니라고 부정했다.

"학교 홈페이지에 들어가 본 적 있어? 거기에 게시판이 있거든. 그 게시판에도 정보 제공을 호소하는 글을 올렸어. 학교에서 일어난 폭력 사건의 목격자가 있으면 부탁이니 알려달라고."

이치노세가 휴대전화 화면을 보여주었다.

그곳에는 정말로 목격자를 모으는 글이 올라와 있었고, 조회 수까지 알 수 있었다. 아직 수십 명밖에 읽지 않았지만, 직접 물으며 돌아다니는 것보다 훨씬 효율적이다.

그곳에도 유력한 정보를 제공하는 사람이나 목격자에게 보답으로 포인트를 지급할 용의가 있다고 되어 있었다.

"아, 포인트에 대한 거라면 너무 신경 쓰지 마. 우리가 마

음대로 쓴 거니까. 그리고 지금 반응만 봐서는 새로운 정보를 얻기 어려울지도 모르고. ……아."

"왜 그래?"

"메일이 두 통 왔어. 정보가 좀 있다고."

이치노세가 휴대전화 화면을 확인했다.

잠시 메일을 확인한 이치노세는 다 읽은 후 옅은 미소를 날렸다.

"이런 느낌인데."

우리도 내용을 읽을 수 있게 휴대전화를 기울여 보여주었다.

"사건에 연루된 C반의 이시자키가 중학교 시절에 꽤 불량했나 봐. 주먹으로 좀 알아줘서 그 지역 애들이 무서워했다고. 같은 지역 아이가 폭로한 건가."

"흥미롭군."

나와 함께 가까이에서 내용을 읽은 칸자키가 중얼거렸다.

나도 칸자키처럼 무척 흥미롭고 재미있는 정보라고 생각했다. 스도에게 당한 삼인조는 모두 지극히 평범한 학생인 줄 알았기 때문이다. 하지만 싸움에 익숙한 인물이 있었다면 이야기는 달라진다. 나머지 두 사람도 농구부니까 운동신경 자체는 그리 나쁘지 않으리라. 그런 세 사람이 주먹 한 번 날리지 못하고 일방적으로 당하기만 했다? 분명한 부자연스러움을 느끼지 않을 수 없다.

"칸자키, 이거 보니까 어떤 생각이 들어?"

"어쩌면 스도한테 일부러 당한 건지도 모르겠다는 생각? 세 사람이 스도를 함정에 빠트리기 위해 움직였다고 생각하면 이야기가 자연스럽게 이어져."

"응, 내 생각도 그래. 역시 칸자키, 정곡을 찌르네. 이제 이 정보의 확실한 근거를 찾으면 스도의 무죄가 한 걸음 가까워질지도 모르겠어. 하지만 그래도 아직은 약한가."

"그래. 심증을 잘 밝혀냈다고 해도 겨우 본전일 거야. 아무리 해도 일방적으로 때렸다는 사실이 무겁게 억누르고 있으니."

쌍방 처벌로 끝나는 것은 스도도 바라지 않으리라. 두 사람은 최대한 책임의 비중을 완화시키려고까지 생각하는 듯했다.

"D반의 목격자 의견까지 합하면 6대4, 아니면 7대3까지 가져갈 수 있을지도 몰라. 네가 알아본 건 어떻게 됐어? 확실한 목격자였어?"

"아니, 아직 그건 뭐라고 말할 수가 없어."

나는 사쿠라의 이름을 밝히지 않고 아직 교섭하는 중이라고만 답했다.

"그래……. 뭔가 사정이 있는 건가……?"

사쿠라의 문제는 예민하기에 자세한 설명을 피했다. 당일이 되어 역시 못하겠다고 말할지도 모른다. 그러니 도망칠 구멍은 마련해주고 싶었다.

"역시 다른 목격자는 찾지 못했네. 나와준다면 일이 재미

있어지겠지만 아무래도 힘들 것 같아. 더는 시간이 없는데, 인터넷이랑 벽보 쪽에 정보가 나오길 기다려볼 수밖에."

"정말 그래도 괜찮아? 이렇게까지 도움을 주다니. C반 녀석들한테 찍힐지도 모르는데."

"걱정 마, 걱정 마. 어차피 C반이랑 A반 양쪽이 우릴 노리고 있을 테니까."

"이치노세의 말이 맞아. 우린 문제 될 게 하나도 없어. 그리고 규칙을 바탕으로 한 경쟁이라면 우리도 바라는 바지만, 이번 일은 규칙 위반, 그러니까 용서할 수 없는 행위야."

이치노세와 칸자키는 정정당당하게 학교 측 그리고 동급생과 싸우려는 태도를 보였다.

"일단은 정보를 준 아이에게 포인트를 지급해줘야겠네. 아, 하지만 익명이었는데…… 어떻게 포인트를 양도하지?"

"내가 알려줄까?"

"아야노코지는 알아?"

"휴대전화를 이것저것 누르다가 알게 됐어. 상대방의 메일 주소는 알지?"

"무료 메일만 알아."

이치노세가 가까이 다가와 휴대전화를 보여주었다. 뭐랄까, 무방비적인 거리다.

여자애라면 보통 이 정도 거리 안에 남자애를 들이고 싶어 하지 않을 텐데…….

구체적으로 어디에서 나는지는 모르겠지만, 이치노세에

게서 기분 좋은 향기가 감돌았다.

"그럼 포인트 송금 화면을 열어 줘. 왼쪽 위에 자기 ID 번호가 있을 거야."

심박 수가 조금씩 상승하는 것을 애써 감추면서 지시했다.

"으음."

이치노세가 보드라운 손길로 화면을 체크했다.

그리고 자신의 포인트 페이지로 이어지는 버튼을 눌렀다. 로딩이 끝난 후 페이지가 표시되었다.

그 순간 이치노세가 갑자기 "아" 하고 작게 목소리를 흘리더니 내 앞으로 화면을 내밀었다.

"있네, 있어. 이거지? 이 ID 번호를 어떻게 하면 되는데?"

"그 ID 번호에서 일시적으로 토큰 키를 발행할 수 있어. 그걸 상대방에게 전달하면 입금 요청이 올 거야."

"그렇구나. 고마워."

"그럼 가볼까, 아야노코지."

"응."

이치노세가 먼저 걸음을 떼기 시작했다.

"…………."

방금, 순간적으로 본 이치노세의 휴대전화 화면의 어느 부분이 뇌리에서 떠나지 않았다.

무엇을 어떻게 하면 그게 현실적으로 가능하다는 말인가.

호리키타가 목표로 삼은 A반, 어쩌면 이치노세가 그것을 막을 큰 걸림돌이 될지도 모르겠다.

1

"안녕! 아야노코지!"

"어. 어어. 안녕."

오늘은 쿠시다가 평소보다 훨씬 더 밝고 건강하게 인사를 건넸다. 그 기세와 눈부신 모습에 나는 반사적으로 몸을 뒤로 젖혔다.

"어제 일은 정말 고마웠어. 덕분에 살았다니까."

아니, 그렇게 눈부신 얼굴로 말하면 엄청나게 기쁘긴 한데, 별로 뭔가를 도와준 기억이 없다. 오히려 처음으로 휴일에 외출했고, 게다가 쿠시다와 사쿠라 같은 여자애들과 놀지 않았는가. 분에 넘칠 정도다. 아아, 이케랑 야마우치가 등교하기 전이어서 정말 다행이다.

이런 대화를 녀석들이 듣기라도 했다면 쓸데없이 미움을 샀을 것이 틀림없다.

"다음에 또 같이 놀자."

"그, 그래."

그냥 형식적으로 하는 말인 게 뻔한데도 가슴이 조금 두근거린다. 아아, 나쁘지 않아.

"휴일에 쿠시다랑 같이 있었니?"

옆 주인의 목소리. 나는 그래, 하고 가볍게 대꾸했다.

"사쿠라 일로 도움이 좀 필요하다고 해서. 그래서 별수 없이."

"그래?"

"그런데 그게…… 왜……."

대수롭지 않게 옆으로 고개를 돌렸는데, 그곳에는 지금껏 한 번도 본 적 없는 표정의 호리키타가 있었다.

"왜, 왜 그래?"

"뭘?"

"아니, 왠지 표정이 엄청 무서워서."

"그래? 별로 아무 생각 없는데, 평소대로지. 그냥 꽤 멋대로 움직이게 되었구나 하고 감탄했을 뿐이야. 내가 부탁할 때는 시큰둥하면서 상대가 쿠시다일 때는 바로 승낙하는구나. 그 차이가 뭔지 냉정하면서도 진중하게 분석하던 중이야."

냉정하면서도 진중하게 말하는 것치고는 표정이 전혀 그렇지 않은데.

쿡쿡, 누가 손가락으로 어깨를 찔러서 봤더니 쿠시다가 내게 따라오라고 손짓했다.

그 모습에 호리키타는 또 무시무시하고 알쏭달쏭한 표정을 지었다.

복도까지 따라 나가자 쿠시다는 교실 안을 힐끔힐끔 살피며 입을 열었다.

"있지, 방금 굉장히 신선한 걸 목격한 느낌이 들어. 저런 표정도 지을 줄 아네, 호리키타."

쿠시다는 호리키타가 짓는 표정의 의미를 알았는지 놀라

움과 기쁨을 동시에 드러냈다.

"신선? 내가 보기엔 심기가 불편하고…… 살짝 화난 것 같은데……."

"아니야. 저건 자기를 불러내지 않아서 쓸쓸하다는, 소외감을 느꼈기 때문이라고 봐."

"저 호리키타가? 설마."

"본인도 무의식중에 나온 거겠지……. 분명 친구랑 이야기를 나누거나 같이 지내는 시간의 즐거움을 깨달은 것 아닐까? 좋은 징조야, 좋은 징조."

그건 이상한 이야기다. 호리키타는 쿠시다에게 좋은 인상을 갖고 있지 않다. 그런데 자기를 불러내지 않아서 소외감을 느꼈다니, 이상하지 않은가.

"혹시 아야노코지, 근본적인 걸 착각하고 있는 거 아니야? 호리키타는 네가 자기를 불러내지 않은 게 싫었던 거야."

아니 아니, 그거야말로 절대 아니라고 보는데……. 녀석은 고독을 제일 좋아하는 소녀라고.

휴일에 누군가와 밖에 나가는 것, 특히 나 같은 남자와 밖에서 만나는 것에 즐거움 따위를 발견할 리가 없다. 실로 불가사의한 현상을 만난 순간이었다.

2

조례를 마친 차바시라 선생님을 교무실 앞에서 불러 세웠다. 교실 안이면 남들 눈에 띄기 때문에 사쿠라를 배려한 행동이었다.

어제의 전화 이야기를 결국 말하지 못한 나는 사쿠라와 함께 뒤에서 대기했다.

쿠시다가 일의 자초지종을 차바시라 선생님에게 잘 전하겠지.

"목격자? 스도 사건의?"

"네. 사쿠라가 사건을 처음부터 끝까지 봤대요."

쿠시다가 뒤에서 가만히 대기 중이던 사쿠라를 불렀다. 사쿠라는 살짝 긴장한 표정으로 걸음을 옮겼다.

"쿠시다 말로는 네가 스도와 C반 애들의 싸움을 목격했다는데."

"……네. 봤어요."

자신이 없다, 기보다는 선생님의 시선에 마음이 불안해 보였다. 그래도 증언하기로 약속한 사쿠라는 진실을 천천히 털어놓았다.

차바시라 선생님은 끝까지 한마디도 끼어들지 않고 잠자코 들었는데, 옆에 있던 우리도 처음 듣는 이야기였다.

"네 이야기는 잘 들었다. 하지만 그걸 그대로 받아들이는 건 무리일 듯하구나."

목격자의 발견에 담임 차바시라 선생이 기뻐하리라고 쿠시다는 생각했겠지.

기대를 배신당한 쿠시다는 당황해서 이유를 물었다.

"어, 어째서요, 선생님?"

"사쿠라, 왜 이제 와서 증언을 한 거야? 내가 조례 시간에 물었을 때는 나서지 않았으면서. 그때 결석한 것도 아니잖아?"

"그건…… 그게…… 저는 사람들 앞에서 말하는 걸, 잘 못해서……."

"말하는 걸 잘하지 못하는데 이제 와서 증언하는 것도 좀 이상하지 않나?"

차바시라 선생님의 추궁은 당연했다. 처음부터 나섰더라면 선생님도 그대로 목격자의 존재를 기뻐해주지 않았을까.

"선생님, 사쿠라는──."

"지금 나는 사쿠라한테 묻고 있어."

날카롭게 노기가 실린 목소리로 차바시라 선생님이 쿠시다의 말을 막았다.

"저기…… 반, 친구가, 힘든 상황이어서…… 제가 증언하면, 도움이 되니까…… 그런 생각에……."

눈앞에 뱀을 둔 개구리처럼 사쿠라는 점점 작게 움츠러들었다. 그래도 차바시라 선생님은 담임이니까 사쿠라라는 소녀의 성격을 잘 파악하고 있을 터.

이렇게 진실을 말하는 것만으로도 크나큰 진전이라고 느끼리라.

"그렇군. 너 나름대로 용기를 짜냈다는 거구나?"

"네……."

"그래? 네가 목격자라면 나는 당연한 의무로 그 사실을 학교 측에 알릴 용의가 있다. 하지만 그 이야기를 학교 측이 그대로 받아들여서 스도가 무죄가 되는 일은 아마도 없겠지."

"어, 어째서인가요?"

"사쿠라가 진짜 목격자가 맞는가 하는 점 때문이다. D반이 마이너스 평가를 받는 게 두려워서 만든 거짓말일지도 모른다고 난 생각하거든."

"차바시라 선생님, 그 말씀은 너무 심해요!"

"심해? 정말로 사건 현장을 목격했다면 첫날 알렸어야지. 기한이 아슬아슬해졌을 때 등장하니 의심을 사는 건 당연하다. 그것도 목격자가 D반에서 나왔으니 더더욱. 의심을 안 하는 게 무리지. 그렇게 생각하지 않니? 꼭 짠 것처럼 같은 반 학생이, 사람들이 잘 드나들지도 않는 교정에 있다가 우연히 사건을 목격했다니. 지나치게 아귀가 딱 들어맞잖아?"

차바시라 선생님의 말도 일리가 있다.

사쿠라가 사건을 목격했다는 사실은 마치 짜 맞춘 듯 앞뒤가 잘 맞아떨어진다. 의심을 사도 별수 없다.

나라도 제삼자에게 들었다면 분명 반에서 지어낸 이야기라고 생각하리라.

공정하게 판단을 내리면, 목격 증언으로서 약한 것이 당연하다.

"하지만 목격자는 목격자니까. 거짓말이라고 단정 지을

수도 없는 일이야. 일단은 수리하마. 그리고 아마도 심의 당일, 사쿠라 네가 증인 출석을 해야 할 거야. 남이랑 얽히기를 싫어하는 네가 그게 가능할지 모르겠구나?"

시험하는 듯한 발언으로 사쿠라를 뒤흔드는 차바시라 선생님.

아니나 다를까 사쿠라는 그날 일을 머릿속으로 상상했는지 얼굴이 점점 창백해지는 느낌이었다.

"그게 싫으면 빠지는 것도 방법이다. 빠질 거면 심의에 나올 스도한테 전해주도록."

"괜찮아……? 사쿠라."

"으, 으응…….”

일단 대답은 돌아왔지만, 자신 없어 보였다.

남들 앞에서 증언하는 것도 모자라 당일 스도와 함께 심의에 출석해야 한다니.

그 일을 강요하는 것은 너무 심한데…….

"저희가 대신 들어가면 안 될까요, 선생님?"

역시 쿠시다가 나섰다. 사쿠라를 보호하려는 것이겠지.

"스도 본인의 승낙이 있으면 허락하마. 하지만 몇 명이고 다 되는 것은 아니다. 최대 두 사람까지만 동석할 수 있어. 그럼 잘 생각해보렴."

쫓겨나듯 교무실을 뒤로 한 우리는 교실에 남은 호리키타에게 모든 것을 설명했다.

"당연하다면 당연한 결과네."

"미안해…… 내가, 좀 더 빨리 나섰으면……."

"그럼 물론 사태가 다소 달라졌을지도 모르지. 그래도 그리 큰 차이는 없었을 거야. 목격한 인물이 D반이었다는 게 운이 나빴어."

호리키타 나름대로의 위로인지, 사쿠라를 감싸듯 그렇게 말했다.

누구나 인정할 수 있는 목격자가 나오지 않는 이상, 스도를 무죄로 만들기는 무리다.

"그리고 쿠시다. 그날 나랑 아야노코지가 출석해도 될까? 네가 사쿠라에게 의지가 된다는 건 충분히 잘 알지만, 토론은 또 별개의 문제니까."

"그건…… 응, 그러네. 나는 그 부분에는 도움이 안 될지도 모르겠어."

호리키타와 쿠시다가 손을 맞잡으면 완벽할 텐데, 하고 중간에 끼어들려다가 그만뒀다.

그것이 성립하지 않으니까 대역으로 나를 지목했겠지.

"사쿠라도 괜찮니?"

"……괜, 괜찮아."

전혀 괜찮아 보이지 않지만, 이 자리에서는 그렇게 대답할 수밖에 없겠지.

3

확인도 할 겸 우리는 점심시간에 교실에서 작전 회의를 열었다.

호리키타는 내키지 않아 보였지만, 쿠시다의 눈물 섞인 애원에 결국 참여했다.

본인 왈, 별 상관없는 부분에서 타협해두면 중요한 부분에서 거부하기 쉽다나?

넌 언제 어디서든 거부할 거잖아 하고 생각하면서도, 그냥 가만히 있었다.

"내일…… 스도의 무죄를 증명할 수 있을까?"

"당연한 걸 뭘 물어, 쿠시다. 난 함정에 빠진 것뿐이니까. 무죄가 뻔해. 안 그러냐?"

두 사람이 거의 동시에 호리키타에게 의견을 물었다.

대답하고 싶지 않은지 아니면 귀찮아서인지 호리키타는 아무 말 없이 빵을 입으로 가져갔다.

"어이, 호리키타. 어떠냐니까?"

눈치도 없는 스도가 호리키타의 얼굴을 들여다보았다.

"불결한 얼굴, 가까이 가져오지 말아줄래?"

"……부, 불결하지 않아!"

생각지 못한 직구에 스도는 상처받았는지 동요했다.

"네가 간단히 무죄를 증명할 수 있다고 생각하는 게 정말 신기해. 대항할 자료를 모았다고 해도 아직은 훨씬 불리한 상황이라고."

"진실을 아는 목격자, 적의 불량했던 행실. 그거면 충분하잖아. 나쁜 놈들이라고."

자기가 한 일은 덮어두고 의기양양하게 다리를 꼰 스도는 고개를 두세 번 끄덕거렸다.

"야, 아직 읽던 중이니까 이리 내!"

"괜찮잖아? 나도 반띵 했으니까. 다 읽고 준다니까."

이케와 야마우치가 만화 주간지 쟁탈전을 벌였다. 아까부터 조용하다 했더니 만화를 보던 중이었나. 포인트가 없다고 노래를 부르면서, 매주 나오는 잡지를 살 돈은 어디서 나오는지 놀라울 따름이다.

"아얏……?"

그 광경을 지켜보던 내 옆에서 쿠시다가 생각에 잠긴 포즈를 취했다.

"……혹시……."

"응? 왜 그래?"

"아, 아니. 아무것도 아니야. 그냥 좀 걸리는 부분이 있어서."

잘은 모르겠지만, 쿠시다는 휴대전화를 꺼내 검색을 시작했다.

4

기숙사로 돌아온 나는 침대에 누워 멍하니 텔레비전을 보았다.

특별히 그 내용을 머리에 집어넣으려 하지 않고, 그저 이완된 분위기 속에서 시간을 보냈다.

그런 내 휴대전화로 문자 한 통이 날아왔다. 발신인은 사쿠라였다.

'혹시 내가 내일 학교에 안 가면 어떻게 되는 거야?'

'그게 무슨 소리?'

짧게 답장을 보내고 사쿠라의 문자가 오길 기다리기로 했다.

'지금, 뭐해?'

답장이 왔다. 나는 혼자 방에 있다고 알려주었다.

'혹시 시간 되면 지금 좀 와줄 수 있어? 1106호야.'

'그리고 이건 우리만 아는 비밀로 해주면…… 좋겠어.'

연달아 날아온 두 통의 문자, 라기보다도 거의 채팅에 가까운 느낌이었다.

무슨 일이지. 몸을 일으킨 나는 이유를 물어볼까 하고 휴대전화 버튼을 누르다가 손을 멈췄다. 무턱대고 이유를 물어봤다가 역시 아무것도 아니라는 식의 답이 오면 진상을 알기 어려워진다.

직접 만나는 편이 낫다는 직감에 나는 입력하던 문자를 새로 고쳤다.

'5분 정도 걸릴 거야.'

그렇게 보낸 후 나는 겉옷으로 손을 뻗다가 관두었다.

어차피 같은 기숙사니까 셔츠 차림으로 가도 되겠지. 나는 그대로 사쿠라가 알려준 방에 가기로 했다.

위층…… 다시 말해, 여학생들이 생활하는 공간으로 들어가는 것은 처음이다.

학교 측에서 딱히 남학생의 출입을 금지한 것은 아니어서 내가 위층으로 간다고 문제 될 일은 없다. 실제로 리얼충들은 이따금 위층으로 놀러가기도 한다.

비교적 자유가 허락되기는 해도 규정상으로는 오후 8시 이후의 출입이 제한되어 있긴 하지만. 하긴, 늦은 밤에 여학생들의 숙소에 있지는 말라는 이야기겠지.

위로 올라오는 엘리베이터의 버튼을 눌렀다. 엘리베이터 문이 열려서 타려는 순간, 타이밍이 나쁘게도 그 안에는 하필 호리키타의 모습이.

“…………”

나는 왠지 몸이 움직여지지 않아 멀뚱멀뚱 서 있었다.

운이 좋은 걸까 나쁜 걸까. 아는 아이와 우연히 마주친 이 경우는 어느 쪽일까?

“뭐야. 안 타?”

앞에서 가만히 서 있기만 한 내 모습을 보고 호리키타가 엘리베이터 문을 닫으려고 했다.

“아, 아니야. 탈 거야……”

괜히 죄지은 것 같은 느낌을 받으면서도 나는 엘리베이터에 올라타 11층 버튼을 눌렀다. 13층 버튼에 불이 켜진 것을 보니 호리키타의 방은 13층에 있나 보다.

왜 이러지, 등 뒤로 기묘한 시선이 느껴진다.

"오늘은…… 늦었네, 귀가가."

침묵을 견디지 못한 나는 뒤돌아보지 않고 호리키타에게 물었다.

"살 게 좀 있어서. 안 봤니?"

뒤에서 비닐봉지 소리가 들렸다.

"그러고 보니 넌 밥을 직접 해 먹지……."

엘리베이터는 평소와 다름없이 움직이고 있을 터였지만, 왠지 더 느리게 느껴졌다. 표시된 모니터를 보니 이제 겨우 6층을 넘어가고 있었다.

호리키타여서가 아니라, 다른 여자애가 나를 몰래 불러낸 이 상황은 그리 좋지 않다. 말하면 안 된다고 해서 마음이 이렇게 불안한 것일까.

"10층이 아니라서 다행이니?"

10층? 나는 짚이는 부분이 전혀 없는 층 이야기에 살짝 의문을 품었다.

"아닌가 보구나."

도대체 무슨 의도로 10층이라는 말을 꺼낸 것일까?

"무사안일주의자라면서 이렇게 사건에 관여하다니 꽤 적극적이네? 아니면 다른 목적이라도 생겼니?"

"하고 싶은 말이 있으면 확실히 말하지그래?"

내 속을 떠보는 게 분명한 호리키타.

"사쿠라를 만나러 가는 것 아니야?"

"아닌데?"

곧바로 부정해서 속였지만, 그게 호리키타에게 통했을지 어땠을지.

"그래? 네가 어딜 가든 나랑은 아무 상관없지만 말이야."

그럼 묻지 말라고, 하고 따지고 싶었지만 마음속으로만 해두었다.

기나긴 시간이 흐르고, 침묵 속에 드디어 11층에 도착했다. 애써 냉정한 척, 나는 엘리베이터에서 내렸다. 뒤는 돌아보지 않았다.

"실례할게……."

"……어서 와."

사쿠라가 사복 차림으로 나를 맞이했다.

"그런데 무슨 일로 나를?"

"저기…… 아야노코지가 저번에 나한테 한 말 기억해……? 내가 목격자라도 꼭 나설 의무는 없다고 했던 거. 무리해서 증언해봤자 아무 의미도 없다고."

우연히 특별동에서 사쿠라와 마주쳤을 때를 말하는군. 나는 살짝 고개를 끄덕였다.

"……나…… 역시 자신이 없어……."

"남들 앞에서 증언해야 하는 것 말이야?"

"옛날부터 못 했어…… 남 앞에서 말하는 게 어려워서…… 내일, 선생님들 앞에서 그날 일에 대해 잘 대답할 수 있을지 자신이 없어서…… 그래서…….”

“그래서 학교를 쉬고 싶다는?”

고개를 작게 끄덕이며 사쿠라가 테이블 위에 얼굴을 파묻었다.

“아———— 정말, 난 어쩜 이렇게 바보 같을까!”

손발을 마구 버둥거리며 자신을 원망했다. 이런 모습은 처음이다.

“……사쿠라, 너 의외로 하이텐션 쪽 아니야?”

평소와의 갭이 느껴져서 살짝 깼다. 아니, 놀랐다.

“뭐라곳?!”

본인도 추한 모습을 보였다고 생각했는지, 얼굴이 새빨개지며 고개를 마구 가로저었다.

“아니, 아니야. 그렇지 않아!”

그런 표정도 지을 줄 아는구나. 늘 얼굴을 가리기만 해서 미처 몰랐다.

“한 가지만 물어봐도 될까? 왜 나한테 연락했어?”

쿠시다도 있고 다른 학생도 있고, 나보다 좀 더 편하게 이야기를 들어줄 아이는 얼마든지 있다.

“아야노코지는, 눈이 무섭지 않으니까…….”

응? 그게 무슨 소리지? 물론 나는 눈매가 무서운 편은 아니지만…….

“상담 쪽은 쿠시다가 자기 일처럼 더 잘 들어줄 텐데. 친구도 많고.”

"아, 그게 아니라. 겉으로 보이는 눈 말고. 눈 안이라고 해야 하나……. 상대방의 눈을 보면 왠지 알 수 있거든……. 미안해, 표현을 잘 못 하겠어."

본인 나름의 직관 같은 것인가?

내가 병약하고 패기가 없어 보인다는 건가…… 아아, 머리가 좀 복잡해졌다.

"남자는…… 친절해 보이는 사람도, 갑자기, 무섭게 돌변하기도 하고 그러니까……."

남자가 무섭게 보이는 것은 어쩔 수 없는 일인지도 모르겠지만, 사쿠라는 이상할 정도로 겁에 질린 표정이었다. 그러고 보니 지난번에 디지털카메라를 맡겼을 때도…….

물론 마음만 먹으면 남녀의 완력, 체력 차는 확연히 드러난다.

그래도 보통은, 그런 것에 신경 써가며 두려움에 떨면서 사는 사람은 거의 없다.

과거에 잠재적으로 남자를 무섭게 여길 만한 일이 있었던 것일까?

……뭘 또 내 멋대로 분석을 하고 있어. 변함없는 내가 살짝 혐오스럽다.

"본 걸 그대로 말하기만 하면 된다는 거 잘 알아. 하지만 아무리 해도 상상할 수가 없어서…… 어떻게 해야 적극적으로 말할 수 있어?"

나 같은 학생한테 도움을 요청할 정도라니. 요 며칠 계속 고민했겠지.

결국 생각해낸 구원자가 나라는 사실이 그 괴로움을 잘 보여준다.

"그만두고 싶으면 내가 대신 말해줄까?"

"……너는 화 안 나……?"

"처음에 말했잖아. 강요된 증언에는 아무런 의미도 없다고."

사쿠라는 귀중한 증인이지만, 확실한 증거가 되지는 않는다. 무죄가 되지 않는 이상 별로 영향력이 없다고도 할 수 있다. 다만, 빠지면 스도가 화를 내겠지.

어떻게든 해서 스도를 구슬려야 할 필요가 있지만, 방법은 얼마든지 있다.

"저기……. 아야노코지는 내가 어떻게 하는 게 제일 낫다고 생각해……?"

"사쿠라 네가 하고 싶은 대로 하면 돼."

구체적인 지시를 원할지도 모르지만, 미안하게도 그것은 무리한 요구다.

나는 누군가를 지휘할 만큼 뛰어난 인간도 아니고, 적성에도 안 맞다.

"그래. 갑자기 이렇게 물어도 곤란하겠지…… 나, 정말 답 안 나오는 애지? 이러니까 친구가 하나도 안 생기는 거야……."

자기 자신이 싫었는지, 사쿠라는 어깨를 떨구며 쓸쓸한 미소를 지었다.

"사쿠라 너라면 금방 좋은 친구가 나타날지도 몰라."

"전혀……. 어떻게 대화를 나눠야 좋을지도 만족스럽게 알지 못하는 걸…… 아야노코지는 여러 애들이랑 사이가 좋아보여서 좀 부러워."

"나야말로 전혀──."

사쿠라의 눈에 비치는 나는 친구가 많아서 즐거워 보이는 모습인가 보다.

"이렇게 말하면 주제넘게 들릴지도 모르겠지만, 친구 같은 거잖아. 우리."

나는 손가락으로 나와 사쿠라를 교대로 가리켰다.

"……친구, 라고?"

"사쿠라가 아니라고 말하면 아닐지도 모르지만."

"아니……. 정말 기뻐…… 그렇게 말해줘서……."

아직 어딘가 망설이면서도 사쿠라가 그렇게 답했다.

지금 내가 아는 것은 남과 제대로 마주 보고 대화를 나누지 않으면 그 본질이 보이지 않는다는 사실이다. 나는 오늘 알게 된 사쿠라의 의외의 일면에 깜짝 놀랐다.

사쿠라가 내면을 조금만 더 내보인다면 금방이라도 친구가 생길 텐데.

정말로 아주 조금만 바뀌면 된다. 하지만 그 아주 조금의 변화라는 것이 어렵겠지.

남이 보기에는 별 문제가 되지 않는 일이라도 막상 자기 일이 되면 이야기는 달라진다.

"고마워. 오늘, 나 같은 애를 만나러 와줘서."

"별일도 아닌데, 뭐. 이 정도 일이라면 언제든 불러만 줘."

이걸로 조금이라도 사쿠라의 부담이 줄어들었다면 내게도 가치가 있다는 소리겠지.

내일 학교에 올지 안 올지, 그것은 사쿠라 본인에게 맡기기로 하자.

더는 할 말이 없는 것 같아 방을 나가려는데, 사쿠라는 아직도 어딘지 힘없는 모습이었다.

"혹시 지금부터 뭐 할 일 있어?"

"지금부터……? 아니, 특별히 없는데. 랄까, 늘 없지만."

으음, 나도 대체로 그런데, 남의 입으로 그런 소리를 들으니 좀 쓸쓸하다.

"그럼 밖에 나갈래? 네가 괜찮으면 말이야."

나는 마음먹고 사쿠라에게 놀자고 말해보기로 했다.

잠시 내 말의 의미를 이해하지 못했는지, 시간을 잊어버린 듯 사쿠라가 굳었다.

그러더니 대뜸 자리에서 벌떡 일어났다.

"아앗?!"

그 순간 무릎이 테이블에 부딪힌 사쿠라가 바닥에 넘어졌다. 안경이 공중으로 휙 날아갔다.

"방금 꽤 아파 보였는데…… 괜찮아?"

"저……전혀 아무렇지도 않아앗……!"

눈가에 눈물이 맺혀, 극심한 고통을 참아가며 그렇게 말하니까 전혀 설득력이 없다.

나는 날아간 안경을 주워들었다. 역시 도수가 없다.

안경을 내밀자 사쿠라는 떨리는 손으로 받아들고 감사를 표한 후 안경을 도로 썼다. 1분 정도 고통과 격투를 벌이는 사쿠라였지만, 겨우 안정되었는지 냉정함을 되찾았다.

"어, 어디에 갈 건데?"

잘 모르겠지만, 그녀가 경계하고 있다는 것만은 알 수 있었다.

혹시 데이트 신청으로 받아들인 건가……. 그건 좋지 않은데.

"구체적으로 생각나는 데는 없는데. 이 근처를 어슬렁거려보자는 느낌? 아, 하지만 더운 건 싫으니까……."

어떻게 할지 고민하고 있는데 사쿠라가 미안하다는 투로 말했다.

"혹시 괜찮으면…… 가고 싶은 곳이 하나 있는데…… 그곳이라도 괜찮을까?"

"뭐? 아아, 전혀 상관없어. 아니 오히려 그럼 고맙지."

나는 장소보다도, 분위기를 바꿔 대화를 나누고 싶을 뿐이니까.

사쿠라가 가고 싶어 하는 장소가 있다면 그거야말로 바라는 바다.

5

가보고 싶은 데가 있다는 사쿠라를 따라 찾아간 곳은 뜻밖의 장소였다.

교정에서 떨어진 곳에 위치한 동아리 활동 전용으로 마련된 건물의 일부.

궁도부, 다도부 등 전통의 맛이 느껴지는 곳으로 사쿠라가 나를 안내했다.

조금 먼 곳에서 이따금 화살을 쏘는 소리가 들려왔다.

"너, 동아리 활동을 하는 건 아니지?"

"응. 그래도 한 번 와보고 싶었어. 혼자 오면 아무래도 눈에 띄니까……."

만약 이 주위를 혼자서 어슬렁거리고 있다면 아마 동아리 활동에 관심 있는 학생이라고 누가 말을 걸었을 것이 틀림없다. 하지만 남녀가 함께 움직이면 그냥 데이트로 보이겠지.

"나한테 왜 같이 나가자고 한 거야?"

"응? 왜냐고? 새삼 그렇게 물어보니까 대답하기 힘든데."

내일 정말로 괜찮은지 걱정되어서, 하고 말해봤자 불안만 키울 뿐이다.

"기분전환을 하면 좋을 것 같아서? 나도 대체로 혼자 있는 고독한 소년이니까 방에 있을 때가 많거든. 아무래도 감정을 계속 쌓아두기만 하는 경향이 있지."

내가 겨우 생각해낸 대답이 이해되지 않는지 사쿠라는 회의적인 태도를 보였다.

"아야노코지는 친구가 많이 있지 않아?"

"……있다고? 이를테면?"

"호리키타, 쿠시다, 이케, 스도, 야마우치……."

손가락을 꼽아가며 이름을 댔다.

"그 애들은…… 아, 물론 친구는 친구지만. 뭐랄까, 그 정도까지는 아니랄까. 아직 나는 겉도는 느낌이 들어. 사쿠라, 네 눈엔 사이가 좋아 보여?"

망설임 없이 고개를 끄덕이는 사쿠라. 사쿠라가 그렇다면 그럴지도 모르겠다.

자신은 자기 모습을 모르는 법이니까.

"난 친구를 만드는 방법 같은 거, 전혀 몰라서…… 부러워. 이렇게 아야노코지한테 친구라는 이야기를 들은 것도 처음이야."

"쿠시다는? 처음 너한테 말 걸어준 사람은 쿠시다잖아?"

미안하다는 듯 사쿠라가 자조 섞인 미소를 지었다.

"그래. 쿠시다한테는 언젠가 사과하고 싶어. 나한테 말 걸어준 것도, 같이 놀자고 해준 것도 쿠시다였는데 난 용기가 없어서……. 사실은 같이 놀고 싶었지만. 아무리 노력해도 대답을 할 수 없어서. 정말 한심하지?"

누구나 쉽게 응답할 수 있다면 애초에 고민도 없을 것이다.

호리키타는 이케와 야마우치 같은 아이들을 바보 취급하지만, 전혀 모르는 남에게 자연스레 다가갈 수 있는 것은 아주 대단한 일이라고 새삼 실감한다.

그것도 훌륭한 한 가지 재능이다.

"내일 일에 대해서, 딱 하나만 충고해도 될까?"

힘내라는 격려를 던질 생각은 없다.

그저, 사쿠라가 사쿠라로서 내일에 임했으면 좋겠다는 생각이 들었다.

"스도를 위해, 쿠시다를 위해. 반 친구를 위해. 그런 생각은 일단 전부 버려."

"뭐엇······? 전부······ 버리라고?"

"내일 증언을 하는 건 사건을 목격했다는 진실을 말하는 자기 자신을 위해서야."

자신을 소중히 여길 줄 알고 나서 남을 소중히 여기면 된다. 하지만 사쿠라는 아직 자신을 소중히 여길 줄 모른다.

아픔을, 슬픔을, 괴로움을 혼자 껴안는 경향이 있다.

"자기 자신을 위해 진실을 말하는 거야. 그 결과 스도랑 다른 아이들이 구원을 받는 거고. 그거면 충분해."

이 말이 얼마나 효과가 있을지는 잘 모르겠다.

거의 의미 없는 충고일지도 모른다.

하지만 누군가가 자신을 위해 말해주는 과정은 분명 가치가 있으리라.

예전에 내가 원하고 또 원했던 일이니까.

고독과 계속 싸우며 홀로 느꼈던 괴로움을, 나의 고통을 알아주는 사람이 나타나길 바랐으니까.

"······고마워, 아야노코지."

분명 사쿠라의 마음에, 아주 조금은 전해졌을 것이다.

6

그날 밤, 쿠시다의 지시 아래 스도를 제외한 모든 멤버가 내 방에 모였다.

쿠시다는 호리키타에게도 제안한 모양이지만, 결국 호리키타는 오지 않았다.

"뭔가 진전이 있었어? 쿠시다."

"진전도 진전이지만 놀라운 걸 알아냈어. 아야노코지, 컴퓨터 좀 써도 돼?"

응, 하고 내가 허락하자 쿠시다는 기숙사에서 마련해준 데스크톱 컴퓨터의 전원을 켜고 인터넷에 접속했다.

"짠! 이것 좀 봐."

쿠시다가 접속한 페이지는 누군가의 블로그였다. 공들여 만든 것이, 개인 블로그라기보다 업자의 손길이 들어간 본격적인 홈페이지 같았다.

"앗, 이 사진은. 시즈쿠잖아?"

"시즈쿠?"

"그라비아 아이돌이야. 얼마 전까지 소년 잡지에도 실렸었지."

블로그에는 개인이 업로드 한 것으로 보이는 사진이 몇 장 있었다. 그라비아 아이돌인 만큼, 외모도 몸매 비율도 꼬투리 잡을 부분이 전혀 없다.

"이 애, 어디서 본 것 같지 않니?"

"본 적 있긴 뭐가? 시즈쿠잖아?"

"자세히 좀 봐봐."

쿠시다는 아이돌 시즈쿠의 얼굴로 스크롤을 올렸다. 이케는 찬찬히 뜯어본 후…….

"……귀엽다."

"그게 아니라! 얘, 사쿠라 아니야?"

"쿠시다, 누가 누구라고?"

"우리 반 사쿠라."

"뭐……? 아니, 사쿠라라니. 아니 아니, 그럴 리가 있냐!"

웃음을 터뜨리는 이케. 하지만 바로 옆에 있던 야마우치는 점점 표정이 굳어졌다.

"저기, 이케…… 나, 냉정하게 다시 보니까, 그게, 사쿠라를 좀 닮은 것 같아……."

"하지만 안경을 안 쓰고 있잖아? 머리 모양도 다르고."

"그렇게 생각하는 건, 아무리 그래도 심하게 단세포 같은데……."

나도 언뜻 봤을 때는 몰랐지만, 틀림없이 사쿠라였다.

이케는 아직 두 사람의 얼굴이 일치하지 않는지 우리와 화면을 번갈아 쳐다보았다.

"그 사쿠라가, 시즈쿠라니……. 거짓말이지. 분위기는 좀 비슷하지만, 전혀 다른 사람이라니까. 그도 그럴 게 시즈쿠는 엄청 밝은 느낌 아니냐? 응, 아야노코지?"

올라온 사진은 전부 귀여움이 묻어났고, 사진 찍히는 데에 익숙한 모습이 엿보였다.

하지만 사쿠라가 아이돌 시즈쿠와 동일인물이라는 것을 뒷받침할 증거를 발견했다.

"아니, 쿠시다 말처럼 사쿠라가 확실해. 여길 봐."

나는 올라온 사진 중 하나를 가리켰다.

"아주 살짝만 보이지만, 우리 기숙사 방문이 찍혀 있어."

"정말! 기숙사랑 똑같네."

요컨대, 매우 높은 확률로 우리 기숙사 방에서 촬영했다는 것이다.

"그럼 역시 사쿠라가 시즈쿠였나…… 아직 전혀 실감 나지 않는데."

"용케 알아냈네, 쿠시다."

이야기를 듣고 보니 분위기 같은 것이 겹쳐지지만, 힌트 없이는 알 수 없었다.

"이케랑 애들이 주간지 읽는 걸 보고 생각났어. 왠지 사쿠라, 어디서 본 얼굴 같았거든."

"우리 반에 그라비아 아이돌이 있었다니! 흥분된다!"

흥분을 억누르지 못한 이케는 슈퍼 하이텐션이 되었다. 옆에서 그 말을 전부 들은 쿠시다는 분명 확 깼을 거다. 쿠시다가 지나치게 친절해서 당사자는 전혀 눈치채지 못하겠지만.

"하지만 시즈쿠는 인기가 오르기 시작한 후에 갑자기 모습을 감춰버렸는데."

아이돌로 활동하면서 학교에서는 눈에 띄지 않는 조용한 학생.

동전의 양면처럼 전혀 상반된 생활을 하는 이유가 무엇일까?

밤 9시에 가까워지자 슬슬 해산 분위기가 되어 모두를 현관까지 배웅했다.

"쿠시다, 할 이야기가 좀 있는데 괜찮으면 남아줄래?"

"응? 할 이야기? 알았어."

"야, 아야노코지! 너, 무슨 이야긴데?! 설마!"

아니라고 손을 휘저어 부정하면서 사쿠라와 관련된 일 때문이라고 말해도 이케는 전혀 믿어주지 않고, 내 귓가에 얼굴을 들이대며 속삭였다. 그렇게 의심하지 말라니까…….

"진짜겠지? 고백 따위 했다간 용서 안 한다?"

할 리 없잖아…… 애초에 고백해봤자 1초 만에 옥쇄할 것이 뻔하다.

"정말이야. 그렇게 걱정되면 복도에서 기다리든지. 이야기는 금방 끝나니까."

기다리겠다고 대답하는 이케. 현관 앞에 장승처럼 버티고 서 있기로 마음먹은 모양이다.

일단 남자애들을 돌려보낸 후 나는 오늘 사쿠라와 나눈 대화를 쿠시다에게 들려주었다.

"그랬어? 사쿠라가 그런 말을——."

"걔가 아이돌이라는 걸 알게 됐을 때 놀랐지만 한편으로는 이해도 가. 진짜 얼굴은 그쪽이 아닐까 하고."

직접적인 표현은 피했지만 나는 사쿠라가 쿠시다와 마찬가지로 양면성을 지닌 학생이라고 생각했다.

하지만 일련의 흐름을 들은 쿠시다는 나와 전혀 다른 결론을 내렸다.

"아마도…… 사쿠라는 아이돌 때의 모습이 가짜 얼굴 아닐까? 음, 가짜라는 표현은 좀 잘못되었나? 그 애는 자기 얼굴을 화장으로 덮어서 또 다른 인격을 만들었다고 생각해."

"화장…… 그러니까 가면을 썼다는?"

"응. 자기암시를 걸어 남들 앞에서는 미소를 만든 것 아닐까?"

쿠시다가 말하면 설득력이 있달까 뭐랄까.

나는 이 타이밍이라면 쿠시다가 전화로 말하려다가 만 이야기가 무엇이었는지 물어볼 수 있을 것 같았다.

"그런데 저번에 전화했을 때 나한테 무슨 말을 하려고 했어?"

순간 움찔, 하고 쿠시다의 어깨가 미세하게 반응했다. 기억을 굳이 더듬을 필요도 없이 쿠시다도 의식하고 있었다는 뜻이다.

"다음에 얘기할게. 지금은 사건 해결이 우선이니까. 그건 개인적인 부탁이어서."

"개인적인 부탁?"

조금 매력적인 한마디였는데, 나에게 부탁할 일이 쿠시다에게도 있다는 말인가?

자랑은 아니지만 나에게 있고 쿠시다에게 없는 것이란 없다. 공부도 인망도.

"미안. 이렇게 말하면 더 궁금해지지?"

쿠시다가 씁쓸한 미소로 두 손을 모아 사과했다.

"그럼 스도 사건이 해결된 후에는 말해줄 거지?"

"응. 그렇게 할게."

쿠시다가 휙 뒤돌아 현관문 손잡이를 움켜쥐었다.

등 너머로 쿠시다의 표정을 살피는 것은 불가능하다.

"쿠시다?"

상태가 좀 이상해서 이름을 부르자 쿠시다는 다시 뒤돌아서서 나와의 거리를 좁혔다. 그리고 까치발로 발돋움하더니 내 가슴에 손을 얹고 귓가 가까이 입술을 가져왔다.

"만약에 아야노코지가 내 부탁을 들어주면── 내 소중한 걸 줄 테니까."

그것은 마녀의 속삭임. 심장을 꽉 움켜쥐는 듯, 달콤하면서도 위험한 향기가 났다.

내게 속삭였을 때 쿠시다가 환하게 웃고 있었는지 아니면 은은한 미소를 짓고 있었는지, 나는 알 수 없었다.

단 한 가지 분명히 아는 사실은 쿠시다는 천사 따위가 아니라는 것이다.

쿠시다에 대해, 나는 내 나름대로 답을 냈다.

사람이라면 누구나 가지는 이중성, 그 부분이 남보다 조금 더 심할 뿐 아닌가 하고.

하지만 지금 눈앞에 있는 쿠시다는 어쩐지 무서웠다.

어떤 목적으로, 어떤 생각으로 행동하는 것인지, 진짜 쿠시다 키쿄라는 여자애는 어디에 존재하는지 전혀 보이지 않았다. 이중인격이 아닐까 하는 의심마저 들 정도로 큰 갭. 내게서 다시 거리를 벌리며 평소처럼 부드러운 미소를 보이는 쿠시다로 돌아갔다. 현관문을 여니 밖에서 기다리던 이케가 입을 열었다. 그의 말에 대답하는 쿠시다에게서 조금 전의 기색은 손톱만큼도 찾아볼 수 없었다.

7

모두 돌아간 뒤 나는 컴퓨터 앞에 앉아 사쿠라 아이리…… 그라비아 아이돌 시즈쿠의 블로그를 살폈다. 가장 오래된 글을 찾아보자, 블로그가 2년 정도 전에 개설되었다는 것을 알 수 있었다.

사쿠라가 그라비아 아이돌로 활동을 시작한 그 타이밍이다. 미래에 대한 생각과 부담이 쓰여 있었다. 특별히 주목할 만한 포인트가 있는 것 같지는 않았다.

참고삼아 다른 아이돌들의 블로그도 살펴봤지만 대체로 비슷비슷했다.

중학교 2학년 초반에 연예계에 데뷔하면 어떤 느낌일까?

그리고 1년간 거의 365일 블로그가 갱신되어 있었는데, 그날 있었던 일이나 생각 등이 주된 내용이었다. 팬들의 댓글에도 거의 전부 답을 달아주는 철저함이 보였다.

하지만 이 학교에 입학한 후로는 댓글에 답을 달지 않았다.

정식 무대에 그리 많이 나가지 않았다고 해도 사쿠라의 인기는 상상보다 훨씬 많았다.

트위터 팔로워 수도 5,000을 넘어섰다.

대부분 하루빨리 잡지 그라비아로 돌아와달라는 의견, 혹은 텔레비전 등에 나올 예정은 없는지 등을 묻는 팬들의 글이었다.

그중에서 나는 3개월 정도 전에 올라온 어떤 글에 무심코 시선을 빼앗겼다.

'운명이란 말을 믿어? 나는 믿어. 앞으로 우린 영원히 함께야.'

이게 다라면 팬의 지나친 망상으로 치부할 수 있다.

하지만 그 글은 매일같이 올라왔고, 점점 강도가 심해졌다.

'늘 너를 가까이에서 느껴.'

'오늘은 더 귀엽네.'

'눈이 마주친 거 느꼈어? 난 느꼈는데.'

본인이 보면 공포를 느낄 만한 글자의 나열.

마치 시즈쿠의 가까이에 있다, 라고 말하고 싶은 듯한 글이었다. 이것도 그냥 망상인가?

이 폐쇄된 학교 안에서 사쿠라와 마주치는 것이 가능한

사람은 극히 제한적이다.

학생, 교사…… 또는 학교에 출입하는 업자와 그 관계자들.

필연적으로 떠오르는 사람은 전자제품 양판점의 그 남자다.

지난주 일요일에 올라온 글을 찾아낸 나는 온몸에 소름이 돋았다. 그리고 한 가지를 확신했다.

'거봐, 역시 신은 있었어.'

이것은 내 멋대로의 상상이지만, 사쿠라는 입학한 뒤 디지털카메라를 사러 전자제품 양판점을 찾았다. 당연히 유명인인 그녀는 지난번처럼 변장했으리라. 하지만 팬에게 그런 변장은 아무 의미도 없어서 점원은 한눈에 사쿠라의 정체를 알아차렸다.

당연히 그 단계에서는 접점이 거의 없다. 그런데 사쿠라의 디지털카메라가 부서지는 상황이 발생했다. 카메라를 좋아하는 그녀로서는 그대로 가만히 있을 수 없었다. D반의 사정상 새 카메라를 사는 것은 불가능에 가까웠다. 그렇다고 수리를 맡기면 필연적으로 점원과 맞닥뜨릴 가능성이 있었다.

그래서 그날 그녀는 처음에 수리를 망설였던 것이다. 카운터에 있었던 사람이 그 점원이었기 때문이다. 한편 점원은 하늘을 나는 기분이었을 터. 필요사항 기입 등으로 자기가 가장 좋아하는 아이돌의 본명에서부터 전화번호까지 알아낼 기회가 생겼으니까 말이다.

그날 밤 사쿠라가 내게 전화를 건 것도, 의미심장한 질문을 한 것과도 이어진다.

그렇게 생각하면 일의 앞뒤가 자연스럽게 들어맞는다.

나는 도배된 글 중 최근에 그 녀석이 쓴 것으로 보이는 내용을 찾았다.

'무시하다니 너무 심한 것 아니야? 아니면 아직 눈치를 못 챘나?'

'지금 뭐해? 만나고 싶어 만나고 싶어 만나고 싶어'

뒤로 갈수록 점점 도가 지나쳤다. 물론 이걸 보는 다른 팬들은 그저 기분 나쁘다는 생각밖에 안 들겠지만, 사쿠라는 다를 것이다.

상상을 초월한 공포를 일상적으로 느껴서 겁에 질렸던 것 아닐까?

하지만 사쿠라는 그것을 우리 앞에서 숨기고, 목격자로서 학교 그리고 C반과 필사적으로 싸우려고 하고 있다. 이 남자의 존재가 무서워 기숙사 밖으로 나가는 것조차 주저하면서.

같은 학교 부지 내에 있다면 무슨 일이 벌어져도 이상하지 않으니까.

하지만 지금 이 순간부터 할 수 있는 방법은 거의 존재하지 않는다.

스토커 문제를 하루아침에 해결할 방안은 없다.

결국은 그녀의 SOS를 기다리는 수밖에 내가 취할 방법이
없어 보였다.

이름	스도 켄
반	1학년 D반
학적번호	S01T004672
동아리	농구부
생일	10월 5일

평가

학력	E
지성	E
판단력	D+
신체능력	A
협조성	D

면접관 코멘트

학력, 생활태도 모두 적잖은 문제가 있으며, 입시 결과도 학년 최하위를 기록했다. 이 결과는 당교 설립 이래 최악의 점수이며, D반 배정 이외에는 검토할 여지가 없다. 다만 스포츠, 특히 농구 기량은 중학교 시절에 이미 고등학생급이라고 평가받아, 금년도부터 스포츠 분야에 주력하는 당교에 있어 장차 기대할 만한 학생이라고 할 수 있다. 특히 정신적인 면에서의 성장이 요구된다.

담임 메모

다른 학생과의 문제를 수차례 보고받아, 주시가 필요하다는 생각이다.

○진실과 거짓

운명이 결정되는 날. 다른 것보다도 사쿠라가 등교했는지 부터 얼른 확인하고 싶었다.

교실에 들어가니 여느 때와 다름없는 광경이 펼쳐졌다. 학생들의 잡다한 대화 속에 파묻히듯 홀로 조용히 자리에 앉아 있는 사쿠라.

그녀의 표정은 평소보다 훨씬 어두웠지만, 어쨌든 학교에는 왔군.

"괜찮아?"

"아, 응. ……아무렇지도 않아."

긴장했는지 조금 초조한 느낌이었지만 그래도 냉정해 보였다.

"이런 나라도, 학교를 빠지면 큰일일 것 같아서……."

학교에 나오지 않으면 우리 반 전체가 곤란해진다는 사실을 잘 알기에 괴로워도 등교하기로 결단을 내렸다. 그런 거겠지.

스도랑 다른 애들에 대해 너무 생각하지 말라는 것은 도저히 무리인 이야기인가.

"어제 내가 말한 거 잊지 마. 다른 누구를 위해서가 아니라 너 자신을 위해 증언하는 거야."

"……응. 난 괜찮아."

이케와 야마우치 등은 호기심 어린 눈으로 사쿠라를 쳐다보고 있었다.

물론 그건 틀림없이 그녀의 정체가 아이돌이라는 것을 알았기 때문이다. 아마도 조만간 내가 내버려둬도 사쿠라는 민감하게 느끼고 말리라. 이케와 다른 아이들이 자신의 정체를 알아차렸다고.

아니다――. 사쿠라는 희미하게 웃으면서 "괜찮아" 하고 입을 작게 움직였다.

우리가 자신의 비밀을 알아차렸다는 걸, 이미 눈치챈 것이다.

아이돌을 한 경험 때문인지 미묘한 변화에 민감하다.

1

방과 후를 알리는 종소리가 울리자마자 나와 호리키타는 자리에서 일어섰다.

"마음의 준비는 했어, 스도?"

"어어…… 물론이지. 난 처음부터 준비가 다 되어 있었다고."

정신통일을 하던 중이었는지, 팔짱을 낀 채 눈을 지그시 감고 있던 스도가 천천히 눈을 떴다.

"너한테는 계속 바보 취급당했지만, 난 나야. 하고 싶은 말은 전부 다 해버릴 거다."

"마음대로 해. 이제 와서 말린다고 들을 정도로 네가 똑똑한 건 아니잖아?"

"켁, 맨날 잘난 척하기는."

이렇게 보면 견원지간 같지만, 적어도 스도는 호리키타를 싫어하지 않는다.

그렇지 않다면 아무리 유리하다고 해도 절대로 동석 따위는 하지 않으리라.

"힘내, 호리키타, 스도."

호리키타는 대답하지 않았고, 스도는 가볍게 승리 포즈를 취하는 것으로 대답을 대신했다.

"괜찮아, 사쿠라?"

잔뜩 굳어 자리에 앉아 있는 사쿠라에게 말을 걸었더니 입술을 파르르 떨며 일어섰다.

"응…… 괜찮아. 고마워……."

상상했던 것보다도 훨씬, 사쿠라는 긴장을 많이 했다. 아직 회의가 시작된 것도 아닌데 이런 심리 상태라면 만족스러운 이야기조차 나오지 못할지도 모른다.

"그럼 가자. 지각하면 인상이 나빠질 테니."

회의는 4시부터 열린다.

시계는 벌써 3시 50분을 가리키고 있었다. 느긋하게 가기에는 빠듯한 시간이다.

넷이서 교무실까지 이동하니 손을 흔들며 맞아주는 선생님이 있었다.

"야호~. D반 아이들아, 안녕~?"

경쾌하게 말을 걸어온 사람은 B반 담임 호시노미야 선생님이었다.

"듣자 하니 일이 엄청 커졌다며?"

꼭 남 일처럼(실제로도 그러하지만), 기대된다는 듯 두 눈을 반짝거렸다.

"또 무슨 짓을 하려는 거야, 너?"

"어머, 날 벌써 찾아내다니."

차바시라 선생님이 무섭게 노려보면서 교무실에서 나왔다.

"네가 살금살금 나갈 때는 대체로 나한테 켕기는 짓을 하려는 거니까."

어머, 들켰네? 하고 깜찍한 윙크를 날리는 호시노미야 선생님.

"나도 회의에 들어가면 안 돼?"

"안 될 게 뻔하지. 제삼자는 참석할 수 없다는 건 이미 잘 알 텐데?"

"아쉬워라. 뭐, 어쩔 수 없지. 한 시간 뒤에는 결과가 나올 테니까."

차바시라 선생님은 교무실 안으로 호시노미야 선생님을 강제로 밀어 넣었다.

"그럼 가볼까?"

"교무실에서 하는 거 아니었어요?"

"당연하지. 우리 학교에는 특수한 규칙이 복잡하게 존재하는데, 이번 같은 경우에는 문제가 있었던 반의 담임과 그 당사자, 그리고 학생회가 모여서 결론을 내린다."

학생회, 라는 단어를 들은 순간 호리키타가 걸음을 멈췄다. 차바시라 선생님은 고개를 살짝 돌려 예리한 눈동자로 호리키타의 표정을 살폈다.

"그만두려면 지금 말해, 호리키타."

사정을 모르는 스도가 머리 위로 물음표를 그렸다.

이 선생님은 매번 아슬아슬한 타이밍에 중요한 사실을 알려준다니까.

"……가겠어요. 저는 괜찮습니다."

나를 힐끔 쳐다보는 호리키타. 쓸데없는 걱정은 하지 말라는 거겠지.

교무실이 있는 1층 플로어에서 계단을 따라 올라간 4층에 그 교실이 있었다.

교실 입구에는 '학생회실'이라는 명패가 박혀 있었다.

먼저 차바시라 선생님이 학생회실 문을 노크한 후 안으로 들어갔다. 호리키타는 살짝 주춤했지만 곧 그 뒤를 따랐다.

학생회실 안에는 기다란 책상들이 직사각형 모양으로 놓여 있었다.

C반 학생 세 명은 이미 도착해서 자리에 앉아 있었다.

그 옆에는 안경을 쓰고 30대 후반으로 보이는 남교사도 동석했다.

"늦었습니다."

"아직 정한 시간이 되지 않았으니, 너무 개의치 마세요."

"면식은?"

나도 호리키타도, 스도도 전부 모르는 선생님이었다.

"C반 담임, 사카가미 선생님이다. 그리고——."

안쪽에 앉아 있는 한 남학생에게 시선이 모였다.

"저 학생이 우리 학교의 학생회장이다."

호리키타의 오빠는 여동생에게 시선을 주지 않고 책상에 놓인 서류를 보고 있었다.

호리키타는 잠시 오빠를 쳐다보았지만, 자신을 상대해주지 않는다는 것을 인식하고는 시선을 깐 채 C반 학생들의 맞은편에 앉았다.

"그럼 지금부터 지난주 화요일에 일어난 폭력 사건에 대하여, 학생회 및 사건 관계자, 담임선생님과 함께 심의를 집행하고자 합니다. 진행은 학생회 서기인 저, 타치바나가 맡겠습니다."

쇼트커트 머리를 한 여학생, 타치바나 서기가 그렇게 말한 후 살짝 고개 숙여 인사했다.

"설마 이 정도 규모의 사건에 학생회장이 관여할 줄이야. 드문 일도 다 있구나. 평소 같으면 거의 타치바나만 참석하는데."

"매일 바쁜 관계로 차마 참석하지 못 하는 의제는 있지만, 원칙적으로 저는 입회를 이상으로 삼고 학생회의 소임을 다하고자 합니다."

"어디까지나 우연이라는 소린가."

의미심장한 미소를 지은 차바시라 선생님이었지만, 호리키타의 오빠는 눈썹 하나 까딱하지 않았다.

오히려 호리키타…… 동생 호리키타는 알고 있으면서도 동요를 감추지 못하는 모습이었다.

남매여서 상황이 유리하게 작용하는 일도 전혀 없을 테고. 오히려 호리키타의 평소 능력을 제대로 발휘하지 못할 이 상황은 불리하다고 할 수밖에 없다.

이 사태는 나도 호리키타도 분명 계산하지 못했다. 여기서 생활하다 보면 눈앞에 있는 학생회장에 관한 이야기가 듣기 싫어도 귀에 들어온다. 군이 말할 것도 없이 A반에 재적하고 있고, 입학하기 무섭게 학생회의 서기에 취임했으며 1학년 12월에는 학생회 선거에서 압도적인 지지를 받아 학생회장에 취임. 상급생으로부터는 당연히 불만의 목소리가 나왔다고 하지만, 그것을 완전히 꺾어 누른 현 상황이 그의 실력을 말해준다.

타치바나 서기는 사건의 개요를 양쪽에게 이해하기 쉽게 설명했다. 이제 와서 설명할 필요는 없지만.

"──이상의 경위를 거쳐, 어느 쪽의 주장이 진실인지 판단을 내리고자 합니다."

설명을 끝낸 타치바나 서기는 서론을 말한 후 우리 D반에게 시선을 보냈다.

"코미야 학생을 비롯한 농구부 2명은 스도 학생이 불러서 특별동으로 갔다. 거기서 일방적인 폭행을 당했다. 이런 주장을 하고 있는데 정말 사실입니까?"

"저놈들이 하는 말은 전부 거짓말입니다. 반대로 저놈들이 불러서 내가 특별동으로 간 거예요."

스도가 한 치의 망설임도 없이 바로 부정했다.

"그럼 스도 학생에게 묻겠습니다. 진실을 알려주시겠습니까?"

"그날 동아리 활동 연습이 끝나자 코미야와 콘도가 특별동으로 날 불러냈어요. 뭔가 수상하기는 했지만 평소에도 저놈들의 태도가 열 받았기 때문에 나가봤죠."

지나치게 솔직한 스도의 말에 평소 같으면 어이없어했을 호리키타는 듣고 있는 건지 아닌 건지 전혀 미동도 하지 않았다. C반 담임 사카가미 선생님이 눈을 동그랗게 떴다.

"저것은 다 거짓말이에요. 스도가 우리를 불러내서 특별동으로 간 거예요."

"웃기지 마, 코미야. 네놈이 날 불러냈잖아!"

"그런 기억 없는데?"

스도는 너무 화가 난 나머지 무심코 책상을 쾅 치고 말았다. 순간 찾아온 정적.

"좀 진정하세요, 스도 학생. 지금은 양쪽 이야기를 듣는 시간입니다. 코미야 학생도 도중에 말을 끊는 행위는 삼가기 바랍니다."

"쳇, 알겠습니다……."

"서로가 불러갔다고, 양쪽의 주장이 엇갈리고 있습니다. 하지만 공통점도 있습니다. 스도 학생과 코미야 학생, 콘도 학생의 사이에 불화가 있었던 것 같네요?"

"불화랄까, 스도가 늘 저희한테 시비를 걸었습니다."

"시비, 라고 하면?"

"스도는 저희보다 농구를 잘해서 늘 으스댔습니다. 저희도 지지 않으려고 열심히 연습했는데, 그걸 자꾸 바보 취급해서 기분이 나빴기 때문에 그런 의미에서는 사사건건 부딪쳤습니다."

동아리 활동의 자세한 내용까지는 모르지만, 스도의 이마에 핏줄이 서는 걸 보니 지어낸 이야기가 섞여 있는 것은 명백해 보였다. 이어서 타치바나 서기가 스도에게도 발언 기회를 주었다.

"코미야의 이야기는 전부 다 뻥입니다. 저놈들은 내 재능을 질투했어요. 내가 묵묵히 연습하고 있을 때 늘 방해만 해댔죠. 내 말이 맞잖아?!"

당연히 양쪽의 의견은 엇갈렸고, 서로 상대방이 나쁘다고만 주장했다.

"양쪽의 주장이 이렇게 일치하지 않는다면 현재까지 나온 증거로 판단을 내릴 수밖에 없습니다."

"우린 스도한테 엄청나게 맞았습니다. 일방적으로요."

역시 C반은 부상당한 것을 회의의 중심으로 가져올 속셈인 듯했다.

세 사람의 얼굴에는 맞아서 생긴 것으로 보이는 멍이 들어 있었다. 이 부분만큼은 틀림없는 사실이다.

"그것도 거짓말이잖아. 네놈들이 먼저 주먹을 뻗었으니까. 그건 정당방위라고."

"어이, 호리키타."

고개를 푹 숙인 채 아무 발언도 못하고 있는 호리키타를 불렀다. 확실히 말해서 지금 상황은 무척 불리하다. 스도의 폭주를 막아야 하고, 어서 행동하지 않으면 기회를 놓치게 되리라.

그런데 호리키타는 아무런 반응도 보이지 않았다. 마치 마음이 딴 데 가 있는 듯. 오빠의 존재가 호리키타에게 이렇게 영향을 미칠 줄이야. 전에 두 사람이 기숙사 뒤편에서 대화를 나누던 정경이 플래시백으로 펼쳐졌다. 깊은 사정까지는 알 수 없지만, 우수한 오빠를 따라 같은 인문고까지 입학한 호리키타는 실력을 인정받고 싶어 했다.

하지만 그 능력도 마음도, A반에 학생회장까지 맡은 오빠와 D반에 배정된 여동생이라면 그 거리가 너무도 멀다. 호리키타의 마음이 제대로 전해질 리 없다.

자신을 증명하려면 같은 무대로 올라가야만 한다.

"D반 측의 새로운 증언이 없으면 이대로 진행하겠습니다만 어떻습니까?"

학생회도, 선생님들도, 이대로 침묵의 시간이 흐른다면 가차 없이 결론을 내리리라.

그것을 막기 위해서는 호리키타가 분발해야 한다.

그런데 중요인물인 호리키타는 오빠를 앞에 두고 위축되어 점점 작아지고 있다.

"아무래도 심의까지 갈 필요가 없는 것 같군요."

여기서 처음으로, 침묵으로 일관하던 학생회장이 입을 열었다.

호리키타의 오빠는 빨리 결론을 내리려는 듯 보였다.

"누가 먼저 불러냈든 스도 학생이 일방적으로 상대방을 때렸다는 사실은 얼굴에 난 상처만 봐도 명확하죠. 그걸 기준으로 삼아 결론을 낼 수밖에 없겠군요."

"자, 잠깐! 그런 건 인정 못 합니다! 저 녀석들이 시시해서 맞은 것뿐이잖아요!"

변명할 생각으로 내뱉은 스도의 한마디에 순간 사카가미 선생님이 미소 짓는 것이 보였다.

"힘에서 차이가 나는 상대에게 정당방위라고 주장할 셈인가?"

"저기요──. 저쪽은 세 명이라고요, 세 명!"

"하지만 실제로 다친 건 C반 학생들뿐이잖아."

여기서 더 나갔다가는 정말로 위험하다. 나는 나중에 죽임을 당할 각오로 천천히 파이프 의자에서 일어나 호리키타의 등 뒤로 향했다. 그리고 그녀의 양 옆구리를 있는 힘껏 움켜쥐었다.

"꺄악?!"

평소라면 절대 들을 일 없는 호리키타의 여자애 같은 목소리.

하지만 지금은 그런 것에 놀랄 때가 아니다. 아직 제정신으로 돌아오지 않았다면, 하고 더 세게 그리고 더 간지럽게 옆구리를 붙잡은 손가락을 움직였다.

"잠, 야, 그, 그만?!"

아무리 동요했다고 해도, 방심한 상태라고 해도, 몸에 강한 자극을 받으면 싫어도 의식이 각성한다. 선생님들은 어처구니가 없다는 표정을 지었지만, 지금 체면 차리고 앉아 있을 수는 없다. 이제 충분하다고 생각한 타이밍에서 나는 손을 뗐다.

호리키타는 반쯤 울먹이며 강렬하게 나를 쏘아 보았다.

강제로 그렇게 만들었지만, 이제 평소의 호리키타로 돌아왔다고 봐도 되겠지.

"정신 차려, 호리키타. 네가 싸우지 않으면 이대로 우리의 패배야."

"윽……."

겨우 사태 파악이 되었는지 호리키타는 C반과 선생님들, 오빠를 스윽 쳐다보았다.

그리고 지금 우리가 절체절명의 위기라는 사실을 인식했다.

"……죄송합니다. 제가 질문을 좀 해도 될까요?"

"상관없습니까, 회장?"

"허가합니다. 다만 다음부터는 빨리 말하도록 하세요."

호리키타는 천천히 자리에서 일어났다.

"방금 여러분은 스도가 불러내서 특별동으로 갔다고 말했습니다. 스도는 도대체 누구를, 무슨 이유로 불러낸 겁니까?"

이제 와서 왜 그런 질문을, 하고 코미야와 콘도가 서로의 얼굴을 마주 보았다.

"대답하세요."

호리키타가 빈틈을 주지 않고 다시 물었다. 타치바나 서기도 질문을 인정했다.

"저와 콘도를 불러낸 이유는 모릅니다. 그냥 동아리 활동이 끝나고 옷을 갈아입고 있는데, 이따가 좀 보자고 그래서……. 우리가 마음에 안 든다거나, 뭐 그런 이유 아닐까요? 그게 뭐 어쨌는데요?"

"그럼 특별동에는 왜 이시자키 학생도 있었던 거죠? 그는 농구부 부원이 아니고, 아무런 관계도 없을 텐데요. 그 자리에 있었던 게 부자연스럽게 느껴집니다만."

"그건…… 혹시 몰라서요. 스도가 폭력적이라는 건 소문이 자자하니까요. 덩치도 우리보다 훨씬 크고요. 그게 뭐 잘못됐습니까?"

"그 말은 폭력을 휘두를지도 모른다고 느꼈다는?"

"그렇습니다."

마치 그 질문을 예상이라도 한 것처럼 대답이 자연스러

윘다.

C반은 C반 나름대로 이 회의에 대한 대책을 확실히 세워 놓고 있었다.

"그렇군요. 중학생 때 한 주먹 했다는 이시자키 학생을 혹시 몰라 데리고 갔다는 거네요. 여차하면 대항할 수 있도록."

"우리 몸을 지키기 위해서예요. 그게 다입니다. 그리고 이시자키가 주먹으로 유명한 줄은 몰랐습니다. 그냥, 믿음직한 친구여서 데리고 갔을 뿐이에요."

호리키타 역시 혼자서 다양한 시뮬레이션을 했는지 냉정하게 질문했다.

그리고 곧 다음 수를 내밀었다.

"다소이긴 하지만 저에게도 무도에 대한 소양이 있습니다. 그래서 알 수 있는데, 복수의 적을 상대할 때 싸움은 몇 배로 까다롭고 힘듭니다. 싸움에 익숙한 아시자키를 포함한 C반 여러분이 일방적으로 당했다는 것이 저는 도저히 이해되지 않습니다."

"그건 우리에게 싸울 의지가 없었기 때문입니다."

"객관적으로 봤을 때, 싸움은 자신과 상대방의 '에너지'가 서로 충돌하다가 그 간격을 넘어서면서 발전하는 것입니다. 상대방에게 싸울 의지가 없었거나 무저항으로 맞섰을 경우 세 사람이 그 정도로 다칠 확률은 매우 낮을 텐데요."

호리키타의 생각, 규칙, 근거를 바탕으로 한 아주 객관적인 의견이었다.

반면에 코미야와 콘도는 실제 증거라는 무기로 싸우고 있다.

"그런 일반적인 생각이, 스도에게는 통하지 않았습니다. 그는 아주 폭력적이어서 우리가 아무런 저항을 하지 않는데도 인정사정없이 폭력을 휘둘렀습니다. 그래서 이런 얼굴이 된 거라고요."

볼에 붙인 거즈를 떼어내자 까진 상처가 모습을 드러냈다.

호리키타가 제아무리 논리정연하게 일리 있는 말을 이어간다고 해도 얼굴의 상처는 강력한 증거였다.

"이상으로 D반의 주장은 끝입니까?"

그때까지 호리키타의 이론을 묵묵히 듣고 있던 오빠의 차가운 한마디.

그런 발언이라면 차라리 처음부터 안 하는 편이 나았다고 말하는 듯한 눈빛이었다.

"……스도가 상대방을 때렸다는 것은 사실입니다. 하지만 먼저 싸움을 건 쪽은 C반입니다. 그 증거로 사건을 처음부터 끝까지 목격한 학생도 있습니다."

"그럼 D반이 보고한 목격자를 입실시키십시오."

불안한 듯, 초조한 모습의 사쿠라가 학생회실로 들어왔다. 시선은 발끝을 향해 있었는데 어딘지 위태로워 보였다.

"1학년 D반의 사쿠라 아이리입니다."

"목격자가 있다고 해서 무슨 일인가 했더니, D반 학생입니까?"

C반 담임 사카가미 선생님이 안경을 닦으며 실소했다.

"무슨 문제라도 있습니까, 사카가미 선생님?"

"아뇨, 계속 진행하세요."

사카가미 선생님과 차바시라 선생님이 서로 시선을 슬쩍 교차시켰다.

"그럼 증언을 부탁해도 되겠습니까, 사쿠라 학생?"

"네, 네에……. 저기, 저는……."

말이 멈췄다.

그리고 정적이 흘렀다.

10초, 20초. 사쿠라의 얼굴이 점점 아래를 향했고, 얼굴이 새파랗게 질렸다.

"사쿠라……."

호리키타도 참지 못하고 이름을 불렀지만, 아까 호리키타가 그랬던 것처럼 말이 전해지지 않았다.

"아무래도 저 여학생은 목격자가 아닌 듯하네요. 더는 시간 낭비입니다."

"뭘 그리 서두르십니까, 사카가미 선생님."

"서두르고 싶은 게 사실입니다. 이런 쓸데없는 일로 저희 반 학생들이 괴로워하고 있지 않습니까? 여기 이 학생들은 우리 반의 분위기 메이커인데, 많은 친구한테 걱정을 끼쳤다며 주눅이 들어 있습니다. 게다가 농구도 꾸준히 열심히 하는데, 그 귀중한 시간을 빼앗기고 있어요. 담임으로서, 이를 그냥 지켜볼 수만은 없으니까요."

"그러네요. 그럴지도 모르겠습니다."

차바시라 선생님은 당연히 D반의 편이라고 생각했는데 그게 아닌 모양이다.

사카가미 선생님의 주장을 듣고 이해했다는 듯 고개를 끄덕였다.

"과연 더 이상은 시간 낭비, 라고 판단할 수밖에 없겠군요. 그만 가도 좋아, 사쿠라."

흥미를 잃었다는 듯이 차바시라 선생님이 사쿠라에게 퇴실을 명했다.

학생회 측도 회의 지연을 원치 않았는지 굳이 막지 않았다.

이미 학생회실 안은 D반의 패배라는 빛이 충만했다.

사쿠라는 약한 자신이 분한지 참지 못하고 두 눈을 질끈 감았다.

나도 스도도, 그리고 호리키타도 사쿠라는 이제 무리라는 생각에 포기했다.

그때였다. 예기치 못한 목소리가 학생회실에 크게 울려 퍼졌다.

"제가 분명히 봤어요⋯⋯!!!"

그것이 사쿠라의 목소리라는 것을 인식하는 데 몇 초는 필요했던 것 같다.

그만큼 의외로, 볼륨을 최대한으로 올린 목소리였던 것이다.

"C반 애들이 먼저 스도한테 주먹을 휘둘렀어요. 틀림없

어요!"

첫인상과의 차이 때문인지 사쿠라의 입에서 나오는 말에는 무게가 있었다.

그녀가 이토록 필사적으로 말한다면 정말이지 않을까, 하고 생각하게 만드는 무게다.

하지만 그것은 순간적으로 지나가는 마법 같은 효과.

상대 쪽에서 냉정하게 대처하면 간파당하기가 그리 어렵지 않다.

"미안하지만 내가 발언을 좀 해도 될까."

손을 번쩍 든 사람은 사카가미 선생님이었다.

"원래 교사는 최대한 참견하지 않아야 한다는 걸 잘 알지만, 이번 일은 학생들이 너무 딱해서 견딜 수 있어야 말이지. 학생회장, 상관없나?"

"허가합니다."

"사쿠라라고 했지. 너를 의심하려는 건 아니지만, 그래도 한 가지 묻고 싶은 게 있어. 넌 목격자라고 나서는 게 꽤 늦었는데 그건 무엇 때문이지? 좀 더 빨리 밝혀야 하지 않았을까?"

차바시라 선생님과 마찬가지로 사카가미 선생님도 그 점을 추궁했다.

"그건―― 그러니까…… 휘말리고, 싶지 않았거든요…….."

"왜 휘말리고 싶지 않았는데?"

"……저는 다른 사람이랑 이야기 나누는 걸, 잘하지 못해서……."

"그렇군. 잘 알았다. 그럼 한 가지만 더. 남과 이야기 나누는 걸 잘하지 못하는 네가, 일주일이 지나자 갑자기 목격자라고 나서다니, 좀 부자연스럽지 않나? 이건 D반 학생들끼리 입을 맞춰서 너한테 거짓 증언을 시킨 것으로밖에 보이지 않는데."

C반 학생들은 그 말에 자신들도 그렇게 생각한다고 답했다.

"그런…… 전 그저, 진실을……."

"아무리 말하는 게 서툴다고 해도 난 네가 자신 있게 증언하고 있는 것처럼 느껴지지 않아. 그건 사실은 거짓말을 하고 있어서, 죄책감에 시달려서 아니야?"

"그, 그렇지 않아요……."

"지금 널 비난하려는 게 아니야. 아마도 반을 위해, 스도를 위해 거짓말을 강요당한 거겠지? 지금 솔직히 털어놓으면 학생은 처벌당하지 않을 텐데."

집요한 심리 공격이 사쿠라를 연이어 덮쳤다. 과연 가만히 두고 볼 수 없었던 호리키타가 손을 들었다.

"전혀 사실과 다릅니다. 물론 사쿠라가 대화에 서투른 아이인 건 맞아요. 하지만 그 사건을 정말 목격한 학생이기 때문에 이 자리에 와준 겁니다. 그렇지 않다면 아무리 부탁받았다고 해도 여기 설 수 있었을까요? 당당히 발언하는 것만으로 좋다면 다른 대역을 세웠을 거란 생각은 안 드세요?"

"응, 안 드는데? D반에도 머리 좋은 학생이 있어. 호리키타, 너 같은 학생 말이야. 사쿠라 같은 인물을 세움으로써 진짜 목격자라는 리얼리티를 갖추고 싶었던 것 아니야?"

아마도 사카가미 선생님은 진심으로 그렇게 생각하지는 않으리라. 다만 무엇이든 이유를 붙여 말을 되돌려주면 우리를 봉쇄할 수 있다고 확신하는 것이다.

처음에 내가 한 예상대로 D반의 목격자라는 존재는 무게감이 너무 없었다.

아무리 진실을 말하려고 해도 감싸주는 것이라거나 거짓말이라는 소리를 듣고 만다.

같은 편의 증언은 증언으로 받아들여지지 않는다는 뜻이다.

더는 손쓸 도리가 없나……. 사카가미 선생님은 뻔뻔하게 미소 지으며 다시 자리에 앉으려고 했다.

"증거라면…… 있어요!"

그런 사쿠라의 호소에 사카가미 선생님의 허리가 도중에 멈췄다.

"더 이상 무리하지 말거라. 진짜 증거가 있었다면 더 빠른 단계에서——."

탁, 하고 사쿠라가 손바닥으로 책상을 내리쳤다.

그곳에는 작은 직사각형의 종이 같은 것이 여러 장 놓여 있었다.

"그건……?"

말이 아닌 다른 것이 등장하자 사카가미 선생님의 표정이 처음으로 굳었다.

"제가 그날 특별동에 있었다는 증거예요……!"

타치바나 서기가 사쿠라에게 다가가 가볍게 양해를 구한 후 종이로 손을 뻗었다.

아니, 종이라고 생각했던 그것은 여러 장의 사진이었다.

"……회장."

사진을 본 타치바나 서기가 학생회장에게 그 사진을 제출했다. 잠시 사진을 들여다본 호리키타의 오빠는 그것을 책상 위에 펼쳐 우리도 볼 수 있게 했다. 사진에 찍힌 것은 지금의 사쿠라와는 닮은 듯 닮지 않은 사랑스러운 표정의 사쿠라. 아이돌 시즈쿠였다.

"저는…… 그날 제 사진을 찍으려고 사람이 없는 장소를 찾고 있었어요. 그때 찍은 증거로 날짜도 찍혀 있어요."

날짜는 분명 정확히 일주일 전 저녁. 스도와 C반 무리의 동아리 활동이 끝난 직후로 보이는 시간대였다. 나도 호리키타도 처음 본 실제 증거에 무심코 침을 삼켰다.

지금까지 피해자를 가장하던 C반의 세 명에게도 변화가 찾아왔다.

분명 동요하고 있는 것이 느껴졌다.

"이거 뭐로 찍은 거야?"

"디지털……카메라인데요……."

"디지털카메라는 날짜 변경이 쉽게 가능할 텐데. 컴퓨터로 날짜만 조작해서 인화하면 사건 당시의 시간대를 재현할 수 있어. 증거로는 불충분해."

"하지만 사카가미 선생님. 이 사진은 그렇지 않다고 생각합니다만?"

호리키타의 오빠가 겹쳐진 사진을 옆으로 밀어, 밑에 깔려 보이지 않았던 한 장을 보여주었다.

"이, 이건……?!"

이보다 더 좋을 수 없는 순간을 담은, 싸움 소동을 나타낸 한 장이 그곳에 있었다.

석양에 물든 교정, 그 복도. 스도가 이시자키를 때린 직후로 보이는 현장 사진이었다.

"이걸로…… 제가 그곳에 있었다는 게, 증명되었다고 생각해요."

"고마워, 사쿠라."

호리키타도 이 사진의 등장에 진심으로 안도했을 것이다.

이제 압도적으로 불리했던 상황에서 벗어날 수가…….

"그렇군. 아무래도 네가 현장에 있었다는 건 사실 같네. 그 점은 솔직히 인정할게. 하지만 이 사진으로는 누가 먼저 싸움을 걸었는지 알 수 없어. 네가 처음부터 끝까지 목격했다는 증거도 될 수 없고."

하긴, 이건 이미 싸움이 끝난 타이밍에 찍은 사진이다.

결론을 내릴 결정적 증거라고 할 수 없다.

"……어떻습니까, 차바시라 선생님. 이쯤 해서 타협안을 모색하지 않겠습니까?"

"타협안, 이요?"

"저는 이번에 스도 학생이 거짓말로 증언했다고 확신합니다."

"무슨 헛소리를——!"

달려들려고 몸을 일으킨 스도의 팔을 내가 겨우 붙들어 잡았다.

"언제까지고 계속 말해봤자 서로의 의견은 평행선을 달릴 겁니다. 우린 증언을 바꾸지 않을 거고 그쪽도 목격자랑 말 맞추는 걸 포기하지 않을 거고. 요컨대 계속 서로 상대방이 거짓말을 하고 있다고 나오겠죠. 이 사진도 결정적 증거로서는 약해요. ……그러니까 타협안을 찾자는 겁니다. 저는 C반 학생들한테도 일말의 책임이 있다고 생각해요. 세 명이었다는 것도 그렇고, 그중 한 명은 싸움에 익숙한 과거가 있다고 하니 그 역시 문제겠죠. 그러니까 스도 학생에게는 2주 정학, C반 학생들에게는 1주 정학. 이렇게 결론을 내면 어떻습니까? 처벌의 경중은 상대방을 다치게 했는가 아닌가, 그 차이입니다."

호리키타의 오빠는 잠자코 사카가미 선생님의 말에 귀 기울였다.

이것은 C반이 반쯤 양보한 것이기도 했다.

아마도 사쿠라의 증언과 증거가 없었다면 스도는 한 달 이상의 정학 처분을 받았을 터.

그것이 절반으로 줄어드는 것은 꽤 큰 양보라고 할 수

있다.

"웃기고 있네! 농담도 작작해요!"

"차바시라 선생님. 당신은 어떻게 생각합니까?"

사카가미 선생님은 스도를 완전히 무시하고 이야기를 이어나갔다.

"결론은 이미 나왔다고 볼 수 있죠. 사카가미 선생님의 제안을 거절할 이유는 없습니다."

타협점으로서는 우리 쪽에 과분한 내용이었다. 조용히 천장을 스윽 올려다본 호리키타는 여기까지가 한계라는 사실을 깨달은 모양이었다. 아무리 저항해도, 발버둥 쳐도, 100% 증거가 나오지 않는 이상 무죄를 얻어낼 수 없다. 호리키타는 처음부터 그 사실을 알고 있었다. 그래서 타협해야 한다고 판단했다. 나는 D반 학생으로서 호리키타의 판단이 훌륭하다고 생각한다.

──하지만 A반을 노린다면 여기서 포기하는 것은 낙제다.

나는 끝까지 발언할 계획은 없었지만, 조금이나마 도움을 주기로 결정했다.

사쿠라가 보여준 용기에 대한 경의쯤으로 해둘까.

"호리키타. 정말 더는 방법이 없을까?"

"…………."

대답은 돌아오지 않았다. 아니, 돌려줄 말이 없는 건가.

"난 머리가 나빠서 해결책 같은 건 하나도 떠오르지 않아. 그러기는커녕 사카가미 선생님의 타협안을 받아들여야 한다고 생각했어."

그렇지? 하고 사카가미 선생님이 가볍게 웃으며 안경을 올렸다.

"스도의 무죄를 증명할 절대적인 증거 따위 있을 리 없어. 아니, 확실히 존재하지 않아. 이게 교실이나 편의점에서 일어난 사건이었다면 좀 더 많은 학생이 목격해서 확실한 증거도 있었겠지만. 봤다고 해도 남은 기록이 아무것도 없어. 인기척도 없고 설비도 갖춰 있지 않은 특별동에서 일어난 사건이니 어쩔 수 없다는 뜻이야."

나는 후우 하고 한숨을 토하며 고개를 가로저었다.

그리고 나를 향한 호리키타의 눈을 똑바로 쳐다보면서, 이런 말로 마무리 지었다.

"오늘 회의로 알았겠지. 아무리 주장해도 C반은 거짓말이라고 인정하지 않아. 스도도 마찬가지고. 이래서는 영원히 평행선을 달릴걸. 회의 따위 처음부터 안 하는 게 나았을 정도야. 그렇게 생각하지 않아?"

호리키타가 시선을 아래로 깔았다. 내 말은 호리키타에게 어떤 식으로 전해졌을까?

그저 내 말의 표면적인 의미만 받아들였다면 여기서 끝이다. 그걸로 족하다.

"이제 됐지. 그럼 D반 대표 호리키타 학생. 의견을 들려줘."

사카가미 선생님은 내 말을 들리는 대로만 받아들였다. 요컨대 패배 선언으로 말이다. C반의 입장에서는 스도를 무죄로 만들지 않으면 승리인 것이다. C반이 이겼다며 여유로운 표정을 짓고 있었다.

"알겠습니다……."

호리키타는 그렇게 대답한 후 천천히 고개를 들었다.

"호리키타!"

스도의 외침. 누구보다도 패배를 인정하고 싶지 않은, 인정할 수 없는 남자의 포효.

하지만 호리키타는 멈추지 않고 자신이 내린 결론을 말로 바꾸어갔다.

"저는 이 사건을 일으킨 스도에게 큰 문제가 있다고 생각합니다. 왜냐하면 그는 평소 자신의 행실을, 주위에 주는 피해를 전혀 생각하지 않으니까요. 싸움이 빚어지게 된 경위. 마음에 들지 않는 일이 있으면 바로 언성을 높이고 손을 드는 성격. 그런 사람이 소동을 일으키면 이런 결과로 이어진다는 건 눈에 보일 정도로 명백한 사실입니다."

"너, 너어……!"

"스도, 너의 그런 태도가 이 모든 일의 원흉이라는 걸 이해했으면 좋겠어."

스도의 기세를 덮어씌우듯 호리키타는 더 강력한 기세로 스도를 노려보았다.

"그래서 저는 처음부터 스도를 돕는 일에 소극적이었습니다. 억지로 손 내밀어 도와준다고 해도 그는 또 똑같은 일을 아무렇지 않게 반복하리라는 것을 아니까요."

"솔직하게 잘 대답해주는군요. 이제 결론을 내릴 수 있겠습니다."

"감사합니다. 그럼 이만 착석해주세요."

타치바나 서기에게 촉구받은 호리키타. 일순 찾아온 정적. 그리고 스도의 분노 섞인 고함.

하지만 5초, 10초가 지나도 호리키타는 자리에 앉지 않았다.

"앉으셔도 좋습니다만?"

들리지 않나 싶어 타치바나가 다시 한 번 말했다.

그래도 호리키타는 앉지 않았다. 그녀는 계속해서 선생님들을 응시했다.

"스도는 반성해야 합니다. 하지만 이번 사건에 대해서는 아닙니다. 제가 말하는 것은 과거의 자신을 되돌아본다는 의미에서의 반성입니다. 지금 논쟁을 벌이고 있는 사건에 관해서는── 저는 스도에게 아무런 잘못도 없다고 생각합니다. 왜냐하면 이번 일은 우연히 일어난 불행한 사건이 아니라 C반 측에서 짠 의도적인 사건이라고 확신하기 때문입니다. 이대로 울며 겨자 먹기 식으로 포기할 생각은 털끝만큼도 없습니다."

긴 침묵을 깬 그녀는 위압적이라고도 할 수 있는 태도로 그렇게 말했다.

"그건 그러니까…… 무슨 의미지?"

호리키타의 오빠가 그 눈동자를 처음으로 여동생에게 돌

렸다. 호리키타는 오빠의 눈길로부터 도망치지 않았다.

혹시 사쿠라가 내준 용기에, 자신이 지금 겁에 질려 있을 상황이 아니라고 느낀 것인가.

아니면 마음속에 확실히 해결할 수 있는 길이 보였나.

"이해가 안 되셨으면 다시 한 번 말씀드리겠습니다. 저희는 스도의 완전 무죄를 주장합니다. 따라서 단 하루의 정학 처분도 받아들일 수 없습니다."

"하하…… 무슨 말을 하나 했더니, 의도적인 사건? 그런 웃긴 말을. 아무래도 학생회장의 여동생은 영 시원찮다고 말할 수밖에 없네."

"목격자의 증언대로 스도는 피해자입니다. 부디, 정확한 판단을."

"우리가 피해자라고요, 학생회장!"

C반 학생들도 지금이 기회라는 듯 목소리를 높여 주장했다.

"웃기고 자빠졌네! 피해자는 바로 나야!"

거기에 감화된 스도도 주장을 펼쳤다. 이의의 연속이다.

그런다고 아무런 해결도 되지 않는다는 사실은 당연히 모두 이해하고 있다.

"거기까지야. 더 이상 논쟁을 계속 이어가봤자 시간 낭비라고."

학생회장, 호리키타 마나부는 서로가 거짓말을 한다고 주장하는 이 추잡한 싸움을 일별했다.

"오늘 회의로 알게 된 사실은 서로의 주장이 완전히 정반

대라는 것. 어느 한쪽이 매우 악질적인 거짓말을 하고 있다
는 것뿐입니다."

D반 아니면 C반, 둘 중 하나는 계속되는 거짓말로 학교
를 끌어들이고 있다.

만약 진실이 밝혀지면 정학만으로는 끝나지 않음에도 불
구하고 말이다.

"C반에게 묻겠습니다. 오늘 한 이야기에 한 치의 거짓도
없다, 그렇게 단언합니까?"

"무……물론입니다."

"그럼 D반은?"

"저는 거짓말 따위 하지 않았습니다. 전부 진실입니다."

"그럼 내일 오후 4시에 다시 한 번 심의 시간을 갖기로 하
겠습니다. 그때까지 상대방의 명확한 거짓, 혹은 자신의 잘
못을 인정하는 의사 표시가 없을 경우 지금까지 나온 증거
로 판단을 내리겠습니다. 물론 경우에 따라서는 퇴학이라
는 조치도 범위에 넣을 필요가 있겠죠. 이상입니다."

결론을 내린 호리키타의 오빠는 회의를 마쳤다. 내일 4시
라는 것은 유예 기간이 딱 하루밖에 남지 않았다는 의미다.
새로 확실한 증거를 찾기에는 턱없이 모자란 시간이다.

아니면 호리키타는── 내가 보낸 패스를 제대로 받은
건가.

"심의까지의 기간을 좀 더 늘릴 수는 없나요?"

호리키타도 그 점에는 항의하지 않고 못 배기겠는지 손을

들고 요청했다.

"재심의까지 시간을 필요로 하는 안건이라면 학생회장은 처음부터 충분한 유예 기간을 줬을 거야. 그러니까 이번 사건에는 이미 충분히 시간을 줬다는 의미지. 연장이 특례인 거다."

차바시라 선생님은 팔짱을 낀 채 학생회장의 의사를 헤아렸다는 듯 대답했다.

조속히 퇴실 바란다는 말에 불만스러워하면서도 모두 학생회실을 나갔다.

금방이라도 울음이 터질 듯한 사쿠라에게 사카가미 선생님이 다가가 냉랭하게 말했다.

"너의 거짓말이 많은 학생을 휘말리게 한 결과가 되었다는 거, 반성하길 바란다. 그리고 울면 다 용서된다고 생각한다면 네 책략은 실로 어리석었어. 부끄러운 줄 알아."

그 말을 남긴 사카가미 선생님은 C반 학생들과 함께 자리를 떠났다.

일부러 들으라는 듯, 거짓 목격자라는 심한 단어를 반복해서 쓰고 있다.

순식간에 정적에 휩싸인 학생회실 앞에서, 사쿠라는 필사적으로 소리를 억누르며 조용히 울었다.

"마음껏 큰소리친 것 같은데 승산은 있나? 호리키타."

"저는 포기하지 않고 끝까지 제 주장을 관철시킬 겁니다."

"생각만으로 어떻게 될 문제가 아니라는 건 충분히 이해하고 있겠지? 쓸데없이 일을 크게 만드는 결과가 될지도 모르는데?"

"절대 지지 않을 겁니다. 그럼 저는 이만 실례하겠습니다."

그렇게 짧은 말을 끝으로 호리키타는 돌아갔다. 스도도 그 뒤를 따랐다.

나는 사쿠라에게 바싹 붙다시피 하며 학생회실을 뒤로 했다.

"미안해, 아야노코지…… 내가 처음부터 나섰으면 전부 괜찮았을 텐데……. 나한테 용기가 없어서 일이 이렇게 되어버렸어……."

"결과는 똑같아. 네가 처음부터 나섰다고 해도. 결국 저 녀석들은 목격한 사람이 D반이라는 걸 가지고 거세게 몰아세웠을 거고, 결과는 달라지지 않았을 거야."

"하지만……!"

거짓이라고 의심받은 것, 자기 때문에 스도를 구할 수 없을지도 모른다는 것. 다양한 감정이 사쿠라를 덮쳐 눈물을 뚝뚝 흘렸다.

여기에 히라타라도 있었다면 다정하게 손수건을 건네거나 했겠지.

이상하게도 호리키타가 오빠와 재회했을 때 무너져 내리던 것과 모습이 살짝 겹쳐졌다.

정말이지 불행한 일이다. 어째서 이 세상에는 승자와 패자가 넘쳐나는가.

알고 보니 아주 가까운 곳에서, 다양한 승패가 결정 나고 기쁨과 슬픔이 연쇄하고 있다.

사쿠라는 마음의 상처가 깊어서 제대로 걸음을 옮기지 못했다.

그런 그녀를 내버려둘 수도 없어서 정상으로 돌아올 때까지 기다려주기로 했다.

"아직 있었나."

호리키타의 오빠와 타치바나 서기가 학생회실에서 나왔다. 타치바나 서기는 손에 쥔 열쇠로 문단속을 했다.

"어쩔 셈이지?"

"어쩔 셈이라는 말은?"

짧은 대화가, 그와 나 사이에서 일어났다.

"오늘 이 자리에 스즈네와 같이 나타났을 때는 뭔가 방안이 있어서라고 생각했는데."

"난 제갈공명도 구로다 칸베에도 아닙니다. 방안 같은 건 없어요."

"완전무죄라는 말은 그럼 스즈네의 폭주란 소린가?"

"허풍이죠. 그렇게 생각하지 않습니까?"

"그렇군."

이상하게도 호리키타의 오빠와는 짧지만 대화가 계속 이어진다.

첫 대면 때문에 이미지가 좋지 않았지만, 이렇게 보니 말하기 편한 상대다.

과연 학생회장까지 오른 사람답게 남의 마음을 장악하는 데 뛰어난 것일까.

"그리고 사쿠라라고 했지."

소리 죽여 울던 사쿠라에게, 호리키타의 오빠가 말을 걸었다.

"물론 목격 증언과 사진 증거물은 심의에 낼 정도의 증거 능력이 없었어. 하지만 기억해둘 일이다. 그 증거를 어떻게 평가하고 어디까지 믿을지는 증명 능력에 달렸어. 너는 D반 학생이기 때문에 어떻게든 평가가 깎이게 되어 있어. 아무리 사건 당일에 대해 분명히 말해도 100% 받아들이는 건 불가능해. 그러니 이번에 네 증언이 '진실'로 인식되는 일은 없겠지."

그건 사쿠라가 거짓말을 했다, 라는 말이나 마찬가지였다.

"저, 저는…… 그저, 진실을…….."

"증명 못 하면 단순한 허언일 뿐이야."

사쿠라는 고개를 푹 숙인 채 분한 마음에 다시 눈물을 흘렸다.

"난 믿어요. 사쿠라의 증언을."

"D반 학생이면 믿고 싶다고 생각하는 게 당연하지."

"믿고 싶다고 생각하는 게 아니에요. 난 사쿠라를 믿는다고 말했어요. 의미가 전혀 다르다고요."

"그럼 증명할 수 있어? 사쿠라가 거짓말을 하는 게 아니라고."

"그건 내가 아니라 그쪽 동생이 해줄 거예요. 사쿠라가 거짓말쟁이가 아니라고, 누구나 받아들일 수 있는 방법을 찾아서 말이죠."

호리키타의 오빠가 희미하게 웃었다. 가능할 리 없다는 의미의 웃음이겠지.

두 사람이 돌아간 후 나는 여전히 그 자리에서 움직이지 않는 사쿠라에게 다가갔다.

"고개 들어, 사쿠라. 계속 울어봤자 아무 소용없어."

"하지만…… 나 때문에…… 흑……."

"넌 아무것도 잘못하지 않았어. 넌 그냥 진실을 말했을 뿐이잖아. 안 그래?"

"……하지만…… 흑……."

"다시 한 번 말할게. 넌 아무것도 잘못하지 않았어."

나는 쭈그리고 앉아 사쿠라와 시선을 맞추었다.

눈물 젖은 얼굴을 보이는 게 싫었는지 사쿠라가 고개를 깊게 숙였다.

"난 널 믿어. 오늘 이렇게 와 준 것도 정말 감사해. 네 덕분에 스도랑 우리 반 모두 위기에서 벗어날 가능성이 생겼어."

"하지만…… 나…… 아무런 도움도 안 됐는데……?"

도대체 얼마나 자기한테 자신이 없는 거야, 이 여자애는.

"난 널 믿어. 그게 친구라는 거야."

나는 조금 강제로 사쿠라의 어깨를 붙잡아 내 쪽으로 몸을 돌렸다.

그리고 자꾸만 피하려 하는 눈을 억지로 맞추었다.

"그러니까, 만일 곤란한 일이 있으면 내가 힘이 되어 줄 게. 기억해둬."

다시 한 번, 든든하게. 나는 그 말을── '나를 위해' 말했 다.

2

"부끄러운 모습을 보여버렸네……."

겨우 울음을 그친 사쿠라가 내 옆에서 걸으며 민망한지 배시시 웃었다.

"남 앞에서 운 거, 정말 오랜만이야. 속이 좀 시원해졌 어."

"그거 잘됐다. 나도 어릴 때는 남 앞에서 잘 울곤 했지만."

"아야노코지는 그런 이미지가 잘 안 떠오르는데."

"울었다고. 열 번이고 스무 번이고, 남 앞에서 말이야."

분하고 부끄럽지만, 그래도 울음은 멈출 줄 모르고.

그래도 사람은 울면서 성장하고 한 걸음 앞으로 나아가게 된다.

사쿠라는 괴로운 일을 혼자 삼키는 타입인 것 같으니 이 번에는 그녀에게도 소중한 경험이 되었을지도 모른다.

"……기뻤어. 믿는다고 말해줘서."

"나만 그런 거 아니야. 호리키타도 쿠시다도 스도도. 반 애들 전부 널 믿을 거야."

"응……. 그래도 아야노코지는 바로 그렇게 말해줬잖아. 그 마음이 잘 전해졌어."

남은 눈물이 시야를 가렸는지 사쿠라가 눈가를 닦았다.

"용기를 내서 다행이야."

살며시 미소 지으며 그렇게 말한다. 그 모습을 보니 나도 역시 옳았다며 안도했다.

억지로 강요해서 사쿠라를 불쾌하게 했다면 스도에게 도움이 되었더라도 완벽한 해결이라고 볼 수 없다.

그 뒤, 둘 사이에 침묵이 흘렀다. 둘 다 말하는 데 소질이 없어서 생기는 무언의 시간.

그래도 신기하게 불편한 느낌은 들지 않았다:

"저, 저기 말야…… 이런 거, 지금 말할 얘기는 아니라고 생각하지만……."

현관까지 얼마 남지 않았을 무렵, 뭔가 떠올랐는지 사쿠라가 입을 열었다.

"사실은…… 나, 지금……."

"얏호! 꽤 늦었네."

결과가 궁금했는지 이치노세와 칸자키가 현관에서 내가 나오기를 기다리고 있었다.

"기다려준 거야?"

"어떻게 됐나 싶어서."

나는 잠시 기다리라고 문을 막아서고는 사쿠라를 쳐다보

았다.

"미안해, 사쿠라. 하려던 이야기를 마저 해줘."

신발장을 열어 안을 물끄러미 쳐다보던 사쿠라가 얼굴만 내게로 돌렸다.

"아, 아니야. 아무것도. 그냥, 나, 열심히 해볼게. 용기를 내서."

재빨리 그렇게 대답한 사쿠라가 가볍게 고개 숙여 인사한 다음 돌아갔다.

"사쿠라?"

이름을 불러보았지만 사쿠라는 멈추지 않고 곧장 잰걸음으로 현관을 빠져나갔다.

"미안. 타이밍이 좀 나빴나?"

"아니……."

어쨌든 나는 학생회실에서 있었던 일련의 일들을 전부 들려주었다.

"그래? 그 제안을 뻥 차버렸다는 거야? 그러니까 D반은 계속 무죄를 주장하기로 했다는 거네."

"그쪽은 스도가 단 하루라도 정학이 되면 자기들이 승리라고 생각하는 모양이니까."

상대의 제안은 바꿔 말하면 덫. 패배로 유인하는 달콤한 덫이다.

두 사람은 받아들일 수 없어 보였는데, 특히 칸자키는 잘못된 선택이라고 단언했다.

"그 애들을 때렸다는 사실은 절대 바뀌지 않아. 모처럼 목격자랑 증거가 나와서 상대를 양보하게 만들었잖아. 그 타이밍에 받아들이고 타협했어야 했어."

"하지만 아야노코지의 말처럼 정학 처분이 내려지면 D반이 지는 거야. 스도는 정학이 될 만한 학생이라고 판단, 품행 불량으로 찍혀서 주전 선수 얘기가 백지화될지도 모른다고."

"꼭 백지화되라는 법도 없지. 물론 이미지는 나빠지겠지만, 양쪽에 책임이 있다는 걸 안다면 학교 측에서도 그걸 고려해서 조정해줄 거야. 하지만 만약 내일 스도의 책임 비율이 늘어나게 되면 그것조차 위험해진다고."

두 사람의 의견 모두 타당했다. 무죄 주장도, 타협안을 받아들이는 것도 틀린 답이 아니다.

"그래. 나도 그렇게 생각해."

"그렇게 생각했으면 네가 막았어야 한 것 아니야?"

"다시 토론으로 몰고 들어가면 우리 쪽의 패배가 불가피해. 칸자키의 말처럼 '완전무죄'를 쟁취하기란 '실질적으로 불가능'하니까 말이야."

아무리 증언하려고, 열을 올려가며 주장하려고 해도 더는 이길 수 없다.

승패는 정해졌다. 이미 결론에 가까워지면서 분위기가 급속도로 식어가기 시작했다.

"그래도 싸울 거야? 새로운 증거도 증언도 없는데?"

"우리 대장이 그렇게 판단을 내렸어. 끝까지 철저하게 항전하겠다고."

호리키타는 바보가 아니다. 연장전이 그리 반길 일이 아니라는 사실은 충분히 알고 있을 것이다.

그래도 계속 밀고 나가겠다는 선택을 한 것은 싸우겠다는 의지 표명.

앞으로도 D반은 위기와 맞서 싸울 것이라는 각오의 증거다.

"흐음. 앞으로 유력한 단서가 손에 들어올 것 같진 않지만, 다시 한 번 인터넷으로 정보를 모아볼게."

그냥 내버려둬도 이상하지 않은 상황에서 이치노세는 미소를 지으며 계속 돕겠다고 말했다.

"나도 최대한 증거나 목격자가 없는지 알아볼게."

타협파인 칸자키도 협력을 아끼지 않겠다는 태도를 보였다.

"계속 도와준다는 소리야?"

"이미 한 배를 탔으니까. 그리고 말했잖아. 거짓말은 용서 못 한다고."

칸자키 역시 고개를 끄덕였다. 이 녀석들, 정말 좋은 애들이잖아.

"그렇게 말해줘서 정말 고맙지만, 이제 그럴 필요는 없어."

돌아간 줄 알았던 호리키타가 그곳에 있었다. 내가 돌아오기를 기다렸던 것인가.

"필요 없다니…… 그게 무슨 말이야? 호리키타."

"회의 자리에서는 무죄를 인정받을 수 없어. 설령 C반이나 A반에서 다른 목격자가 나타난다고 해도 역시 무리야. 하지만 그 대신이라는 표현은 좀 그런데…… 너희가 준비해줬으면 하는 게 있어. 유일한 해결책을 위해."

"그게 뭔데?"

"그건──."

호리키타는 원하는 것의 이름을 알려주었다. 계획을 위해 필요하다는 그것을.

냉정했던 이치노세의 표정이 살짝 굳어졌다.

"흐음…… 곤란하네. 그건 꽤 어려운 부탁인데."

역시 터무니없는 제안이었는지 이치노세도 즉답을 해주지 않았다.

칸자키도 생각에 잠긴 동작을 취하며 입을 닫아버렸다.

"내가 부탁할 입장이 아니라는 건 잘 알아. 너무 뻔뻔한 부탁이지. 너희가 느낄 부담도 크고. 하지만──."

"아, 아니야. 음, 내가 개인적으로라도 일단 어떻게든 해볼 수 있는 범위이긴 해. D반의 사정은 잘 알고 있으니까. 다만 묻고 싶은 게 많은데…… 이유도 안 들려주고 부탁하는 건 좀 너무 마음대로인 거 아니야?"

"하긴 그래…… 그럼 지금부터 내가 하는 말이 받아들여지면 도와줄 거야?"

호리키타는 유일한 해결책이라고 말한 그 자세한 내용을,

이치노세와 칸자키 그리고 나에게 들려주었다.

왜 그것이 필요한지. 어디에 사용할 것인지. 어떤 목적이 있는지.

설명이 끝나자 두 사람은 잠시 아무 말 없이 생각에 잠겼다.

"너라면 이 작전의 위험 그리고 유용성을 이해해줄 거라고 믿어."

"그거…… 언제부터 생각했어?"

"회의가 끝나기 직전에. 우연히 떠올랐어."

"야…… 정말 대단하다. 현장에 가봤던 나도 그런 건 전혀 의식하지 못했는데. 그렇다기보다 아예 배제했달까…… 상상의 범위 안에 없었으니까."

이치노세와 칸자키에게 그것의 목적과 효과가 고스란히 전해진 듯 보였다.

하지만 여전히 표정이 굳은 채로 고민하는 모습.

"상상에서 벗어난 발상이야. 효과도 기대될 것 같고. 그런데, 그런 게 정말 가능할까?"

이치노세가 다소 깬다는 표정으로 칸자키에게 의견을 구했다.

"너의 규칙, 도덕적으로 어긋날지도 모르겠는데, 이치노세."

"아하하, 그러네……. 하지만…… 그게 유일한 방법일지도 몰라."

"그렇지, 나도 호리키타의 말을 듣고 그렇다고 생각했어.

없는 줄 알았던 활로야."

남은 것은 단 한 하나, 두 사람이 도와줄지 어떨지에 달렸다.

이 작전을 쓰게 되면 거짓말을 피할 수 없다.

거짓말을 싫어하는 이치노세와 칸자키에게는 가혹한 요구라고도 할 수 있으리라.

"거짓말로 시작한 이 사건에 종지부를 찍을 수 있는 건 역시 거짓말뿐이야. 난 그렇게 생각해."

"그렇구나. 눈에는 눈, 거짓말에는 거짓말인가. 하지만 말이야, 그거 정말 실현 가능성이 있어? 그런 게 간단히 손에 들어올 리가 있을까?"

"그 점은 걱정하지 마. 아까 확인을 다 마쳤으니까."

학생회실을 곧장 나간 이유가, 그것이 실현 가능한지 확인하려고 그랬던 것인가.

"박사한테 협력해달라고 부탁하면 세세한 부분도 훌륭하게 해결될 거야. 내가 부탁해볼게."

호리키타는 이의가 없는지 고개를 끄덕였다.

"칸자키……. 우리, C반이랑 간격을 벌리기 위해서 D반을 도와주기 시작했지?"

"어어. 그렇지."

"그런데 어쩌면 지금 우리가 하려는 건 언젠가 우리를 궁지로 몰아넣는 일이 될지도 몰라. 지금 생각한 건데 말이야."

"그럴지도 모르지."

"큰일이네. D반에 너 같은 애가 있었을 줄은. 완벽한 계산 착오야."

이치노세는 호리키타에게 경의를 표한 후 살짝 어이없어하면서도 휴대전화를 꺼냈다.

"이건 빌려줄 테니까. 언젠가 꼭 갚아."

그렇게 말하며 우리를 도와주기로 약속했다.

"응, 약속할게."

고마운 조력자의 힘을, 호리키타는 사양하지 않고 빌리기로 결심한 듯 보였다.

"그리고 아야노코지, 너도 도울 일이 있어."

"귀찮은 것만 아니면."

"기본적으로 도움이란 귀찮고 수고스러운 법이야."

각오하라는 소리다.

도망치는 것 따위 가능할 리도 없어서, 나는 마지못해 호리키타의 말에 따르기로 했다.

"그럼 가볼까아악?!"

갑자기 격렬한 통증과 눈이 번쩍 뜨이는 충격이 옆구리를 덮쳐서 나는 날아가듯 복도를 뒹굴었다.

"네가 아까 내 옆구리를 만진 건 이걸로 용서해줄게. 하지만 다음엔 두 배로 갚아줄 거야."

"잠깐, 아아……!"

너무 아파서 차마 말이 되지 못하는 목소리가 새어 나와, 나는 반론하는 것조차 허락받지 못했다.

다음에 두 배로 갚아줄 거라는 말은 그럼 이번에는 똑같이 갚았다는 뜻? 자릿수부터 다르다고 생각하는데!

그 광경을 목격한 이치노세는 아연실색하며 뭔가 무서운 것이라도 목격한 눈빛으로 호리키타를 쳐다보았다.

잘 기억해둬라, 이치노세. 이 여자애는 이렇게 피도 눈물도 없는 녀석이라고…… 철퍼덕.

이름	이케 칸지
반	1학년 D반
학적번호	S01T004654
동아리	무소속
생일	6월 16일

평가

학력	E+
지성	D-
판단력	D+
신체능력	C-
협조성	C

면접관 코멘트

우수한 부분을 찾아볼 수 없고 학력과 신체능력 면도 평균 이하지만, 면접 평가는 의외로 높아 채점이 상위 15% 안에 들었다. 친구도 많아 사회에서의 인간적 가치는 일정 이상의 수준이 될 것으로 예상된다. 교양과 지성을 익힌다면 사회에 내보내기에 충분한 어른으로 성장할 것이라고 기대하기 때문에 D반에 배정한다.

담임 메모

입학한 지 얼마 안 돼 많은 친구를 사귀는 등, 자신의 장점을 유감없이 발휘하고 있다.

○단 하나의 해결책

학교까지 난 가로수 길. 그 위로 내리쬐는 한여름의 눈부신 태양이 무척 뜨거웠다.

한 걸음 내디딜 때마다 몸이 비명을 지르고 땀이 쏟아져 나올 것만 같았다. 내 옆으로 한 학생이 활기차게 달려 지나갔다. 정말이지, 건강해서 좋겠다. 아니면 그냥 머리가 돈 건가? 지금의 나는 등 뒤로 세계 종말이 좇아온다고 해도 안 달릴지도 모른다.

나뭇잎 사이로 환한 햇살이 비치는 그 길 앞에서 한 여학생이 난간에 허리를 기댄 채 내 쪽을 쳐다보고 있었다.

어째서 미소녀는 이토록 풍경에 잘 동화되는가.

나는 순간 내 눈에 비치는 영상을 한 장의 사진에 담고 싶은 충동이 들었다. 하지만 아쉽게도 나는 사진을 찍을 정도의 담력이 없다.

"안녕, 아야노코지."

"호리키타, 여기서 누구랑 만나기로 했어?"

"너 기다리고 있었어."

"좋아하는 사람한테 들었으면 최고의 말이었을 텐데, 분명히."

바보 아냐? 하는 가벼운 욕을 먹어서 아침부터 유난히 더 더워졌다.

"오늘로 모든 것이 결정 나는구나."

"그렇지."

"어쩌면 내 선택이 틀린 게 아닐까…… 하는 생각도 해봤어."

"타협할 걸 그랬다고?"

생각하고 싶지는 않지만, 하고 호리키타가 전제를 깐 후 말을 계속 이었다.

"이걸로 스도에게 더 무거운 처벌이 내려진다면 그건 전부 내 책임이야."

"네가 그렇게 약한 소리를 할 때도 다 있구나."

"도박을 건 건 사실이니까. 그게 어떤 결과로 이어질지 좀 불안해. 그쪽은 괜찮아?"

"어제 설명한 작전 말이야? 이치노세도 있으니 어떻게든 되겠지."

나는 호리키타의 어깨를 가볍게 두드린 후 걸음을 뗐다.

"있잖아——."

"응?"

"……아니야. 이번 일이 무사히 해결되면 그때 다시 말할게."

무슨 말을 꺼내려던 호리키타는 그렇게 말한 후 입을 다물었다.

1

변화를 알아차린 것은 교실에 들어간 직후였다.

늘 아슬아슬하게 등교하던 사쿠라가 웬일로 자기 자리에 앉아 있었던 것이다.

잠꾸러기는 아닐 테니, 어쩌다가 눈이 빨리 떠졌기 때문이라는 이유는 아니리라.

그러면 뭔가 목적이 있어서 학교에 빨리 왔나?

호리키타도 사쿠라의 존재에 조금 놀란 눈치였다. 그리고 사쿠라 본인은…….

평소와 다름없어 보였지만, 허리를 쭉 펴고 앉은 것 같기도 했다.

변화라고 보기 힘들 정도로 그 차이는 미묘하다. 내 착각이라고 말한다면 그럴지도 모른다고 대답할 만큼 바람이 불면 금세 날아가버릴 듯한 차이.

우리도 자리에 앉으려고 사쿠라의 앞을 스쳐 지나가려는데, 그 순간 사쿠라가 고개를 들어 우리의 존재를 인식했다.

그녀는 인사 대신 슬그머니 손을 들었다. 그 정도가 사쿠라에게도 딱 좋으리라.

그렇게 생각했는데──.

"저기…… 안녕? 아야노코지. ……호리키타."

"아, 안녕……."

처음으로 사쿠라가 먼저 아침 인사를 건넸다. 예상하지 못한 사건에 나는 깜짝 놀라 말문이 막혔다. 눈이 서로 마주치는 일은 없었지만, 그래도 얼굴을 들어 필사적으로 쥐어짜 낸 말이었다.

"사쿠라가 갑자기 왜……?"

"어제 일어난 일로 한 뼘 성장했는지도 모르겠다."

보통 남 앞에서 입을 여는 일이 거의 없는 사쿠라가 긴장
감이 넘치는 그 분위기 속에서 당당히 증언했다. 그것은 자
기 자신을 되돌아보는 계기이기도 했으리라.

"사람은 그리 쉽게 바뀌지 않아. 바뀌려고 하는 거라면 상
당히 무리하고 있겠지."

감동적인 상상은 현실적인 한마디에 와장창 깨졌다.

이상적이지는 않지만 호리키타의 말은 대부분 옳을 것이
다.

어제까지의 사쿠라와 오늘의 사쿠라는 그 모습에 큰 차이
가 없다. 하지만 달라진 점도 분명히 있다.

그녀 나름대로 뭔가 변화해야 한다고 생각해서 한 행동이
라는 사실이 전해져온다.

변하고 싶어 한다. 그것은 틀림없다.

"무리하지 않아야 할 텐데."

"무리?"

"몸에 안 맞는 행동을 하면 넘어지기 쉽다는 뜻이야."

꼭 경험담인 것처럼 묘한 설득력이 있었다.

"넌 고독을 무엇보다도 사랑하는 고독 소녀니까. 설득력
이 있군."

"한번 죽어볼래?"

그건 고독이 아니라 지옥 쪽이지……

나는 사쿠라의 모습을 멀리서 관찰했다. 다른 학생들에게 말을 거는 모습은 보이지 않았다.

역시 갑자기 모두에게 말을 걸지는 않는다. 무리하면 안 된다는 건가. 하긴 그 말이 맞다. 평소에 아무와도 말하지 않던 아이가 갑자기 먼저 인사를 하다니.

남한테는 사소한 일도 사쿠라에게는 몸과 마음에 무척 부담이 되는 행동일 것이다.

그 반동이 아무것도 아니라고 생각하기는 힘들다.

아니면 억지로 자신을 바꾸려다가 어딘가 균열이 생길지도 모른다.

예의 작전을 결행하기 전에 사쿠라에게 조금 신경을 쓰는 편이 좋겠다.

2

회의가 시작되기 30분 전. 나는 어느 장소에서 약속한 사람과 만나기 위해 자리에서 일어섰다. 아, 맞다. 그 전에 사쿠라한테 말을 걸어봐야지.

"사쿠라. 지금 돌아가?"

가방을 챙기고 있는 사쿠라에게 다가가 물었다.

"아야노코지…… 이제 곧 회의, 지?"

"오늘 난 참석 안 해."

나는 뒤에서 몰래 다른 세세한 일을 해야 한다고 알렸다.

"그, 렇구나……."

뭔가 생각할 것이 있는지 사쿠라는 눈을 내리깔고 작게 중얼거렸다. 상태가 좀 이상하다.

안절부절못하고 초조해 보인다고 할까, 어딘지 긴장한 모습이다.

"왜 그래?"

"응?"

"오늘은 사쿠라 네가 특별히 증언하는 것도 아니고, 부담 가질 필요 없잖아?"

그렇게 봐서 그런지, 사쿠라가 살짝 땀을 흘리는 것 같기도 했다.

"……다들 열심히 하고 있으니까. 나도 노력하려고."

나한테라기보다는 자기 자신에게 들려주려는 듯 말하는 사쿠라.

"무슨 생각하는 거야?"

"내가 앞으로 나아가기 위해 꼭 해야 할 일이 있어서…… 그걸 하려고 해."

물어봐도 사쿠라는 명확한 대답을 들려주지 않았다. 그 모습에 불안감을 느낀 나는 좀 더 캐물으려고 했지만 주머니 안에서 휴대전화가 진동하며 시간을 알렸다. 더는 시간이 없다.

"그럼 다음에 봐, 아야노코지."

사쿠라답지 않은 말과 밝은 미소가 자꾸 마음에 걸렸다.

"사쿠라. 이따가 시간 돼? 이야기하고 싶은 게 좀 있는데."

계속 붙잡으려고 말을 쥐어짜냈지만 사쿠라는 고개를 가로저었다.

"오늘은 해야 할 일이 있어서. 내일도 괜찮아?"

그렇게 나오는데 꼭 오늘이어야만 한다고 강하게 부탁할 수도 없는 노릇이다.

어쨌든 지금은 갈 수밖에 없다. 사쿠라에게서 등을 돌린 나는 특별동으로 향했다.

3시 40분이 조금 넘은 시각. 방과 후의 특별동은 평소보다 훨씬 더웠다.

계획한 대로 일이 진행되고 있다면 이제 곧 약속한 사람이 모습을 드러낼 것이다.

그리고 얼마 지나지 않아 남자 삼인조가 덥다, 덥다 하고 불만을 토로하며 나타났다. 저마다 얼굴에 낙관 혹은 기뻐하는 표정이 내비쳤다.

그것도 무리는 아니다. 세 사람이 이곳을 찾은 이유는 우리 반의 아이돌 같은 존재 쿠시다가 만나자는 문자를 보냈기 때문이다. 데이트 신청 혹은 설마 했던 고백? 그런 것을 꿈꾸고 있을지도 모른다.

그 망상은 내 존재를 발견함과 동시에 산산조각이 날 테지만.

311

"······뭐야? 왜 네가 여기 있어?"

학생회실에서 봐서 나를 기억하고 있을 터였다. 리더 격인 이시자키가 한 걸음 앞으로 나와 위협하듯 질문했다. 아무도 안 보는 데서는 꽤 기세등등하다.

"쿠시다는 여기 없어. 그건 거짓말이야. 내가 쿠시다한테 부탁해서 억지로 문자를 보내게 했거든."

내 말에 이시자키는 노골적으로 불쾌하다는 표정을 보이며 또 한 걸음 다가왔다.

"지금 장난하냐? 무슨 짓이야, 엉?!"

"이렇게라도 하지 않으면 무시할 거잖아? 너희랑 대화를 좀 나누고 싶었어."

"대화? 그런 게 우리한테 필요하냐? 더워서 머리가 어떻게 된 거 아니야?"

이시자키는 진심으로 덥다는 듯 셔츠의 가슴 부분을 잡고 펄럭펄럭 흔들었다.

"아무리 몸부림친다고 해도 진실은 감춰지지 않아. 우리는 스도한테 불려 나와서 맞았어. 그게 정답이야. 그러니 거기에 상응하는 대가를 얌전히 받으란 말이다."

"그런 걸 의논하자고 부른 게 아니야. 그건 시간 낭비지. D반도 C반도 절대로 주장을 꺾지 않을 거라는 건 어제 입이 아프도록 말해서 잘 알고 있으니까."

"그럼 뭔데? 지금부터 우리를 납치해서 회의에 못 나가게라도 할 셈인가? 아니면 애들을 불러와서 우리를 포위해 폭력이라도 휘두를 건가? 스도 때처럼?"

오──. 그건 그거대로 재미있는 아이디어지만, 그래 봐야 임시방편에 불과하리라.

이 녀석들에게 그런 식의 협박은 통하지 않는다. 오히려 환영하는 것 같다.

공격을 당했다는 사실이 새로 밝혀지면 상황이 더 유리하게 돌아갈 거라고 확신하고 있다.

"순순히 포기해라. 그럼 이만."

쿠시다가 없다는 것을 알고 돌아가려는 삼인조였는데, 또 한 사람의 존재가 그것을 방해했다.

"각오하는 게 좋을 거야, 너희들."

관계된 인물들이 모이기만을 기다린 이치노세가 가벼운 발걸음으로 등장했다.

"이, 이치노세?! 어째서 네가 여기에?!"

놀란 쪽은 당연히 C반 아이들이었다. 아무 상관없는 B반 학생이 나타났으니 무리도 아니다.

"왜냐고? 나도 이번 사건에 관여하고 있으니까, 라고 말해두면 되니?"

"유명인이네, 이치노세."

"호호호. C반이랑은 몇 번인가 일이 좀 있었거든."

우리가 모르는 곳에서 서로 불꽃을 튀겼던 모양이다.

C반 아이들이 분명 당황하고 있다.

"이번 일이랑 B반은 아무 상관도 없잖아. 끼어들지 말란 말이야."

나를 대하는 것과 달리 목소리에 힘이 없었는데, 그래도 필사적으로 이치노세가 물러나게 하려고 했다.

"물론 상관은 없지. 그런데 거짓말로 많은 사람을 휘말리게 하는 게 잘한 짓이라고 생각하니?"

"……우린 거짓말하지 않았어. 피해자라고 우리는. 스도가 우릴 여기로 불러내서 때렸어. 그게 진실이야."

"에이, 악당은 끝까지 끈질기게 우긴다니까. 이제 포기하고 죗값을 치르시지!"

이치노세가 오른손을 활짝 펴면서 큰 목소리로 선언했다.

"이번 사건, 너희가 거짓말했다는 거. 먼저 폭력을 휘둘렀다는 거. 전부 다 알고 있어. 그거 내가 다 밝히기 전에 지금 당장 고발한 거 취소해."

내가 일일이 설명하지 않아도 이치노세에게 맡기면 될 듯한 기분이 들었다.

"뭐? 고발한 걸 취소하라고? 웃기고 있네. 무슨 잠꼬대 같은 소릴 하는 거야? 너희의 증언 따위 누가 믿겠냐? 스도가 먼저 시비를 걸었다고. 내 말 맞지?"

이시자키가 다른 두 사람에게 동의를 구했다. 두 사람도 당연히 그렇다고 맞장구를 쳤다.

"이 학교가, 일본에서도 유수한 인문고로 정부의 공인을 받았다는 건 알고 있지?"

"당연하지. 우린 그것 때문에 입학했다고."

"그럼 조금만 더 머리를 굴려봐. 너희의 목적이 뭔지는 처음부터 다 들켰거든?"

이치노세는 이 상황을 즐기기라도 하는 듯, 말을 늘어놓으며 신난 미소를 선보였다.

진범을 파헤치는 명탐정처럼 세 사람의 주위를 천천히 돌며 말을 이었다.

"이번 사건을 안 학교 측의 대응이 너무 이상하다는 느낌, 안 들었어?"

"뭐?"

"너희가 학교에 고발했을 때, 왜 스도가 곧바로 처벌받지 않았을까? 왜 며칠의 기간을 주면서 만회할 기회를 줬을까? 그 이유가 뭐라고 생각해?"

"그야 그놈이 거짓말로 학교 측에 울며 매달려서 그렇겠지. 형식적인 유예기간을 주지 않으면 고발한 쪽이 이기니까."

"정말로 그럴까? 사실은 다른 목적이 있었던 건 아닐까?"

창문이 굳게 닫힌 복도는 여전히 하늘 높이 떠서 뜨겁게 내리쬐는 태양 때문에 점점 더 더워지고 있었다.

"도통 무슨 소린지 못 알아먹겠네. 아── 젠장맞을 더위!"

사고력, 즉 집중력이 더위와 함께 떨어져만 갔다. 논리적이고 창조적인 사고는 쾌적한 환경이 아니면 충분히 발휘될 수 없다.

머리에 들어오는 내용이 많으면 많을수록 당연히 두뇌에 더 많은 부담이 가는 법이다.

"그만 가자. 이런 데 더 있다가는 완전히 익어버릴 것 같다."

"괜찮니? 너희, 지금 자리를 뜨면 아마 평생 후회할 텐데?"

"아까부터 무슨 헛소리야, 이치노세."

그 말에 맞춰 이치노세가 멈춰 섰다.

"정말 몰라? 학교 측은 너희 C반이 거짓말하고 있다는 걸 이미 알고 있다는 소리야. 그것도 처음부터 말이야."

아마도 C반의 아무도 상상하지 못했을, 의표를 찌르는 이야기.

이시자키와 그 일행은 몇 초간 이해가 안 된다는 듯 서로의 얼굴을 마주 보았다.

"웃기지 마. 우리가 거짓말을 한다고? 그걸 학교 측이 알고 있다고?"

당연히 그럴 리 없다며 코웃음 쳤다.

"호호호. 정말 재미있지? 너희는 지금까지 학교의 손바닥 위에서 놀아나고 있었던 거야."

"이치노세를 포섭한 건 대단한 일이지만 말이야. 통할 리 없지, 그런 거짓말은!"

"확실한 증거가 있는데?"

이시자키의 위협에도 무서워하지 않고 이치노세가 말을 이었다.

"그래? 그럼 보여줘 보시지, 그 증거라는 거——."

C반 아이들은 당연히 증거 따위 있을 리 없다고 여기고

있다. 그래서 이치노세의 말에도 동요하지 않는다. 하지만 이야기를 덥석 문 시점에서 이미 패배는 결정 났다.

"우리 학교의 모든 곳에 감시 카메라가 설치되어 있다는 건 잘 알고 있지? 교실, 식당, 편의점 같은 데서 본 적 있을 거야, 안 그래? 우리의 평소 행동을 체크해서 부정을 놓치지 않으려는 학교의 조치겠지."

"그런데 그게 뭐?"

감시 카메라가 있다는 것 정도는 역시 알고 있는 듯하다. 이시자키와 일행은 여전히 태연했다.

"그럼 말이야. 저거, 안 보이니?"

이치노세는 복도 저쪽 끝자락의 천장 근처를 눈으로 가리켰다.

삼인조도 뒤늦게 시선을 좇았다.

"앗──?"

바보 같은, 마치 공기가 빠지는 듯한 소리가 삼인조의 입에서 새어 나왔다.

특별동 복도를 구석구석 감시하듯이 때때로 좌우로 움직이는 카메라.

"그러면 안 되지. 누군가를 덫에 걸리게 하려면 카메라가 없는 곳에서 했어야지."

"아, 아니 어째서 저기 카메라가?! 거짓말이지?! 다른 복도에는 카메라 따위 없었다고! 딱 여기만 카메라가 설치되어 있다니 이상하지 않냐?! 엉?!"

친구들에게 동의를 구하듯 이시자키가 뒤로 돌아보았다.

나머지 두 사람 역시 분명히 확인했다고 땀을 닦으며 대답했다.

"우리를 속여먹으려는 거라면 그렇게는 안 될걸? 저거 너희가 설치한 거지?!"

"물론 학교 복도에는 기본적으로 카메라가 설치되지 않은 모양이더라. 그렇지만 예외로 설치된 복도도 몇 군데 있잖아? 예를 들면 교무실이랑 과학실 앞 말이야. 교무실은 굳이 설명할 필요도 없겠지만, 귀중품이 많이 있으니까. 그리고 과학실은 약품 같은 게 많이 있으니까. 이 층에는 과학실이 있으니 카메라가 설치되어 있는 게 당연하다는 얘기지."

처음으로 이시자키와 그 일행의 말이 목구멍 안으로 쏙 들어갔다. 그렇게 주춤하는 것을 놓칠 이치노세가 아니었다.

"뒤로 한 번 돌아볼래? 카메라, 한 대만 있는 게 아니지?"

그들은 이치노세의 말에 이끌려 반대쪽으로 몸을 돌렸다.

물론 반대쪽 복도도 지키겠다는 듯 감시 카메라가 돌아가고 있었다.

"만약 우리가 단 거라면 저쪽까지 준비했을까? 아니, 애초에 감시 카메라를 달다니, 학교 밖으로 나갈 수도 없는데 그걸 무슨 수로 준비해?"

도주로를 하나하나, 확실하게 차단해갔다.

"그, 그런 말도 안 되는…… 우리가 분명히 그때 확인했……는데……."

"여긴 3층이잖아. 확인한 곳이 정말 3층이었니? 2층이나 4층은 아니고? 실제로 여기 카메라가 설치되어 있잖아?"

비정상처럼 보일 만큼 많은 땀을 뻘뻘 흘리며 세 사람은 머리를 감싸 쥐고 휘청거렸다.

"그리고 너희들, 스스로 결점을 보였다는 건 알고 있니? 감시 카메라가 있는지 없는지, 다른 애들 같으면 신경도 안 쓸 거고 확인도 안 할 텐데? 방금 너희 말은 그러니까 스스로 범인이라고 쉽게 인정한 것 아닌가?"

이치노세는 마지막 마무리로 결정타를 던졌다.

"그, 그럼…… 그때 그것도, 설마……."

"그 감시카메라에 목소리까지는 담겨 있지 않지만, 너희가 먼저 주먹을 날린 결정적인 순간은 틀림없이 찍혀 있어."

땀을 훔치는 교복 소매가 흥건히 젖었다. 이 시점에서 이치노세는 바톤터치 하듯 내 손을 때렸다. 하긴 나도 조금 말하는 편이 좋겠지.

"실은 학교도 기다려준 것 아닐까? 너희가 진실을 말할 때까지 말이야. 그래서 유예기간을 주고 학생회장까지 나서서 거짓말이 없는지 확인한 거야. 그때 회의를 떠올려보면, 전부 간파당하고 있었다는 생각이 안 들어?"

지금 세 사람은 필사적으로 어제 회의실에서 있었던 일을 떠올리고 있을 터였다.

물론 학생회는 C반이 거짓말하고 있다는 사실을 몰랐으

리라.

하지만 거짓말을 하는 한쪽을 의심했던 것은 사실이다.

그 화살이 자신들을 향해 있었다고 해석한다면 현실미가 확 생긴다.

"그런…… 들은 적 없는데……! 이제 끝장났어!"

코미야가 벽에 기대 털썩 주저앉았다. 콘도도 머리를 감싸 쥐었다.

드디어 모든 것을 인정했다. 그렇게 생각했건만 이시자키만은 달랐다.

"자, 잠깐만. 난 도무지 이해가 안 돼. 만약 감시 카메라에 영상이 찍혀 있었다면 너희가 아무 짓 안 해도 무죄가 증명되는 거 아니야? 굳이 우리한테 안 알려줘도 회의할 때 다 밝혀질 텐데. 역시 너희가 조작한 거 맞지?"

"무죄? 그건 어떤 기준에 따르는가에 달렸지. 이 사건은 일어난 시점에서 쌍방에게 타격이 간다는 건 확정되어 있어. 한쪽이 먼저 시비를 걸었다고 해도 결론은 양쪽 다 처벌을 피할 수 없지. 사정이 어떻든 스도는 너희 세 사람을 때렸으니까. 그건 변하지 않는 사실이야. 물론 카메라 영상에 따라 스도가 먼저 주먹을 날리지 않았다는 게 증명되면 처벌도 최대한 가벼워지겠지만. 안 그럼 곤란하다고. 나쁜 소문이 하나라도 남으면 주전 자리가 위태로우니까. 대회에도 쉽게 못 나갈 테고."

이시자키의 뺨 위로 폭포수처럼 흘러내리는 땀. 우리도

더웠지만, 추궁당하면서 체온이 상승한 세 사람에 비할 바는 되지 못했다.

"뭐야. 그럼 너희도 카메라 영상이 있으면 곤란한 거 아닌가? 그럼 우리는 그대로 밀어붙일 수밖에. 우린 스도가 하루라도 정학을 맞으면 되니까."

"그런 짓을 하면 너희는 퇴학당할 텐데? 그래도 상관없어?"

제대로 사고할 수 없어 자신들이 궁지에 빠지리라는 것을 깨닫지 못하는 모습이었다.

"만약 감시 카메라 영상을 확인하게 되면 너희 셋이 거짓말했다는 것까지 탄로 나지. 그렇게 되면 십중팔구 퇴학이야. 그건 누구나 알 수 있는 사실인데."

"야——!"

"그, 그럼, 학교 측에서 왜…… 우리가 거짓말했다고 말하지 않는 거지?"

힘 빠진 목소리로 콘도가 도움을 요청하듯 질문했다.

"학교 측은 시험하고 있는 거야. 학생들끼리 문제를 해결할 수 있는지, 어떤 결론에 도달할지 말이야. 그렇게 생각하면 이번 사건의 앞뒤가 딱 들어맞지 않아?"

"……왜, 이런…… 나, 퇴학은 절대 안 되는데……!"

"야, 이시자키. 지금이라도 늦지 않았다. 거짓말이라고 말하러 가자! 우리가 먼저 말하면 학교도 우릴 용서해줄지 몰라!"

"이 새끼가…… 웃기지 마……. 자기 입으로 거짓을 실토하라고? 그걸로 처벌받을 정도라면 최악의 경우 처절하게 깨지더라도 밀고 나가주겠어……! 스도도 이제 끝났다고!"

이시자키는 물러설 생각이 없는지, 계속 밀어붙일 각오를 다졌다.

"결론을 내기에는 아직 일러. 너희에게 마지막 기회를 주지. C반과 D반이 모두 살 수 있는 유일한 방법이 있어."

"있을 리 없잖아, 그런 방법!"

사건이 존재하는 이상, 그런 방법은 없다. 그렇다면 사건이 존재하지 않으면 된다.

"이번 사건을 해결할 방법은 딱 하나야. 고발 자체를 취소하고 싶다고 학교에 말하면 돼. 그러면 학교 측도 무리해서 카메라 영상을 가지고 판결을 내리진 않겠지. 고발한 게 없었던 일이 되면 아무도 처벌받지 않아. 만약 영상이 증거로 나오려고 하면 D반도 힘껏 도울게. 아까도 말했듯이 영상을 논점으로 삼으면 스도도 정학 처분을 받게 될 테니까. 다시 말해서 C반과 D반이 결탁해서 학교 측에 대응할 수 있다는 거야. 영상이 없으면 보이지 않는 거짓말을, 학교 측도 굳이 파고들려고 하진 않을 걸?"

우리는 세 사람과의 거리를 좁혀 나갔다.

"흐, 흐음……. 일단 전화 한 통만 하고……."

한풀 꺾인 이시자키가 휴대전화를 꺼내 들었다. 하지만 이치노세가 허락하지 않았다.

여기서 더 생각할 시간을 주면 안 된다. 빠른 시간 안에 승부를 내야 한다.

"못 알아들은 것 같으니까 우리도 굳게 마음먹을 수밖에 없네. 지금 당장 학교에 영상 확인을 부탁해서 너희에게 퇴학 처분이 내려지게 할 거야."

나도 그 말에 동의한다며 고개를 끄덕였다. 그 모습을 본 콘도와 코미야가 이시자키의 팔을 붙들었다.

"이치노세의 제안을 받아들이자, 이시자키!"

"기, 기다려. 그에게 확인을 안 받으면…… 위험하다고."

"이미 우리가 졌다니까! 난 퇴학당하기 싫어! 부탁이다, 이시자키."

"……윽……! 알았어…… 다 취소할게…… 취소하면, 되잖아……!"

이시자키가 무너지듯 무릎을 꿇었다.

"그럼 지금 당장 학생회실로 갈까? 우리도 동행할게."

세 사람을 에워싸듯 우리는 학생회실이 있는 층까지 따라갔다.

한순간이라도 눈을 떼면 누군가에게 연락을 취해 조언을 받을 가능성이 있기 때문이었다. 그리고 학생회실 앞에 도착하자 세 사람을 교실 안으로 밀어 넣었다.

이제 나머지는 호리키타가 알아서 잘 정리할 것이다.

3

"이야—— 속이 시원하다, 시원해! 고마워, 그렇게 중요한 역을 양보해줘서. 기분 최고야~!"

"양보했다고 해야 하나, 이치노세가 마음대로 나선 것뿐이잖아."

"호호호, 그런가? 그래도 어쨌든 이걸로 한 건 해결했어."

정말로, 어떻게든 됐네.

"어제 포인트를 빌려달라고 했을 때는 어떻게 하려고 그러나 싶었다니까?"

우리는 푹푹 찌는 특별동으로 돌아와 접사다리를 세웠다.

"그런데 설마, 감시 카메라를 설치할 목적이었을 줄이야."

그렇다, 이 감시 카메라는 당연히 학교에서 설치한 것이 아니었다.

이치노세와 칸자키가 포인트로 산 카메라를 박사와 함께 오늘 낮까지 설치한 것이다.

학교 측은 당연히 고발을 취소하겠다고 말한 C반을 수상하게 여겼으리라. 이시자키와 그 일행은 영상을 확인할까봐 두려워했지만, 이 카메라가 가짜인 이상 그럴 일은 전혀 없다.

처음에는 학교에서 이런 카메라를 판다는 사실에 깜짝 놀랐지만, 카메라는 방범을 위해서 뿐만 아니라 계측이나 기록에도 이용할 수 있었다. 요컨대 공부에 활용이 가능한 셈이다.

감시 카메라라기보다는 네트워크 카메라라고 바꿔 말하

는 편이 더 이해하기 쉬울까.

너무 더워서 사고가 저하되었고, 시간도 부족해 절박했던 상황. 게다가 심리적으로 내몰린 그들이 이 카메라가 오늘 개인적으로 설치한 것이라고 알아차릴 방법은 전혀 없다.

아무리 의심스러워도 사실을 확인할 시간도 없다.

"아야노코지랑 호리키타가 C반으로 올라오는 날엔, 만만치 않은 라이벌이 될 것 같네."

"그런 날이 온다면 말이지."

하지만 아마도 그때 이치노세와 칸자키는 A반이 되어 있지 않을까.

"호리키타가 B반이었으면 우린 금세 A반이 됐을지도 몰라."

"그럴지도."

나는 떼어낸 카메라를, 밑에서 사다리를 잡아주고 있는 이치노세에게 넘겼다.

"빌린 포인트는 반에서 어떻게든 해서 꼭 갚을게. 시기는 조금만 의논하게 해줘."

"응. 졸업하기 전까지만 돌려주면 돼. 그럼 어떻게 할까? 학생회실 앞에서 기다릴까?"

"그러네……."

그때 문득 아까 사쿠라의 모습이 떠올랐다.

오늘 해야 할 일이 있다고 했었는데, 도대체 무슨 일일까?

예전 통화에서, 그리고 방과 후 현관 앞에서 그녀는 나에게 무슨 말을 하려고 한 것일까? 뭔가 굳게 결심한 듯한 표정이지 않았나?

용기를 내야 하는 일. 그 의미. 그게 도대체 뭘까?

머릿속이 찌릿해지는 감각에 사로잡히며, 이런저런 생각을 펼쳤다.

"그렇지. 아야노코지가 알아야 할 게 하나 있는데 말이야?"

하나의 결론에 미처 도달하기도 전에 나는 달리기 시작했다.

옆에서 이치노세가 무슨 말을 하려는 것 같은 느낌이 들었지만, 지금은 이게 먼저다.

"앗?! 자, 잠깐 기다려!"

영문을 모른 채로 이치노세도 덩달아 같이 뛰었다.

나는 달리면서 휴대전화를 꺼냈다. 위치 정보 서비스 열람이 허가되어 있다면 친구의 위치를 알 수 있다. 이런 상황에서 이케의 잔머리가 도움이 될 줄이야, 참으로 아이러니하다. 곧바로 휴대전화의 현재 위치를 조사해 사쿠라가 어디에 있는지 검색했다.

계단을 한 번에 몇 개씩 밟고 재빠르게 뛰어 내려가 1층 현관으로.

그리고 나는 얼른 신발을 갈아 신었다. 이치노세를 기다려줄 생각은 없었지만 그녀도 나보다 2, 3초 늦게 준비를 마쳤다.

"중학생 때 육상부였거든. 다리랑 지구력에는 꽤 자신 있어."

이치노세는 그렇게 말하며 신난다는 듯 웃었다.

"미안하지만 도중에 기다려줄 생각은 없어. 그러니까 서둘러."

"호호호, 걱정 마."

사쿠라의 위치가 아까부터 움직이지 않는다. 그 점이 불안해서 견딜 수 없었다.

4

휴대전화의 위치 정보가 가리킨 곳은 전자제품 양판점의 반입구가 있는 장소였다.

이치노세는 선언대로 내게 딱 붙어 달려왔다.

나는 흐트러진 호흡을 정리하듯 숨을 죽이며 목적지로 다가갔다.

혹시 몰라 옆에 있는 이치노세에게도 조용히 하라는 신호를 보내며.

"앞으로 저한테 연락하지 마세요……!"

"왜 그런 말을 하는 거야? 난 네가 정말 소중하단 말이야……. 잡지에서 널 처음 봤을 때부터 좋아했어. 여기서 재회했을 때는 운명이라고 느꼈지. 좋아해…… 널 좋아하는 마음은 멈출 수 없어!"

"그만…… 그만두라고요!"

사쿠라는 그렇게 소리치며 가방에서 종이 다발을 꺼냈다. 그것은 편지. 수십…… 수백 통은 되어 보이는 편지였다. 그게 다 눈앞의 남자가 보낸 것이란 말인가.

"제 방은 어떻게 알았어요?! 어째서 이런 걸 보내는 거예요!"

"……그야 당연한 거 아닌가? 우리는 마음으로 이어져 있으니까."

사쿠라는 어쩌면 입학 후로 줄곧 괴로워했던 것인지도 모른다. 팬에게 정체가 탄로 나, 매일같이 참아왔다. 그것을 자기 의지로, 용기를 내어 깨부수고 지금 이곳에서 결별을 고하려고 결심한 것이다. 그 각오가 내게 전해져 온다.

"더는 그러지 마세요…… 절 괴롭히지 말라고요!"

남자의 일방적인 애정 공세를 거절하듯 편지 다발을 땅에 내동댕이쳤다.

"왜……왜 이러는 거야……! 널 생각하면서 쓴 건데!"

"가까이 오지 마요……!"

남자는 당장이라도 덮칠 듯한 기세로 거리를 좁혔다.

그리고 사쿠라의 팔을 붙잡더니 창고 셔터 쪽으로 거칠게 밀었다.

"지금부터 내 진짜 사랑을 가르쳐주지……. 그러면 사쿠라 너도 잘 알게 될 거야."

"싫어! 이거 놔요!"

이치노세가 내 소매를 잡아당겼다. 아무래도 더는 방치해 둘 수 없는 모양이다.

조금만 더 결정적인 순간이 올 때까지 기다리고 싶었는데, 어쩔 수 없군.

나는 이치노세를 팔을 잡아끌고 불량 커플처럼 당당히 앞으로 걸어 나갔다.

휴대전화로 사진을 찰칵찰칵 찍으며.

"아이고~ 이를 어째? 보고 말았네~. 어이, 아저씨, 지금 뭔 짓거리야?"

"앗?!"

사쿠라는 나답지 않게 불량스러운 말투에 아연실색했다. 쥐구멍에 숨고 싶었지만 꾹 참았다.

"나이도 드실 대로 드신 양반이 새파랗게 어린 여고생한테 난폭하게 말이야. 내일 아침 뉴스에 대문짝만하게 나올 사건이네요~."

"아, 아, 아니야. 오해라고!"

"전혀 오해가 아닌 게 아닌 거가 아닌데~? 뭐 그런 느낌? 그런 것 같은?"

이치노세도 나에게 맞추려는 듯했지만, 말투가 정말 형편없었다.

당황한 남자가 사쿠라에게서 손을 떼는 순간에도 나는 카메라 셔터를 눌렀다.

"오해? 오해가 아닌 것 같은뎁쇼. 그 편지는 다 뭐래, 소오름. 혹시 스토커세요?"

나는 남이 신던 양말이라도 만진 것처럼, 코를 틀어막으며 편지 귀퉁이를 엄지와 검지 사이에 끼워 들어 올렸다.

"오해야. 그냥, 아! 그렇지. 이 애가 디지털카메라 사용법을 알려달라고 해서 개인적으로 알려준 거야. 그것뿐이라고!"

"흐으음?"

나는 남자와의 거리를 좁혀, 겁만 줄 요량으로 창고 셔터 쪽으로 밀어붙였다.

"나와 내 여친이 현장을 다 봐버렸고. 본 김에 사진도 찍었으니까. 다음에 또 애 앞에 얼씬거리거나 자꾸 이딴 식으로 기분 나쁜 편지를 보내면 바로 다 까발릴 거예요?"

"하, 하하하. 무슨 소린지 모르겠네. 정말이야. 난 아무것도 모른다니까……."

"모른다? 어이, 아저씨. 개소리 작작하쇼. 그냥 아이돌한테 잘 보이려고 알랑방귀를 뀐 거면 몰라도 직접 손까지 대면 끝장이지. 확 족쳐버려?"

"허걱!!"

남자가 전의를 완전히 상실했을 즈음, 나는 도망칠 구석을 일부러 만들어주었다.

"그, 그럼 이만! 다시는 이런 짓 안 하겠습니다!"

쏜살같이 달아나는 토끼처럼 점원은 허둥지둥 가게 안으로 쏙 들어가버렸다.

공포에서 해방된 사쿠라가 기운이 빠졌는지 몸이 축 늘어져 땅에 주저앉으려 했기에 나는 당황하며 그녀의 팔을 잡아주었다.

"잘도 용기를 냈네."

잔소리를 늘어놓을 수도 있었지만, 지금은 다 필요 없겠지,

사쿠라는 혼자 속으로 고민하던 마음과 스스로 맞서 청산하려는 중이다.

그 기분을 헤아려줘야 한다.

"아야노코지…… 네가 어떻게 여기에……."

"너와 전화번호를 교환해두길 잘했지."

휴대전화를 꺼내 사쿠라의 위치 정보가 나타난 화면을 보여주었다.

"난 정말 바보 같아……. 결국 혼자서는, 아무것도 하지 못했어."

"그렇지 않아. 편지를 땅에 던졌을 때도 얼마나 멋졌는데."

난잡하게 널브러진 색색깔의 편지들.

"얘들아, 아까 그 수상하게 생긴 사람은 누구야? 아이돌은 또 뭐고?"

이치노세가 께름칙하다는 듯 편지를 주우며 고개를 갸우뚱거렸다.

"그게──."

이치노세에게 비밀로 하려던 것은 아니지만, 사쿠라의 허락 없이 말하기가 망설여졌다.

그런데 사쿠라가 내 눈을 보며 고개를 살짝 끄덕였다.

"여기 있는 사쿠라는 중학교 때 아이돌이었대. 시즈쿠라는 이름의 아이돌."

"뭐라고옷?! 아이돌?! 굉장해! 연예인이라니! 악수해줘, 악수!"

이치노세는 아이처럼 놀라며 사쿠라에게 갑자기 악수를 청했다.

"텔레비전 같은 데는 안 나왔는데……."

"그래도 굉장해! 아이돌은 되고 싶다고 될 수 있는 게 아니잖아!"

이치노세도 충분히 경쟁력 있는 몸매…… 아, 아니, 소질은 있다고 생각하는데 말이지.

"언제부터 알았어…… 아야노코지?"

"며칠 안 됐어. 미안. 나 말고 우리 반에 아는 애가 몇 명 더 있어."

어차피 밝혀지는 것은 시간 문제여서 솔직하게 알렸다.

"어쩌면 그편이 더 나을지도……. 나 자신을 계속 위장하는 거 정말 힘드니까……."

이번 사건이 사쿠라의 가면을 벗겨주는 계기가 되면 좋으련만.

"그건 그런데, 용기를 너무 많이 냈어, 너. 그러다가 무슨 일이라도 생겼으면 어쩌려고 그랬어?"

"아하하…… 그러네…… 정말 무서웠어."

어제는 남들 앞에서 펑펑 울었던 아이가 오늘은 웬일로 우스꽝스럽다는 듯 웃고 있다.

눈가에 눈물이 맺히는데도 계속 웃었다.

"아야노코지는…… 나를, 역시 이상한 눈으로 보지 않는구나……."

"이상한 눈?"

"……아니야, 아무것도."

사쿠라는 질문에 대답하지 않고 기쁜 미소를 지었다.

"내일 안경과 머리 모양을 바꾸고 가면 다들 알아볼까……?"

"알아보는 게 문제가 아니라 온 학교가 패닉 상태에 빠질 가능성이 있어…… 그래도 괜찮다면."

갑자기 출현한 미소녀에 구경꾼들이 와글와글 몰려드는 장면까지 여유롭게 상상이 갔다.

여성스러운 성격에 약간 어리바리한 구석 등 남자가 달라붙을 요소가 가득하다.

"우와…… 진짜 귀엽다……! 안경 같은 걸 쓸 때랑 인상이 전혀 달라!"

아무래도 이치노세가 휴대전화로 시즈쿠를 검색해본 모양이다.

사진을 보고 혼자서 흥분하고 있었다.

스도의 사건은 반의 위태로운 분위기와 무단결력을 드러내고 말았지만, 그 반면 사쿠라가 성장하는 계기로 이어졌다. 이것이 제일 큰 성과일지도 모른다.

"……답지 않네."

정말로 나답지 않은 생각을 하고 있다.

아니, 애초에 나라는 존재가 과연 무엇인지도 잘 모르겠지만.

그런 의미에서는 이것이 진정한 나인가? ……좀 혼란스럽다.

"미안해. 지금까지 말하지 않은 거."

"딱히 사과할 일은 아니지. 꼭 말해야 하는 것도 아니고. 그래도 이제 좀 더 서로 이야기를 털어놓을 수 있는 사이가 된 것 같다는 생각이 들어. 고민이나 잘 모르겠는 일이 있으면 언제든지 말해. ……호리키타와 쿠시다가 반드시 들어줄 거야."

꽈당, 하고 뒤에서 이치노세가 일부러 넘어지는 듯한 리액션을 취했다.

"내가 다 들어줄게, 가 아니고?"

그런 훈남들이나 할 법한 말은 도저히 내뱉을 수 없다.

"……응. 알았어."

"아, 나도 도와줄게."

이름도 제대로 모르면서, 이치노세가 활짝 웃으며 사쿠라에게 말했다.

"난 B반의 이치노세라고 해. 앞으로 잘 부탁해, 사쿠라."

이치노세가 손을 내밀자, 사쿠라는 잠시 망설였다가 손을 잡는 것으로 응했다.

"아, 그런데 아까 특별동에서 무슨 말을 하려다가 만 거야?"

나는 이치노세와 대화를 나누던 도중에 여기로 향했던 것을 기억해냈다.

"아, 맞다. 중요한 이야기를 하려고 했었는데."

이치노세는 숨을 고른 후 진지한 표정으로 이야기를 시작했다.

"지금은 이런 말을 할 때가 아닐지도 모르겠지만…… 이번 사건에는 흑막이 있어."

"……흑막?"

이치노세가 그렇게 말하는 이상, 그저 직감일 뿐이라는 생각은 들지 않는다.

"실은 전에 우리 B반도 C반 애랑 다툰 적이 있었어. 그때는 이런 식으로 학교까지 휘말리지는 않았지만. 그때 뒤에서 조종했던 사람이 류엔이야."

"류엔……? 들어본 적 없는 이름인데."

"스스로 눈에 띄는 행동을 하는 애가 아니거든. 그러니 몰라도 무리가 아니지."

늘 밝은 이치노세의 표정이 무섭게 굳었다.

"내가 1학년 중에 제일 경계하는 학생 중 하나야. 스도를 거짓말쟁이로 만든 것도, B반이랑 싸움을 일으킨 것도 전부 걔 작품일 거라 생각해. 자신의 이익을 위해서라면 다른 사람을 위험에 빠뜨리고 상처 주는 일을 망설이지 않는 인물. ……아주 힘겨운 상대야."

"C반이랑 싸웠을 때는 무사히 해결했어?"

"그럭저럭. 하지만 승부를 놓고 보면 이겼다고 말할 수 있을지 없을지……. 어쨌든 이번에 작정하고 달려든 걸 보면 우리 학교의 구조를 이해하기 시작했을지도 몰라. 그러니까 너도 조심해."

류엔이라는 애가 누구인지는 몰라도, 상당한 위험인물이라는 것은 틀림없다. 까딱 잘못했다가는 퇴학이 될 작전을 서슴없이 전개할 수 있는 인물.

"무슨 일이 생기면 언제든지 도와줄 테니까. 그럴 일 있으면 말해."

"으응, 기억해둘게."

5

나와 스도는 심의 시간 10분 전 이미 학생회실에 도착해 있었다.

아직 교실 안에는 타치바나 서기밖에 없었고, 선생님들도 오빠의 모습도 보이지 않았다.

"큰일 났다, 완전 긴장된다. 호리키타, 넌 어때?"

"난 별로."

오늘로 이번 사건도 종지부를 찍는다. 완전무죄라고 단정한 나도 그걸 얻어내는 것이 쉬운 일이 아니라는 사실은 잘 알고 있다. 작전이 실패하면 전부 수포로 돌아간다.

10 아니면 0. 그런 싸움을 할 가치가 있다는 판단하에 임한 연장전이다.

혹시라도 작전이 실패하면 근거리에서 서로에게 욕을 퍼붓는 언어의 난투전으로 번질지도 모른다.

그 바람에 어제 심의에서 나왔던 타협안보다 더 나쁜 결과가 되면 스도는 나를 원망하겠지. 나를 원망하는 건 번지수를 잘못 찾았다고 말할 거지만, 그래도 불평 정도는 기꺼이 들어줄 생각이다. 그것이 제멋대로 완전무죄를 주장한 내 책임이니까.

혹은 스도가 원할 경우 도중에 화해하는 가능성도 남아 있기는 하다.

상대 쪽도 정학 처분은 최대한 피하고 싶을 테니, 그 부분에 초점을 맞춰 싸운다면 스도가 받을 처분도 가벼워지게 선처 받을 수 있으리라.

……화해라는 이름의 패배. 본인이 바란다면 그건 그거대로 별수 없다.

잠시 후 학생회실의 문이 열렸다. 그와 동시에 내 심장도 두 배에 가까운 속도로 뛰기 시작했다.

오빠……. 내 말이 가슴보다 위로 올라오는 일은 없었다.

잘 알고 있는데도 동요하고, 긴장하고, 현기증이 나려고 한다.

그래도 어제의 실태를 반복할 수는 없다. 한심하다고 생각해도 좋다. 나는 오빠에게서 시선을 거뒀다. 지금은 싸워야 할, 맞서야 할 상대가 다른 쪽에 있으니까.

"아니, 어제 그 남학생은 안 온 모양이네?"

뒤이어 들어온 사람은 C반 담임인 사카가미 선생님, 그리고 차바시라 선생님이었다.

"호리키타, 아야노코지는 왜 안 보이지?"

"오늘은 참석 안 해요."

"참석하지 않는다고?"

의아하다는 듯 빈자리를 바라보는 차바시라 선생님.

그녀는 아야노코지를 무의미하게 높이 평가하는 모양이어서 그의 부재가 신경 쓰이는 듯했다.

아니, 사실은 무의미하지 않다……. 이제 나도 어렴풋이 알아차렸다. 알아차려졌다.

차바시라 선생님이 보고 있는 아야노코지의 그림자를.

"있으나 없으나 똑같으니까요."

그것을 인정하고 싶지 않은 나는 그의 그림자를 뿌리치듯 그렇게 발언했다.

"뭐, 됐어. 어차피 정하는 건 너희니까."

선생님들이 각자 자리에 앉았다. 이제 C반 애들만 오면 심의가 시작된다.

만일의 사태가 벌어지면 어떻게 싸워야 할까? 그건 단순한 이야기다. 상대방의 주장을 전부 반론하는 것이다.

상대방의 거짓을, 위선을 찌르고 우리가 진실이라고 주장하는 것이다. 그거면 된다.

그것은 분명 상대방도 마찬가지라는 소리다. 끝까지 거짓말을 밀고 나가고, 진실로 바꿔나가겠지.

이는 진실과 거짓의 싸움. 이 싸움을 어떻게 맞서느냐가 단 하나의 해결책이다.

그리고 드디어 C반 아이들이 나타났다. 서둘러 왔는지 모두 땀범벅이다.

"아슬아슬했다."

그제야 조금 마음이 놓였는지 사카가미 선생님이 학생들에게 말을 걸었다.

"그럼 지금부터 어제에 이어 심의를 집행하고자 합니다. 모두 착석해주십시오."

타치바나 서기가 C반 학생들에게 자리에 앉으라고 말했다.

그런데 세 사람은 한 발자국도 움직이지 않고 사카가미 선생님 앞에 서 있을 뿐이었다.

"안 앉습니까?"

다시 한 번 말했다. 그래도 세 사람은 역시 움직이지 않았다.

"저기…… 사카가미 선생님."

"왜?"

상태가 명백히 이상하다는 것쯤은 전혀 남인 나조차 이해할 수 있었다.

"……이 심의, 전부 없었던 일로 해주셨으면 하는데요."

"너희 지금 무슨…… 도대체 그게 다 무슨 소리야?"

제자의 입에서 나온 뜻밖의 말에 사카가미 선생님이 자리에서 벌떡 일어섰다.

"그 말은 화해하고 싶다, 혹은 이미 화해했다는 뜻인가?"

오빠가 날카로운 시선을 C반 학생들에게 돌렸다.

하지만 세 사람은 거의 동시에 고개를 가로저으며 화해를 부정했다.

"이번 사건, 어느 쪽이 나쁘다거나 그런 게 아니었다는 걸 깨달았어요. 저희의 고발 자체가 틀렸다는 걸요. 그래서 저희는 고발을 전부 취소하고 싶습니다."

"고발을 취소한다고?"

차바시라 선생님이 가볍게 웃음을 터뜨렸다.

"뭐가 그렇게 웃깁니까, 차바시라 선생님?"

그 태도가 마음에 들지 않았는지 사카가미 선생님이 초조한 모습으로 노려보았다.

"아, 실례했습니다. 생각도 못한 일이라 좀 놀랐을 뿐이에요. 전 오늘 심의가 어느 쪽이 완전히 무너질 때까지 이어진다거나 혹은 궁극적으로 화해 제안을 할 거라고 예상하고 있었거든요. 그런데 설마 고발 자체를 취소하겠다고 나올 줄이야."

"선생님과 학생회 여러분의 시간을 빼앗아 정말 죄송합니다. 하지만 이것이 저희가 내린 결론입니다."

의지를 굳힌 세 사람이 강력하게 호소했다.

아무래도 아야노코지와 이치노세가 일을 잘 진행한 모양이다.

나는 안도하고 싶은 속마음을 내색하지 않고 겨우 냉정을 가장했다.

"인정될 리가 없잖아. 너희는 하나도 잘못하지 않았어. 전부 스도의 일방적인 협박과 폭력이 원인이야. 너희, 울면서 잠들 작정이야?"

사카가미 선생님은 뭔가 눈치챈 듯 나와 스도를 화가 난 눈빛으로 노려보았다.

"무슨 짓을 한 게 분명해. 고발을 취소하지 않으면 폭력이라도 휘두르겠노라고 협박했어?"

"뭐라고요? 농담도 정도껏 해요. 난 아무 짓도 안 했다고요."

"그게 아니라면 얘들이 고발을 취소하겠다는 말을 할 리가 없잖아. 지금 이 자리에서 진실을 말해. 선생님이 어떻게든 해줄게."

"사카가미 선생님…… 무슨 말씀을 하셔도 저희는 고발을 취소할 거예요. 생각은 바뀌지 않아요."

도저히 이해할 수 없다고, 사카가미 선생님은 머리를 누르면서 비틀비틀 자리에 앉았다.

"고발을 취소하겠다면 수리하죠. 회의 도중에 고발을 취소하는 경우는 희박하지만 충분히 일어날 수 있는 일입니다."

학생회장인 오빠는 이런 사태에도 냉정하게 일을 진행시키려 하고 있었다.

"잠깐만요. 자기들 마음대로 고발하더니 자기들 마음대로 취소하질 않나 받아들일──."

나는 스도의 팔을 붙잡아 반론의 말을 막았다.

"호리키타?"

"가만히 있어."

설명할 시간이 아깝다고 느낀 나는 강하게 팔을 끌어당겨, 서 있던 스도를 자리에 앉혔다. 그리고 잠자코 있으라고 전했다.

"고발을 취소하겠다면 저희도 싸울 의사가 없습니다. 받아들이겠습니다."

거짓으로 고발당한 스도의 입장에서 불복하고 싶은 것은 이해하지만, 고발 자체가 사라지면 승자도 패자도 존재하지 않게 된다. 이 작전의 핵심이다.

"하지만 규정에 따라, 심의 취소를 하려면 어느 정도의 비용을 포인트로 내야 하는데 거기에 이의는 없습니까?"

처음 듣는 소리라며 C반 학생들이 동요했지만, 결론은 곧 나온 듯 보였다.

"알겠습니다…… 내겠습니다."

"그럼 회의를 마무리하겠습니다. 이것으로 마치도록 하죠."

이렇게 어이없는 결말이 기다리고 있을 줄, 심의 전에 그

누가 예상했을까?

그런 가운데 차바시라 선생님의 뻔뻔한 미소가 나를 향해 있었다.

"스도. 이걸로 정학 처분은 면했네. 학교 측에서도 널 문제아 취급하지 않을 거야. 선생님, 오늘부터 바로 동아리 활동도 할 수 있는 거죠?"

나는 차바시라 선생님에게 그렇게 확인했다.

"물론이다. 당연히 C반 아이들도 마찬가지고. 앞으로 청춘을 위해 마음껏 노력하거라. 다만 다음에 너희가 문제를 일으키면 이번 사건 얘기까지 다시 나올 테니 명심하고."

선생님이 양쪽에 강한 주의를 주었다. 스도도 불만스러워하긴 했지만 가만히 고개를 끄덕였다. 농구를 할 수 있다는 기쁨이 불만보다 앞섰겠지. 쿠시다랑 히라타 등의 노력도 이걸로 보상받을 수 있게 되었다. 사카가미 선생님은 C반 아이들과 함께 잰걸음으로 학생회실을 빠져나갔다. 문이 닫히는 것과 동시에 사카가미 선생님의 추궁이 시작되는 것 같았지만, 내 알 바는 아니다.

한번 취소한 이상 다시 고발하는 멍청이 짓은 하지 않겠지.

"잘됐네, 스도."

차바시라 선생님의 입에서 나오는 위로의 말.

"헤헤, 당연한 결과죠."

"개인적으로는 네가 처벌을 받아야 마땅하다고 생각하지

만 말이지."

기뻐하는 스도를 단죄하듯 차바시라 선생님이 엄하게 말했다.

"이번 사건은 애초에 네 평소 행실 때문에 벌어진 거다. 사건의 진실이나 거짓 같은 건 사소한 문제고, 중요한 건 사건 자체를 일으키지 않는 거야. 너도 실은 알고 있지?"

"음……."

"하지만 자기 잘못을 인정하기란 꽤 어렵다. 그래서 태도만은 당당하게, 강한 척하고 있지. 그러면 안 된다는 건 아니야. 하지만 계속 그런 식으로 하면 진정한 친구가 생길 수 없다. 언젠가는 호리키타도 널 포기하고 멀어지고 말 거야."

"……그건……."

벌써 한참 멀어졌는데.

"자기 과오를 인정하는 것도 강한 거란다, 스도."

나는 처음으로 차바시라 선생님이 담임으로서 제자를 대하고 있다고 느꼈다.

스도 또한 무의식중에 그렇게 받아들인 것일까.

고개를 푹 숙이고 의자에 걸터앉았다.

"안다고요……. 애초에 내가 잘했으면, 내가 걔네를 때리지만 않았으면, 이렇게 일이 커지진 않았겠죠. 속으로는 알고 있었어요."

그래도 그는 강한 척, 자기주장만 계속했었다.

처음에 거짓말을 한 쪽은 C반이라고, 그것만 계속 말이다.

"농구도 싸움도, 내 만족만을 위해서 무턱대고 달렸어요. 하지만 이제는 그게 다가 아니게 됐어요……. 난 D반 학생이고, 나 한 사람의 행동이 반 전체에 영향을 미치죠. 그걸 몸으로 체험했어요……."

보이지 않는 곳에서 스도는 큰 불안과 스트레스를 안고 있었던 건지도 모른다.

"이제 두 번 다시는 문제를 일으키지 않을게요, 선생님. 호리키타."

스도의 입에서 처음으로 나온 참회였다.

그 말이 과연 차바시라 선생님의 마음까지 가 닿았을까? 그럴 리는 없다.

사람은 하루아침에 변하는 생물이 아니니까.

"말뿐인 가벼운 약속은 안 하는 게 좋아. 넌 얼마 안 가 또 문제를 일으키겠지."

"윽……!"

그런 것쯤 알고도 남는 차바시라 선생님이 스도의 말을 부정했다.

"넌 어떻게 생각하니, 호리키타. 스도가 앞으로 문제를 일으키지 않는 학생이 될 거라고 보나?"

"아니요, 그렇게 생각 안 해요."

선생님과 같은 의견인 나는 조금의 망설임도 없이 그렇게 대답했다. 하지만 계속 이어질 말이 있었다.

"그렇지만── 오늘 스도는 분명히 한 걸음 나아갔어요.

자신이 저지른 잘못을 한 가지 알아차린 거죠. 그러니까 스도, 분명 내일의 너는 오늘보다 성장해 있을 거야."

"으, 으응……."

"좋겠구나, 스도. 호리키타는 아직 널 단념하지 않은 듯하네."

"아니에요. 이미 단념했어요. 더는 단념할 부분이 없는 것뿐이에요."

"뭐, 뭐야, 그게!"

스도는 머리를 마구 긁적인 후, 무거운 짐을 떨쳐 버렸다는 듯 홀가분한 미소를 지었다.

"그럼 난 동아리에 가야겠다. 다음에 보자, 호리키타."

그렇게 말하고 스도는 복도를 힘차게 달려 나갔다. 아직 반성 안 한 것 같은데.

분명 조만간 그는 또 문제를 일으키겠지. 성가신 존재다.

"그럼 저도 퇴실해도 될까요, 차바시라 선생님?"

"잠깐만 기다려. 호리키타, 너한테 할 얘기가 있다. 다른 학생들은 먼저 나가보도록."

차바시라 선생님은 오빠와 타치바나 서기에게 나가줄 것을 부탁했다.

"그래, 무슨 수를 쓴 거냐? 호리키타."

차바시라 선생님은 흥미롭다는 듯 책상 위에 팔짱을 끼고 물었다.

"뭐가 말이죠?"

"모른 척하지 마. 저 녀석들이 아무 이유 없이 고발을 취소할 리가 없잖아."

"그럼 상상에 맡길게요."

우리가 한 일은 거짓말로 꾸며낸 것. 추궁당하면 곤란한 쪽은 우리다.

"비밀이란 건가? 그럼 질문을 바꿔보지. C반을 물리친 작전, 누가 생각한 거지?"

"……왜 그런 게 궁금하시죠?"

"이 자리에 없는 아야노코지가 좀 마음에 걸려서."

차바시라 선생님은 입학 직후부터 아야노코지를 계속 신경 쓰고 있었다.

지금은 나도 그 이유가 왠지 짐작이 간다.

"인정하고 싶진 않지만 아야노코지는…… 그는 뛰어난 학생일지도 모르겠어요."

패배라고도 할 수 있는 발언에 놀란 것은 다름 아닌 나 자신이었다.

이번 사건, 그가 없었다면 이런 형태로 매듭지어지지 않았을 테니까.

"그런가, 너도 인정했다는 말인가."

"……놀라실 일은 아니지 않나요? 차바시라 선생님은 처음부터 저와 아야노코지가 대면하게 하셨잖아요. 아야노코지가 가진 잠재적 능력을 꿰뚫어 보고 하신 행동이었죠?"

"잠재적 능력이라……."

"자기 능력을 숨기고 아무것도 모르는 척, 수수께끼 같은 행동을 하잖아요."

그렇다, 정말 이해 불가다. 난 그런 행동에 의미가 있다고는 생각하지 않는다.

그냥 기지를 발휘한 것뿐이라고 해석하는 편이 현실적이다.

"여러 가지로 생각할 게 많겠지만, 네가 A반으로 올라가고 싶다면 한 가지 충고를 해주지."

"충고요?"

"D반은 많든 적든 결점, 이 학교의 말을 빌리자면 불량품의 요소를 지닌 아이들이 모인 곳이다. 이미 잘 알고 있겠지?"

"제 결점을 인정하려는 건 아니지만. 이해는 했어요."

"그럼 아야노코지의 결점은 뭐라고 생각하니?"

아야노코지의 결점……. 그 질문에 순간 뇌리를 스치고 지나가는 것이 있었다.

"그건 이미 밝혀졌어요. 자기도 자기 결점을 이해하는 것 같았고."

"호오? 그래서 그게 뭐지?"

"무사안일주의자예요, 아야노코지는."

나는 자신 있게 그렇게 대답할 작정이었다.

하지만 스스로 말하면서도 왠지 이상하게 납득이 가지 않는 위화감이 들었다.

"무사안일주의자라. 평소의 아야노코지를 보니 그런 생각이 들던가?"

"아뇨……. 그냥 자기 입으로 그렇게 말했으니까."

선생님은 살짝 코웃음 치며 딱딱한 어투로 입을 열었다.

"그럼 호리키타. 이 기회에 아야노코지라는 인간을 최대한 파악해봐. 그렇지 않으면 시기를 놓치고 말 거야. 넌 이미 아야노코지의 술책에 빠져버린 것 같구나."

"그게 무슨 뜻인가요?"

내가 그의 술책에 빠졌다고? 그거야말로 무슨 뜻인지 모르겠다.

"왜 아야노코지가 입학시험에서 모든 결과를 50점에 맞췄다고 생각하니? 왜 아야노코지가 너희를 돕는다고 생각해? 왜 그렇게 우수한데 실력을 겉으로 드러내지 않는다고 생각하지? 정말로 아야노코지 키요타카라는 인물은 '무사안일주의자'일까?"

"그건……."

만약 정말로 무사평온을 우선시하는 인물이라면 전 교과목 50점은 오히려 눈에 띄는 일이 아닐까? 그리고 이번 사건에도 참견하고 싶어 했을까?

다른 많은 학생처럼 조용히 지켜보기만 해야 하는 것 아닌가? 차바시라 선생님의 말처럼 그의 행동 자체는 이미 '무사안일주의'가 성립하지 않는다.

내가 말했을 때 느낀 위화감의 정체다.

"이건 내 개인적인 견해인데, D반에서 제일 불량품인 학생은 바로 아야노코지다."

"아야노코지가, 제일 불량품, 이라고요……?"

"기능이 우수한 제품일수록 사용하기 어렵지. 사용법을 하나만 틀리면 반은 어이없이 전멸한다는 뜻이다."

"……선생님은 아야노코지의 진짜 불량품으로 여겨지는 부분을 이해하고 계신다는?"

"너는 아야노코지라는 인물을 파악해야 해. 녀석이 무슨 생각을 하고, 뭘 축으로 삼아 행동하는지. 어떤 성가신 결점을 안고 있는지. 거기에 분명 한 가지 답이 있을 거다."

어째서 차바시라 선생님은 그런 걸 내게 말해주는 것일까?

이 사람은 담임으로서의 자각이 별로 없고, 반이 어떻게 되든 상관하지 않는다. 그렇게 여기는 사람이라고 생각했는데…….

그 이상 차바시라 선생님이 뭔가를 말해주는 일은 없었다.

6

나는 학생회실 입구에서 회의가 끝나기만을 기다렸다.

C반과 사카가미 선생님이 나온 후 얼마 지나지 않아 스도가 모습을 드러냈다. 표정이 꽤 밝았다.

"잘 해결된 모양이네."

"뭐가 뭔지는 하나도 모르겠지만. 호리키타가 어떻게 손을 쓴 거지?"

나는 질문에 살짝 고개를 끄덕이는 것으로 대신 답했다.

"역시. 녀석은 나를 위해 나서줄 거라고 생각했어. 헤헤헤."

굉장히 기쁜 목소리다.

"그럼 난 동아리 간다. 오늘 밤에 또 축하파티 하자."

"응."

그다음에 나온 사람은 학생회장과 서기였다.

"고생 많으셨습니다."

가벼운 인사 정도 건네면 되겠지라고 생각했는데, 학생회장이 내 앞에서 걸음을 멈췄다.

"C반 측의 요청으로 전부 없었던 일로 하기로 결정했다."

"그렇습니까? 그런 이상한 일도 다 있네요."

호리키타의 오빠는 가만히 서서 무슨 생각을 하는지 모를 눈으로 나를 쳐다보았다.

"이게 네가 말한, 사쿠라가 거짓말쟁이가 아니라는 걸 증명하는 방법인가? C반이 고발을 취소하면 자연스레 그 이야기가 퍼지겠지. 그럼 필연적으로 소문이 날 테고. 거짓말을 한 건 스도나 사쿠라가 아니라 C반이었다고."

"그쪽 동생이 일을 잘 진행해줬어요. 난 아무것도 한 게 없습니다."

"대답을 들으니 단순한 이야기긴 하지만, 감탄했어."

귀엽게 생긴 타치바나 서기가 박수를 쳤다.

"타치바나. 아직 서기 자리가 하나 비어 있지?"

"네. 저번에 신청했던 1학년 A반 학생은 1차 면접에서 떨어졌으니까요."

"아야노코지. 네가 희망한다면 서기 자리를 내어줄 수 있는데."

나도 놀랐지만, 옆에서 이야기를 듣고 있던 타치바나 서기가 훨씬 더 놀랐다.

"회, 회장…… 지, 진심이에요?"

"불만이라도?"

"아, 아니요. 회장이 그렇게 말씀하시면 저도 이의는 없는데요……."

"난 귀찮은 일을 싫어해요. 학생회라니, 농담이라도 그런 말 하지 마세요. 난 평범한 학교생활을 보낼 거니까."

그 말에 타치바나 서기는 더욱더 놀랐다.

"뭐어어어? 학생회장이 제안하는데 거절한다고?!"

"거절이고 뭐고, 흥미가 없으니까요……."

하고 싶지도 않은 일을 할 생각은 전혀 없다.

그리고 애초에 내가 권유받을 이유는 어디에도 없다.

"가자, 타치바나."

"네, 네엣."

거절한 내게 흥미가 사라졌는지 두 사람은 먼저 가버렸다.

그리고 얼마 후 호리키타와 차바시라 선생님이 나왔다.

선생님은 나를 살짝 쳐다보기만 할 뿐 특별히 어떤 말을 하지는 않고 그대로 자리를 뒤로했다.

"여어."

살짝 손을 들어 아는 척을 하니, 호리키타는 지금까지 한 번도 본 적 없는 표정으로 나를 강렬하게 노려보았다.

하지만 그것도 잠깐, 곧바로 안정을 되찾았다.

"결과는?"

"말 안 해도 알 텐데?"

"그거 잘됐다. 네 작전이 성공적으로 먹힌 것 같네."

"아야노코지. 너, 날 네 손바닥 위에 놓고 움직였지?"

"움직여? 그게 무슨 말이야?"

"처음에 교실에서 감시 카메라 이야기를 꺼낸 건 너였어. 그리고 특별동으로 날 데려가서 카메라가 없다는 걸 깨닫게 해준 것도 너고. 그리고 결정적으로 거짓말도 진실이 될 수 있다면서 가짜 증거를 만들게 유도했지……. 이제 와서 생각해보니까 그렇다고밖에 볼 수 없어."

"그건 지나친 생각이야. 다 우연이라고."

"……너라는 애, 도대체 뭐야?"

"뭐냐니, 그냥 무사안일주의인데?"

이번에 내가 조금 많이 움직였다는 것을 자각한다. 크게 반성해야 할 점이다.

예리한 호리키타가 내 생각을 어느 정도 읽고 있다.

그것을 연하게 희석해야만 한다. 난 평온한 일상을 보내고 싶으니까.

"무사안일주의…… 그거——."

호리키타가 무슨 말을 하려는 순간 한 남학생이 우리 쪽으로 걸어왔다.

우리는 남이 들을 만한 이야기는 아니라는 판단에 서로 입을 다물었다.

그리고 그가 스쳐 지나가기만을 기다리고 있는데, 남학생이 우리 앞에서 멈춰 섰다. 우연일 리는 없다. 특색 있는 까만색 머리에 약간 긴 헤어스타일.

키는 나와 거의 비슷하거나 조금 위. 옆얼굴에서 보이는 입꼬리가 기분 나쁘게 살짝 올라가 있었다.

"카메라를 설치하다니, 참 재밌는 짓을 했더군."

남자가 우리를 쳐다보지도 않고 그렇게 말했다.

"누구?"

정체 모를 그를 향해 호리키타가 조금의 동요도 없이 물었다.

"다음에는 내가 상대해줄 테니, 기대하라고."

질문에 답하지 않고 남학생이 다시 걸음을 떼기 시작했다. 우리는 그의 모습이 완전히 사라질 때까지 그저 말없이 뒷모습을 바라볼 수밖에 없었다.

"그럼 나 먼저 간다."

지금은 함께 있지 않는 편이 좋다고 느낀 내가 몸을 돌렸다.

"기다려. 아직 이야기가 끝나지 않았어, 아야노코지."

"난 끝났는데."

뒤돌아보지도 않고 나는 걷기 시작했다.

"너, 약속했지? A반으로 올라가기 위해 협력하겠다고."

"반강제적이었지만 말이야. 그러니까 이번에도 스도 일에 협력했잖아?"

"내가 하고 싶은 말은 그런 게 아니야. 네가 무슨 생각을 하고 있는지 궁금해."

"귀찮아, 라든가. 의욕이 안 난다, 라든가. 그런 거라면 생각하고 있지. 지금부터라도 호리키타가 취소해준다면 난 A반 따위 목표로 삼지 않고 얌전하게 학교생활을 보낼 작정이야."

이 대답으로 어느 정도 만족해주기를 바랐지만, 호리키타는 받아들이지 않았다.

"정말로 싫으면 넌 협력하지 않았을 거야. 그게 바로 무사안일주의자니까. 하지만 넌 뺀들거리면서도 다 도와줬잖아. 왜 그러는 거지?"

지금까지와는 다른 호리키타의 질문에 나는 차바시라 선생님이 뒤에서 실로 잡아당기며 조종하고 있다는 사실을 알아차렸다.

그녀가 내 과거를 알고 싶어 하는 거라면 놀랄 일도 아니다.

"처음 생긴 친구를 돕고 싶다고 생각해서 그럴 거야, 아마도.”

더 이상 이 자리에서 대화를 나누면 쓸데없는 소리까지 나와버릴 것 같다. 나는 걸음을 재촉했다.

그래, 나는 이때 무의식중에 한 가지 결론에 도달했다.

만약 호리키타가 A반을 노린다면 지금 상태로는 도저히 불가능하다.

류엔으로 보이는 남학생으로부터의 선전포고. 교활하고 대담하면서 인정사정없는 공격이 시작될 듯한 예감이다. 장차 방심할 수 없는 적이 되어 우리 앞을 가로막겠지.

그리고 B반의 이치노세와 칸자키. 그 두 사람이 수완가라는 것은 잠깐 접한 것만으로도 충분히 이해했다. 무엇보다도 이치노세는 상상 이상으로 손을 써서 위를 노리고 있다.

어떻게 해서 그 상태를 유지했는지, 방법과 순서는 도저히 이해불능이다.

목적도 전혀 알 수 없지만 언젠가 큰 방해가 되리라는 사실은 틀림없다.

그리고 접촉이 전혀 없는 A반에 이치노세를 능가하는 학생이 있다고 해도 전혀 이상하지 않다.

요컨대 3년 안에 A반으로 올라가는 것은 거의 절망적이라고 해도 좋다.

그런 상황에 정면으로 맞서야 한다면…….

“하아——.”

나도 모르게 희미한 목소리가 새어 나왔다.

······바보 같군, 나.

왜 뜨거워지기 시작하는가. 마음대로 D반을 분석하고, 논하고.

그런 것이 싫어서 이 학교를 선택하지 않았던가?

위를 목표로 하는 것은 호리키타와 다른 아이들이지 내가 아니다.

나는 그저 평범한, 아무 일도 일어나지 않는 일상을 원할 뿐.

그렇게 하지 않으면── 안 된다.

나는 누구보다도 나에 대해 잘 알고 있다.

내가 얼마나 결함이 많고 우둔하고······ 무서운 인간인 지를.

4개월 만에 인사드리네요. 키누가사 쇼고입니다.

아직 늦더위가 계속되는 시기입니다만, 건강하게 보내고 계시나요?

최근 들어 오른쪽 옆구리가 쿡쿡 쑤시고 등도 아프고, 두통에 어지럼증으로 고생하는 나날이 이어지고 있습니다.

즉각 정밀검사를 받아봐야겠습니다. 이제 건강검진으로는 무리입니다. 저도 늙었어요.

본편 이야기로 넘어오면, 2권에서는 중간고사에 이어 스도를 중심으로 한 소동이 펼쳐집니다. 문제를 일으키는 인간은 그 행동이 쉽게 바뀌지 않는다고 할까요. D반은 아직 문제아들이 득시글거리는데, 반이 하나로 똘똘 뭉치는 날이 과연 올는지…….

3권부터는 굵직한 이야기가 진행될 예정입니다. 반 포인트를 둘러싼 치열한 전쟁의 제1막이라고 보시면 되겠습니다. 그리고 반 아이들의 그동안 몰랐던 부분 등도 표면으로 드러나리라고 봅니다. 조금만 더 기다려 주세요. 힘내서 작업하겠습니다.

이번에도 아름다운 일러스트를 그려주신 토모세 슌사쿠 님. 표지의 쿠시다를 본 순간 뇌쇄 당하고 말았습니다. 뭡니까, 그 최고의 표정은. 말도 안 됩니다. 정말 멋진 일러스

트였습니다.

하지만 새로 등장하는 남자 캐릭터가 늘어날 때마다 혀를 차는 건 그만둬주세요. 아무리 싫어도 남자는 계속 나옵니다. 그리고 앞서 공언한 대로 고기를 사드렸습니다(1권 참조). 고기 맛은 어떠셨는지? 원래는 무한 리필 1,280엔짜리 가게로 안내할 계획이었습니다만, 자꾸 조르는 바람에 결과적으로 정신을 차리고 보니 제가 3,980엔(일인당) 정도의 고급 고기를 쏘고 있더군요. 역시 대단합니다. 그런 굴욕은 태어나서 처음 당해봤습니다. 다음에는 그쪽이 쏘시지요. 저는 회가 먹고 싶습니다. 참치라든가 참치라든가 참치라든가. 완전 가까운 이웃사촌이니, 놓치지 않을 거예요. (제가 얻어먹었는지 어쨌는지는 다음 권에서 보고하겠습니다.)

그럼 지금부터 감사 인사를.

이번에도 마감 직전까지 함께해주셔서 정말 감사드립니다. 편집자님.

이 은혜는 다음에 꼭 갚겠습니다. 원고가 계획보다 빨리 완성되었답니다? 하고 말해버릴 거예요. 분명 저한테 고마워할 것이 틀림없습니다. 하지만 또 아슬아슬하게 된다면 미안요☆.

마지막으로 독자 여러분. 2권도 끝까지 읽어주셔서 정말 감사드립니다. 몸이 안 좋아서 손이 움직여지지 않는 순간에도 읽어주시는 여러분의 존재가 있기에 힘을 내서 앞으로 나아갈 수 있습니다. 앞으로도 정진할 테니 부디 잘 부탁드립니다.

키누가사 쇼고

YOUKOSO JITSURYOKUSIJYOUSYUGI NO KYOUSITSU E 2
©Syougo Kinugasa 2015
First published in JAPAN in 2015 by KADOKAWA CORPORATION, Tokyo
Korean translation rights arranged with KADOKAWA CORPORATION, Tokyo

어서 오세요 실력지상주의 교실에 2

2016년 11월 1일 1판 1쇄 발행
2024년 3월 15일 1판 11쇄 발행

저   자 키누가사 쇼고
일 러 스 트 토모세 슌사쿠
옮 긴 이 조민정
발 행 인 유재옥
이   사 조병권
출판본부장 박광운
편 집 1 팀 최서영
편 집 2 팀 정영길 박치우 정지원 조찬희
편 집 3 팀 오준영 권진영 이소의
디자인랩팀 김보라 박민솔
디지털사업팀 박상섭 김지연 윤희진
라이츠사업팀 김정미 맹미영 이윤서
영업마케팅팀 최원석 박수진 이다은
물 류 팀 허석용 백철기
경영지원팀 최정연
인쇄제작처 ㈜코리아피엔피
발 행 처 ㈜소미미디어
등   록 제2015-000008호
주   소 서울시 마포구 토정로222, 403호 (신수동, 한국출판콘텐츠센터)
판매 및 마케팅 (070) 8822-2301

ISBN 979-11-5710-521-2 04830
ISBN 979-11-5710-286-0 (세트)